俗女的春天

刘西文 著

 中国华侨出版社
·北京·

图书在版编目（CIP）数据

俗女的春天 / 刘西文著. -- 北京：中国华侨出版社，2024.4
　　ISBN 978-7-5113-9186-5

Ⅰ.①俗… Ⅱ.①刘… Ⅲ.①长篇小说—中国—当代 Ⅳ.①I247.5

中国国家版本馆CIP数据核字（2023）第246767号

俗女的春天

著　　者：	刘西文
出 版 人：	杨伯勋
责任编辑：	肖贵平
封面设计：	张　蔷
经　　销：	新华书店
开　　本：	880毫米×1230毫米　1/32开　印张：9.5　字数：238千字
印　　刷：	河北朗祥印刷有限公司
版　　次：	2024年4月第1版
印　　次：	2024年4月第1次印刷
书　　号：	ISBN 978-7-5113-9186-5
定　　价：	56.00元

中国华侨出版社　北京市朝阳区西坝河东里77号楼底商5号　邮编：100028
发 行 部：（010）64443051　传　真：（010）64439708
网　　址：www.oveaschin.com　E-mail：oveaschin@sina.com

如发现印装质量问题，影响阅读，请与印刷厂联系调换。

俗女的春天

第一章 "淑女、才女、妖女、悍女？我是俗女！" /001

第二章 契阔相逢，格外眼红 /008

第三章 真的感谢！"天选之子"竟是我！？ /014

第四章 一口肉夹馍的滋味 /022

第五章 原来梦想触手可及 /033

第六章 绝不恋爱的底线 /041

第七章 此仇不报非君子 /053

第八章 突破自己，我可以！ /061

第九章 搞定一个男人，先搞定他的狗 /070

第十章 眼泪的滋味是甜，不是咸 /079

第十一章 好感清零很容易 /086

第十二章 如果这是梦，拜托不要让我苏醒 /095

第十三章 别问我是谁，请别与我相恋 /108

第十四章 山雨欲来 /117

第十五章 让暴风雨来得更猛烈些吧 /126

目 录

第十六章 死心的理由 /135

第十七章 猝不及防的互换 /147

第十八章 第一次主动拥抱的滋味 /158

第十九章 失去你,丢了世界又如何 /167

第二十章 三人行的爱情 /176

第二十一章 我这该死的面子 /185

第二十二章 断臂天使 跌落神坛 /195

第二十三章 确认过眼神,是我家的人 /207

第二十四章 啊!又来! /218

第二十五章 又见庐山真面目 /229

第二十六章 新年快乐(上)/240

第二十七章 新年快乐(下)/252

第二十八章 神啊,救救我吧! /268

第二十九章 乱上加乱 /278

第三十章 拭目以待的决赛 /284

第一章

"淑女、才女、妖女、悍女？我是俗女！"

"小院，止血钳！" 止血钳递过去。

"小院，牵引器！" 牵引器递过去。

"金属缝合线给我！"金属缝合线递过去。

"我要的是缝合肠线！不是金属线！肠线，方便体内组织吸收的肠线！你没长耳朵吗？"

小院来不及解释，慌忙之下把缝合肠线掉到了地上，线轴滚到了柜子底下。小院想俯身去抓，却因为手臂太粗被卡住，只抓到了空气。

"快点！来不及了！"手术台前的医生催促道。

一名眼尖的护士在手术台找到另一卷备用的肠线递给了医生，这才解决了危机，否则后果不堪设想。

许小院脱掉手术衣，来到洗手间。她一脸疲惫，月饼似的大脸挂满了细密的汗珠。由于肥胖，汗液浸湿了全身，下垂的胸部像两个倒挂的丘陵，大肚腩像游泳圈似的挂在腰间，糟糕的身材一览无遗。

午休时分，端着饭盒走进洗手间的女同事对着许小院的身材发出讥笑，似乎她们觉得多看这样的女孩儿一眼都会拉低她们的审美水平。

一名女同事故意将菜汤洒在许小院的白大褂上，然后虚情假意地说了一句带着台湾腔的"Sorry"！

许小院薅住她的衣领质问道："你礼貌吗？"随即，将手里的枸杞菊花茶狠狠地泼在了她的脸上。

女同事正准备掌掴，许小院用自己强壮有力的臂膀一把束住女同事纤细的胳膊，仿佛一个揉面师傅，"咔咔"两下，就给她来了一个警察抓犯人式的擒拿，使她动弹不得。

当然，这只是许小院的想象。

此刻的许小院呆呆站在原地，嘴里不由自主地吐出三个字——"没关系"，眼睁睁看着这个女同事扭着水蛇腰走出了洗手间。

她的白大褂是没法穿了。她抬起胳膊闻了闻腋窝，味道着实不咋的。她从衣兜里掏出止汗香氛，冲腋肢窝"噗噗"喷了两下，只有这样才能掩盖她因肥胖而散发的体味。

她拖着游泳圈一样的大肚腩走了出去，继续面对生活中一个又一个的坑。

"这月工资减半！周末继续加班，做外勤，上面让我们去社区采访宠物互助协会代言人，配合医院宣传部门写宣稿。"

"不要让我在手术室再看见你！"

上司办公室，许小院无法解释刚刚发生的事。做手术时，明明是他说错了缝合器械的名称，把肠线说成了金属线，这才导致自己手忙脚乱，可是为什么要怪在自己头上？

因为他是院长啊！院长的定义：世界上不许讲道理、不可以反驳、不可忤逆自己。

许小院:"是你说错了器械名称,凭什么怪我?爷辞职了!再也不伺候你了!再见!"

许小院潇洒地甩开屋门,留下身后气得半死的上司。

但许小院的幻想瞬间破灭,取而代之的是捡起地上明日的采访稿,说了一句"好",然后转身准备离开这个大型修罗现场。

院长却不依不饶:"等一下,你穿的这是什么玩意儿?"

许小院不敢低头去看自己的身材,只好尴尬地低头45度,目不斜视地死死盯着地板,她连地板上掉了几根头发都数得明明白白。

院长:"许小院,难道你真的不知道吗?刚刚就是因为你太胖,笨手笨脚弄掉了工具!现在还穿得这么暴露,觉得自己身材好是吗?在公众眼里,都说护士是天使,你看看你,确实是给医院添了一坨屎!因为你就是一坨屎!注定一辈子一事无成!"

这样的职场PUA于许小院来说已是常态,"万箭穿心,习惯就好"。谁让她是一个本科毕业五年却依旧在北京碌碌无为的"社畜"呢!

看到这里,你们会不会以为她的职业是三甲医院的手术医生?错错错,搞错了,她只是一名社区宠物医院的护士助理,实际上就是给主子跑腿、拿方子、看宠物的丫鬟。不仅要伺候医生的吃喝拉撒,还要伺候好患者——宠物的吃喝拉撒,情急的时刻还要陪睡——因为许小院有一种魔力,就是能让宠物乖乖听话,似乎在宠物面前,她就是一名会魔法的驯兽师。所以,当有些被留宿住院的宠物晚上想主人的时候,许小院的作用就体现出来了。为啥许小院在动物面前那么吃香,究其原因,大概是许小院的体态和相貌吧——163厘米的身高,却有着同样数字163斤的体重,用"猪"圆玉润来形容她丝毫不为过。浑圆的体态、憨厚的脸庞,再加上脸颊上天然的两坨儿高原红,就连最近的网红宠物迷你香猪都觉得找到了同类。虽然不符合21世纪流行的人类美学，但动物界更喜欢这样的相似物种。正因如此，才让在人类社会遭到排挤的她，在动物界备受欢迎。

清冷的月光，斑驳摇曳的树影，夜风微凉，让人不禁立起衣领。空气中夹杂着秋天的落寞。九月的北京，秋总是来得那么突然。

五环外的一处筒子楼里，许小院和妈妈王花朵住在出租房里，虽然狭窄的空间两个人刚刚够用，却被王花朵布置得别出心裁，母女俩的合照随处可见，装饰朴素却十分温馨。

王花朵端出一碗热气腾腾的炸酱面："这是妈妈今天刚做的炸酱，还热乎着呢，尝尝。"

许小院来不及回答，化悲愤为食欲，使劲儿往嘴里塞。

"多吃点萝卜，秋天了，通气润肠！"

许小院把萝卜挑走："明知道我不爱吃萝卜，还往面里放……"

"还不是为了让你少吃点面食，你总这样吃下去，对你的身体和发育都不好！"

许小院吃得满嘴流油，低声说道："我觉得挺好。"

王花朵："反正我都是为你好！你自己看着办吧！"

世上的亲妈都一样，只要说出"我为你好"这个理由，就代表任何事情孩子都必须服从，不允许反驳。

许小院："要是真为我好，就不会因为自己的一时冲动拆散了这个家……"

王花朵："吃面都堵不住你的嘴！再说，就把你送到你爸那儿去！"

许小院憨憨一笑，不再言语，她知道母亲在和她开玩笑。她给王花朵夹了一筷子香肠，说道："今天我刷碗。"

没错，这就是许小院和妈妈的日常。

从小，许小院和爸爸许军的关系就不好。父母离婚的时候，王花朵想让许军带走两个闺女生活一段时间,自己好腾出时间上个成人大学。但是,许军只同意带走妹妹许小满,想把笨拙蠢萌的许小院留给王花朵抚养。在王花朵百般劝说后,许军才勉为其难地带走了两个孩子,短暂生活。

而许小院得知要和父亲许军生活后号啕大哭,因为妹妹不喜欢她,爸爸也不喜欢她,就连唯一的妈妈现在也不要她了。许小院每天都吵着找妈妈,任许军怎么劝说都无济于事。王花朵其实一直在暗中探望许小院,怕她过得不好,给她开小灶:新衣服、好吃的,都往许小院的学校送。可许小院哭天抢地,只想跟着妈妈生活。

王花朵不忍心让许小院等到自己毕业,于是为了女儿,她退学了。她决定立刻接回许小院。许小院见到妈妈的那一刻,就像见到上帝似的。那一夜,她和妈妈相拥而眠,那是她几个月来睡得最安稳的一觉。

这些年,王花朵一直带着许小院自给自足,她除了嘴巴"得理不饶人",内心还是好的。因为单亲家庭的原因,她卯足了劲儿要给许小院别人都有的生活条件。无疑,她是爱许小院的,只不过她强势的性格有时会适得其反。她也尝试和许小院交心,可每次话到嘴边就变成了发号施令,让人产生逆反情绪。好在性格温吞的许小院知道母亲的好意,互怼成了母女俩日常表达爱意的特殊方式。毕竟许小院在外面是个彻头彻尾的"怂包",她早已习惯了母亲的保护,把家当作了唯一的避风港。

王花朵的"铁腕政策",把许小院养成了"温室里的花朵",任何外界对她不好的评价,王花朵都会主动为她屏蔽。可以说,王花朵是她遮风挡雨的保护伞。从好的方面讲,这是对许小院的保护,可是随着许小院的成长,从另一方面讲,这样的教育,也让不堪一击的许小院内心变得敏感、脆弱。

虽然她们不富裕，甚至有些紧巴，但是母女关系异常亲密。王花朵的生活重心只有女儿许小院，而许小院生活中唯一的朋友也只有母亲王花朵。许小院担心妈妈知道自己受气难受，所以很多时候都选择"报喜不报忧"。快乐两人分享，委屈自己承担。

毕竟许小院最大的财富，大概就是有这么一位能永远站在她身后，即使没有活成妈妈期望的样子却依然爱她的妈妈了。正是有了这么一个俗气、平凡又温暖的家庭，才让一个在别人看来自卑、胆小、怯弱、猥狠的"社畜"有了一方归属之地。

因为，她自己就是个俗人。

深夜，许小院待母亲入眠，便打开直播软件，关上房门，点上孤灯，开始享受属于自己的音乐狂欢。

许小院戴上面具，躲在自己的房间里，用歌声发泄一天的倦意。在直播 App 上，她可是一名位居"天籁之音"大 VOCAL 女神榜 TOP1、坐拥百万粉丝的声优主播，但大家都不知道她长什么样子。很多 MCN 公司都想签约这位歌声绮丽的声优主播，但都被许小院拒绝了。因为她从不在乎多少粉丝打赏，也不愿追求那些名和利，她只想保留属于她自己生活中唯一一片无人打扰的净土。

今天，她直播的歌曲是陶喆的《寂寞的季节》——

忽然间树梢冒花蕊，我怎么会都没有感觉。
Oh~ 整条街都是恋爱的人，我独自走在暖风的夜；
多想要向过去告别，当季节不停更迭 Oh~
却还是少一点坚决，在这寂寞的季节……

一曲完毕，粉丝纷纷献上嘉年华、火箭等礼物。许小院看到滚动屏幕有很多粉丝留言，和她一样，都各自诉说着一天的疲惫和不堪，分享着一天发生的糟心事，只有少数人分享着今天的喜悦。

许小院的直播间就像一个"深夜食堂"，在这里，同样失意的网友慕名前来聆听这天籁之音，以此互相疗愈，寻求安慰。而这些，就是许小院在平凡且无奈的生活中继续生存下去的勇气。

许小院倒在床上，打开院长发来的电子版采访稿，上面赫然写着采访对象——许小满。噩耗如同晴天霹雳，许小院像弹簧般"噌"的一下从床上蹦了起来。

第二章 契阔相逢,格外眼红

"许小满"这三个字宛如一枚重磅炸弹,凌晨三点在许小院的头顶炸裂开来,还没见面,她就已被炸得头破血流。究其原因,还得从两人小时候说起。

许小满是许小院的亲妹妹,两人相差一岁半。不过,走在大街上,无论外在还是内在,都不会有人把她们当作亲姐妹来看待。都说上帝给你打开一扇门,就会关上一扇窗,这话放到许小院身上,则是上帝既给她关了门,又给她关了窗。因为在两人出生时,上帝就把所有的优势都狠狠遗传在了许小满身上,不给许小院留一丁点儿余地。

许家原本以为第二胎会是个男孩,却没想到还是个女娃,王花朵不愿再生,故取名"小满",即"家庭圆满"之意。所以,他们把小满当男孩来养,培养出小满独立、好强、刚烈的性格。

妹妹许小满生下来就具备了"人生赢家"的特质,身材出挑、相貌出众、实力在线,从小就是舞蹈学校里的"校花",妥妥的人设标签沿用至今。"出道即巅峰"的"锦鲤"体质,因参加大型舞蹈节目失误摔了一跤,从此一摔成名,一炮而红,被各大网络媒体争相报道,红遍大江南北。

不过,许小满确实有着扎实的舞蹈基础,舞蹈比赛从市区到全国,拿奖拿到手软。初中毕业,就被选中参加英国皇家舞蹈学院的培训交流,奠定了其专业基础。因为出众的气质、出挑的身材,从小就是一副"老娘看不上任何地球人"的清冷女神气质,在舞蹈圈非常出挑。她见过太多拜倒在她石榴裙下的男人,挑剔的眼光使她永远"SAY NO",让垂涎她的男人望而生畏,很少有男人能入她的法眼。她被歌舞团选中作为首席舞者后,自然多了很多商业资源。哪个大V不是靠人设来维系自己的公共形象?但心直口快的许小满却不吃这一套,她希望让网民和粉丝都了解到最真实的她。就这样,强势、冲动、自恋甚至有些刁蛮的性格使她经常被人利用来做文章。遇到公共事件,她总是第一个仗义执言,什么实话都敢说,什么黑子、水军一律不怕。就这样,"人设鲜明"的性格在互联网上反而有助于她树立个人IP,使她备受"00后"网民的喜欢,是网民眼中正义感十足的"舞蹈皇后"。可也是因为这样刚正不阿的性格,使她得罪了不少圈里的小人。

此时的许小满,正穿着LORO PIANA高端限定,戴着HERMES全钻墨镜,在北京最IN的三里屯商区奢华包厢中蹦迪。

全国头号MCN公司老总Gary特意从杭州飞来北京,就是希望能把许小满这位形象、气质俱佳的舞者纳入自己麾下,却没想到许小满根本不管不顾,义正词严地拒绝了他。舞蹈作为八大艺术之一,在许小满心里非常高贵,她才不想去当网红。既然硬刀子不行,那就用软刀子。Gary得知许小满平时喜欢高雅艺术,便特意组了个高格调的局,请了很多知名画家、艺术家为她站台。从莫奈的画到莎士比亚的戏剧,再到约翰·施特劳斯的音乐，古今中外的经典艺术齐聚一堂。从诗词歌赋到人生哲学，从艺术高奢到蹦迪唱K，就是为了让这位难搞的舞后"乖乖就范"。许小满倒是极其配合，喝酒，吃饭，跳舞，聊艺术，称兄道弟，要不是商业合作，可能Gary真的就把这个许小满当作了姐们儿一样的挚交，可是商场上谈的毕竟是生意。

当助理荆京拿着合同递到许小满面前时，Gary以为酒过三巡，处于兴奋点的许小满签约有望，可没想到许小满看着合同，嗓子深处发出两声轰鸣，随后"哇"地一声吐了出来。

许小满："这，这，这纸给的刚好，呵呵……不好意思，我先吐一下……"在众目睽睽之下，许小满便拿着合同当作草纸擦地板了。

全场鸦雀无声，气氛降至冰点，屋里的觥筹交错和语笑喧阗瞬间消失，那些疲于应酬、装醉欢笑的同事也瞬间停止了做戏，纷纷目瞪口呆。原来，那些或是酩酊大醉，或是微醺小酌的同事都是客套的装醉，全场唯一一个不断强撑，装作自己没醉的人却真的醉了，这个人就是许小满。震耳欲聋的电音余音绕梁，滑稽而讽刺。

助理荆京连忙给Gary赔罪，但于事无补。即使再大牌的艺人，吃也吃了，喝也喝了，耍也耍了，送也送了，一套公关费下来花了一百多万，到签合同时也不能这样吧！Gary颜面扫地，气不打一处来，带着团队连夜定航班返回杭州，他深深记住了这个难搞的许小满！

但这种"中二"行为，许小满已不是第一次了，这无疑给明天的热搜头条提供了丰富的材料。助理荆京着实头疼，他已经开始联系公关团队了，并且把自己偷偷录制的视频发给了他们，以此先对手一步澄清己方的行为，以备不时之需。

秋日明媚的阳光从窗帘的缝隙中洒下来，丰盛而精美的日式怀石料理已放在床尾巾上，床边围着的三名化妆师，早已开始在还处于熟睡状态中的许小满脸上涂鸦创作，不知道的还以为是遗容化妆……待许小满睁开双眼，化妆师拿起梳妆镜，镜子里的脸庞早已是完美而精致的盛世美颜。许小满起床后，一边"用膳"，一边听助理荆京的工作安排，准备开始一天的"战斗"。

荆京："Cindy，今天拍摄 PIAGET 品牌 22FW 高奢腕表代言，拍摄期间还有个宠物互助协会代言人的专访。"

许小满："日式早餐下次不要放蛋黄，热量太高！我要做多少次普拉提才能消耗下去？"

荆京："这几天看你太辛苦，特意让后厨给你加的营养，明天我嘱咐后厨不要放蛋黄。今天的行程没问题我就这么安排了！"

许小满："不重要的采访提前到上午 10：00 吧，我不喜欢一心二用。"荆京："OK。"

说罢，许小满继续用 LA PRAIRIE 面霜按揉自己雪白修长的天鹅颈。

而另一边，吃着鸡蛋灌饼，刚刚挤完地铁，妆发凌乱的许小院匆匆忙忙跑进单位。

许小院："院长，这是给您买的早餐，看您每天都定双蛋煎饼和枸杞小米粥，您趁热喝。"

院长："有事儿？"

许小院："和您协调一下，我今天脚崴了，中午的采访能不能让其他同事去？"

这时，女秘书冲进来："院长，刚刚 Cindy 的助理发来微信，原本定在中午饭点儿的采访，现在她希望我们9：30 就能到拍摄现场。"

院长冲女秘书说："你能去吗？"

女秘书一脸不情愿地撒娇，说着许小院听不太懂的方言。

女秘书："院长，都说这种艺术范儿的人超级难搞，我没啥采访经验，怕被欺负了！就让这个胖妹去吧！"语毕，把目光瞥向许小院。

院长："她说她脚崴了。"

女秘书宛如X光一样打量了一遍许小院，随即冷哼一声，看准桌子上热腾腾的小米粥，故意撞了一下桌子，眼看一碗滚烫的小米粥就要撒到院长身上了，许小院一个箭步冲了上去，用自己肥嘟嘟的手托住了粥，挽救了院长一天的形象。

女秘书："这么利索，崴脚了？呵呵，可笑。"说罢，便不屑一顾地离开了。许小院这才知道中计了，只好畏畏缩缩地低下头。

院长勃然大怒，压低嗓音："给我出去，快去快回！"许小院灰溜溜地马上要走。

院长："等一下！"

院长："戴上这个，采访用。音频文字转换器，方便你回来整理稿子！还有，咳咳，那啥，记得多要点签名照！"

许小院早就听闻女秘书和院长勾勾搭搭，今天算真正见识到了。更令许小院没想到的是，50岁的老院长竟然是许小满的粉丝，真让人无语！

天公不作美，乌云压城，即将大雨倾盆。灰色的天空像极了许小院此时的心情，那脆弱的小心脏，稍微一碰，就能挤出泪花。

公交上的许小院，一直背诵着采访稿，随后又打开微博看了看妹妹微博小号的个人动态，然后便是刷许小满各种舞蹈演出专访视频。说是去了解，倒不如说是复习一遍，她想象着见到妹妹第一句话该说些什么，是直接开始采访内容，还是先介绍一下自己最近的情况？不过，不管怎么样的开场白，都免不了被妹妹奚落一番，甚至动起手来也不是不可能，她已经完全做好了这样的准备。

自从10岁那年父母离婚并分别带着姐妹离开后，小院和小满就再也没有见过面。两人由于性格不合,从小就打得不可开交,生来就不对付,命中注定过不去。又因为父母不和,两人各自为营,一个是母亲的拥趸,一个是父亲的支持者,从小就有了各自的观点和立场,一见面就开战。由于许小满性格更加直率放肆,而许小院比较内敛自卑,自然在言语和行为上许小满会更胜一筹,每次打架,基本都是许小满不依不饶,而许小院独自伤悲。能动手时不动口,在许小满身上发挥得淋漓尽致,吓得许小院在儿时就给许小满贴上了"女魔头"的标签,幼小的心灵从此留下了深深的阴影。

许小满成为明星后,许小院在社交平台上不得不看到一些有关许小满Cindy的新闻报道,但她肯定许小满一定不会关注她的动态。许小满作为明星,可谓天不怕地不怕,唯一的弱点就是她的家庭。在采访中,她唯一避而不谈,绝口不提的就是她有一个亲姐姐——许小院!

她觉得承认这个失败的姐姐的存在就像是自己的人生污点,她完全无法接受许小院的一切,或者说无法欣赏她的所作所为,她的自卑、她的软弱、她生活上的不能自理、态度上的不够坚决,这一切都是许小满不能容忍的人生铁律。一旦这个"倒霉蛋"许小院出现,就会把她原本的生活搅得一团糟。而此时,许小满并不知道许小院这个"扫把星"正急匆匆地向她奔来。

第三章

真的感谢！"天选之子"竟是我！？

当许小院见到许小满的那一刻，内心是极其复杂的：紧张、害怕、激动、防备、崩溃，还夹杂了一丝可能被虐的快感……所有的情绪拧成一股绳，直冲脑顶。本以为这次采访是在舞蹈排练厅，没想到却是在坐落于北京东四环的一栋不起眼的私密建筑里。没错，这里是许小满的私人豪宅。

屋外下起了淅淅沥沥的秋雨，许小院的白球鞋被浸湿，当她踩在许小满豪宅门前阿玛尼羊绒地垫上时，心里是极其不安的，因为她即将踏入一个完全不属于自己、毫无安全感的"异世界"，生怕自己的差错会引来异样的目光，打破原有的和谐。

助理荆京递给她一条浴巾，许小院接过来贴近脸颊，柔软的纤维，天使般的触感，她来不及感知舒适度，因为迎面而来的是金钱的味道，也更怕自己把这种在她看来金贵的东西玷污。

许小满把顶楼改成了她的舞蹈训练室，四壁悬挂着明镜，头顶悬挂着射灯，镜子前竖立着纯实木把杆，阳光从天窗射进屋内，宛如"安琪儿的天堂"。还有比许小院家还要大的衣帽间，里面挂着几套她定制的舞蹈演出礼服，那套法国中世纪的款式，想必是她在国外歌剧院演出时定做的。还有和她卧室一般大的干湿两用的观景浴室，人走到哪里就自动亮起的声控智能射灯，科技感和现代感兼具，精致现代又融入了个人风情，宛如许小满的两幅面孔。

这里的一切都让许小院感到很不真实。她想，自己辛辛苦苦读书，三年的工资可能还比不上妹妹一场演出的收入。我们这个时代的很多人，虽然生活在同一个城市，可生活却差出了几万光年，她感叹这样的差距，却没有因为自己的格格不入而伤感焦虑，因为这一切并不是她渴望的。从小母亲王花朵就告诉她，"能攥在手里的才是最好的"，不必为自己没有的而焦虑不平。因为人各有命，命运最不讲理，上帝给你多少，拿着就好。

许小院将院长给她的录音文字转换器夹在衣领上，雄赳赳气昂昂，好似壮士赴死一般。只见她拨开人群，迈着铿锵有力的步伐，向正在拍摄的许小满走去。

当她见到许小满的那一刻，内心铿锵有力的进行曲停止了，瞬间变成了浪漫抒情的《粉红色的回忆》。她不得不承认，十年没见，妹妹许小满比以前更加精致艳丽了，娇艳欲滴的嘴唇，完美的脸形，还有那双摄人魂魄的眼眸，就连根根分明的睫毛都在努力散发着致命的吸引力。

许小院将粗壮黝黑的胳膊伸了出去，用着只有自己能听见的声音说了句："嗨。"然而，忙着拍摄的许小满根本没有看到这个"小透明"，没有任何人理睬她。

助理荆京叫停了拍摄，在许小满耳边说了句什么，许小满这才看过来。确认过眼神，简直吓破魂。一秒钟之内，许小满的瞳孔放大，黑色的瞳仁宛如一只炸毛的猫，放大后再缩小，警惕而轻蔑，随后回归平静。许小满完全没有想到，在这种场合，会意外见到姐姐许小院！但仗着这些年在圈里历练出来的修养，虽然内心波涛汹涌，但脸上却可以波澜不惊，这是艺人的必备技能。

此时，屋外电闪雷鸣。许小院走上前，刚要说什么，许小满马上对助理荆京说："把休息区腾出来，去那边访谈。"没错，许小满把访谈安排在了一个角落。

许小院心想：小满不会像以前一样和自己动手吧，如果动起手来，这里全是她的人，自己也打不过呀！自己徒有一副强壮结实的体格，内心却像一个骨瘦如柴、弱不禁风的小儿麻痹症患者，和妹妹干架这事儿，"臣妾做不到呀"！

许小满陷在柔软麂皮的沙发中，宛如一只名贵的金丝雀，而在她眼神的授意下，助理拿来一个小板凳，面积大概只有许小院屁股的1/3。许小院尴尬地坐下，上半身不敢轻易晃动，努力保持着平衡，因为稍有不慎，就会摔个狗吃屎。

荆京拿来许小满的GUCCI珍藏版tote手袋，趁休息时间投食胶原蛋白饮、酵素抗糖丸，还有维生素D佐餐。

许小院看到妹妹的手袋和自己的竟然是同款，定神细看才发现，自己手袋的logo印的竟然是"CUGGI"，C和G竟然印错了顺序……她下意识地将自己的山寨手袋藏在身后，却还是被许小满发现，只见她露出轻蔑的表情，继续补妆。

采访开始。

许小院轻声细语地问："请问是什么契机让您愿意成为宠物互助协会新一代的代言人呢？"

许小满不疾不徐,真诚而坚定:"因为我从小在离异家庭长大,家里只有我一个孩子,小时候的我常常感觉十分孤单,直到有一天我在大街上遇到一只流浪猫,我把它带回家,给它洗澡,喂它吃东西,那一刻那只猫咪带给我的感动是无与伦比的,让我体验到了幸福的感觉,并且我平时也非常爱护小动物,感觉它们就像小天使……"

啥玩意?"爱护小动物""就像小天使"?许小院陷入了回忆。

6岁那年,她和妹妹在街上捡到一只流浪猫,小院想把流浪猫带回家,小满却不同意将流浪猫养在她们的卧室里。一天,小院回到家,发现小满把流浪猫关在了衣柜里,两人因此打了起来。而趁小院不在家的时候,小满自己做主,将流浪猫送给了隔壁的好心邻居。小院回来发现猫被送走了,在厕所哭了两天一夜……

许小院还回忆起:小时候,家里曾经有只壁虎,小院吓得不敢动,小满像个女战士一样用拖鞋一下将它拍死,然后抓起被拍扁了的壁虎,摸了摸那带着鲜血被压扁的脑袋,从窗户扔了出去……

总之,许小院这些恐怖的童年里的回忆,与此时许小满用着不疾不徐的优雅语调叙述出来的事件,简直天壤之别……

许小院一身冷汗,继续发问:"那您怎么看待您的原生家庭?原生家庭对您现在的事业有何影响?"

许小满:"这和我代言没关系吧!"

许小院递给她看采访内容,说道:"对不起……"意思是,这是官方机构提出的问题。

许小满冷哼一声:"我现在的一切,都是靠我自己得来的,和我的家庭一毛钱关系也没有,我一直跟着父亲生活。"

许小满停顿了一下,故意凑到许小院耳朵边,低声却有力地说道:"我妈早在10岁那年就死了,而且,我是独生女,没、有、任、何、姐、妹！"

许小院做笔录的手悬在空中停止了，显然，她并没有把这句话记录在案。她知道，妹妹又来故意挑衅了。

采访结束。

许小满打了一个响指，荆京用托盘端来一瓶香槟和两只锃光瓦亮的水晶酒杯。

许小满："外面人雨倾盆，小姐姐既然远道而来，喝一杯再走吧！"

许小院来不及反驳，酒杯便已经塞在了她的手里。许小满想起小时候她一闻酒味儿就想吐，于是故意刁难她。

许小满看她左右为难，立刻补充："小姐姐，酒杯都拿起来了，不会这么不给面子吧？"片场所有人都注视着她俩，竟然还有许小满团队的摄影师对着二人在拍工作照，许小院面对镜头和陌生人的注视尴尬至极，干脆一不做二不休，面前就算是"鹤顶红"，也只好当一回战士了，反正坚、决、不、会、再、有、下、次！只见她闭着眼，像一名战士，将杯中的"鹤顶红"一饮而尽。

许小满让助理荆京派车送许小院去她的目的地，没想到喝过酒的许小院反手一把抓住许小满白净纤细的手腕，低声说道："你……你……你就不怕我喝多了，当众认你这个亲妹妹吗？许小满！"

许小满一怔，脸色铁青。的确，整人一时爽，星途火葬场！

许小院："反正你现在可是名人了哦！"

荆京看到许小满脸色骤变，虽然不知道发生了什么，但还是下意识地冲上前将许小满与许小院拉开并护住许小满。

许小院甩开荆京："放开我，你知道我是谁吗？我是她姐！"

荆京："是她大婶我也管不着，请您立刻离开，再妨碍拍摄我就叫保安了。"

许小院:"你闭嘴,她……她……她是我妹!"

荆京:"你妹?"荆京认定这个肥婆疯了,立刻拿起电话呼叫保安。

许小满打断助理:"不用了,我来处理。"

只见许小满拖着喝多了的许小院来到浴室,这里是只属于她俩的私密空间。许小满左右探望,确认没人后锁上了屋门。

许小满:"许小院,我劝你忘掉今天的一切,你要敢做什么影响了我的工作,我一定会让你死得很难看!"

许小满虽然是个"白幼瘦",但她却能揪起许小院的衣领,把她逼到墙角,用拳头宣示主权。因为只有她知道,许小院看似威猛如熊,实际内心是个打不还手、骂不还口的"弱鸡"。

许小院想起童年许小满也是这样欺负自己,她突然一屁股坐在墙角,哭了起来。

"呜呜呜呜,你可以不承认你是我妹妹,但你……你……你不可以这么说我妈……妈妈她从来没亏待过你,是你被许军那个臭男人洗脑了!你不可以这样对待她……呜呜呜呜。"

许小院别在胸前的文字录音器突然应声落地,许小满发现这竟然是一台微型录像机!

许小满质问:"你这是什么意思?"

许小院:"呜呜呜,这是院长给我的音频转换器!"

许小满怒不可遏:"你难道不知道这是一台微型录像机吗?今天采访的问题,是你故意设计好的,目的就是激怒我,然后录下我的窘态,想以此作为威胁,是不是?"

许小院哭得梨花带雨:"呜呜呜呜……"

许小满:"这种事儿,我在圈儿里见多了!许小院,你真下作!"

许小院:"呜呜呜呜……"

许小满气得攥起拳头,眼看就要朝许小院抡过去。

许小院回忆起许小满张牙舞爪挥舞拳头,冲她肥嘟嘟的肚子打过去的情景。她从小就把自己肥嘟嘟的肚腩当作沙袋,生气的时候,练练绣花拳什么的。

突然,窗外电闪雷鸣,许小院童年的记忆和此时的场景交相叠映,快速滚动,两人都心跳加快,终于同频。然而,就在一声闷雷炸裂开时,两人互换了!

许小院发现,自己竟然举着拳头穿越到了大明星妹妹的身体里,而此刻坐在地上的却是那个清醒的许小满Cindy,她穿越到姐姐胖得流油的身体里了!肥胖的"许小满"下意识地将女明星许小院一把扑倒。

许小满:"你想干什么?……我靠,有力气的感觉竟然这么爽!"

许小满穿越到姐姐的身体里,看到"自己"用拳头对着自己,突然"哇"的一声哭了。

助理荆京推开门,看到许小满Cindy被许小院压在身下,举着拳头,立刻冲了过来,一脚踹开许小院,但他不知道这一脚踹的其实是许小满Cindy。

许小满Cindy疼得不行,她不适应自己肥胖的身体,颤颤巍巍地艰难爬起,对着镜子,终于看到了猪一样的自己。

【彩蛋】

　　童年时期,窗明几净的书桌上,各种芭蕾舞《天鹅湖》的演员海报和杂志铺满桌子。流浪猫从地面腾空而起,蹿上书桌,叼起一张合照——是小小院和小小满在游乐园的合影。照片中,小小满一脸不情愿,似乎和胖姐姐合影对她来说是一种耻辱。流浪猫伸出利爪,三下五除二就将照片撕碎。小小满推门进来,看到此景,把流浪猫关在了衣柜里。夕阳下,小小满仔细且小心地用胶带把照片粘好。

　　小小院悄悄走到妹妹身后:"干啥呢?"

　　小小满装作若无其事的样子,梗着脖子:"用你管!"

　　她趁姐姐不注意,悄悄将照片小心翼翼地塞进了自己带锁的日记本里。

　　小小院突然打开衣柜,吓了一跳,"哇"地哭了:"你真残忍,怎么能把咪咪关在衣柜里!"

第四章 一口肉夹馍的滋味

变身后的许小院成了舞蹈艺人许小满Cindy,在助理荆京的搀扶下,她被拉回外景拍摄现场。然而,更艰巨的任务出现了,平面拍完之后,需要拍摄舞蹈片段素材,作为腕表代言人的宣传片。

可是,许小院根本不会跳舞呀!她的目光看向了还在地上疼痛不堪的许小满。许小满冲她努努嘴,意思是让她先去,反正兵来将挡,水来土掩,在她眼里没有什么是过不去的。

而此时,不知情况的荆京把胆怯的许小院推到了更衣室。许小院拿起从未穿过的XS号的舞裙,看着镜子里身材曼妙的自己,着实目瞪口呆。

镜子里天仙般的妖精,真的是自己吗?原来,这些年过去了,妹妹比她想象中的还要更精致、更漂亮,是那种由内而外散发的舞蹈艺术家的气质。而自己脸上的不自信,却让这幅精妙的皮囊大打折扣。

荆京:"Cindy姐,你是不是有啥不舒服?随时叫我哦,我在更衣室外等你。"荆京来回踱步，不断看表，显然焦灼的等待让他察觉到了异样。因为作为舞蹈演员的许小满，平时换装时间只需要六秒，保持最快的换装速度是舞蹈演员的必备技能，"六秒公主"的绰号一直在舞蹈圈流传，但此时的更衣室内却没有回应。

荆京只好突然掀开帘子，他发现"许小满"眼含热泪地看着镜子中的自己，如痴如醉地感叹："这……也太美了！"

然而，许小院却被荆京掀开帘子的举动吓了一跳，惊恐地狂叫："色……色狼！"

荆京赶紧拿出一块儿棒棒糖塞进她的嘴里，作为舞蹈演员的许小满平时因为节食而导致低血糖头晕，所以作为助理的荆京包里就常备着棒棒糖，以备不时之需。

荆京："你是不是刚才被那个宠物医院的记者伤到哪儿了？Cindy姐，你衣服拉链都没拉好。"

语毕，荆京一边帮许小院整理裙摆，一边帮她放松按摩，准备上台。

许小院颤颤巍巍地强装镇定："刚刚……那个宠物医院的记者呢？能不能让她来……"

荆京："放心啦姐，她不会再来骚扰你了！你去安心拍摄，我让保安轰她离开这里。"

许小院紧张到结巴："不不不不是，那那那个……"

没等许小院解释完，她已经被一群现场的工作人员拖上了拍摄现场的舞台。许小院原本就是一头社畜，此刻，她更像一头待宰的羔羊，活生生被拉上了斩首现场。

另一边，在镜子前的许小满嫌弃地看着自己，一副生无可恋的模样。
许小满："她是一只猪吗？怎么能这么胖？"

院落外，不会跳舞的许小院站在聚光灯下，佝偻着背，弯着脖子，低着头，宛如一只粤式烧鹅，她用企盼的眼神望着更衣室的方向，她第一次那么渴望妹妹许小满的降临。然而，直到斯坦利·多南《雨中曲》的音乐响起，依旧不见妹妹的身影。

许小满起身离开镜子，双腿不受控制地走向厨房，拉开那个上了锁的柜门，里面全是平时她不敢吃的蛋糕、甜点！此时的她却突然感觉胃口大好，抑制不住地大吃特吃起来，她终于不用每天苦苦节食了！

许小满大快朵颐："甜品的味道也太美好了吧！嘿！无所谓，反正吃下去的肉都长在这头猪身上。"

另一侧，许小院内心焦灼的讯号显然没能隔空发射到许小满那边。伴着悠扬的西方乐曲，她尴尬地在台上跳起了健美体操，惊呆了在场的所有人。

荆京显然没有料到，他笑着和广告商解释："这是当下最流行的中西合璧舞蹈，您知道，现在年轻人都非常爱国，所以，我们这款高奢腕表或许可以注重一下年轻用户，更垂直、更接地气，这样才会更具有流通性……"

广告商脸色一沉，转头走到摄像助理旁边，正准备说些什么。荆京竟然放起了一首抖音神曲《接着奏乐接着舞》，这下全场的员工都嗨了起来。大家在这首网络神曲的助攻下，跟着节拍左右摇摆，好不热闹，一下就让尴尬的气氛轻松了起来。

台上，许小院看到大家都开始摇摆，自己也情不自禁跟着音乐开始摆动，显然带感的土味神曲和许小院的肢体更为协调。

荆京完美化解了这次尴尬。然而，谁也没有注意到角落里的一个身影——薛雪儿用手机录下了台上许小院尴尬的一幕，然后轻蔑一笑，露出恶意。

许小满听到外面音乐不对劲了，赶快放下食物跑到拍摄现场。她看到死对头薛雪儿正在角落偷拍着台上的许小院，她知道，作为同一家歌舞团的元老级舞者，这些年薛雪儿一直因为没能竞争过自己首席舞者的称号而对自己妒火中烧、怀恨在心。她最大的愿望就是败坏自己的名声，让自己名誉扫地。

许小满看着台上笨拙的许小院："靠，绝不能让她这么破坏我的形象！"

许小满一路小跑，来到别墅地下的设备间，切断了整栋别墅的供电系统。突然间，供电车断电了，拍摄被迫停止。聚光灯熄灭，台上宛如被"炙烤"的烧鹅的许小院终于像个木偶一样停了下来，被荆京搀扶下台。

许小满拖着肥胖的身躯，冲惊魂未定的许小院和荆京走去。许小满冲许小院勾勾手指："我们谈谈吧。"

荆京："你这个记者怎么还没走？"

许小满："我知道你不会信，可我是你……Cindy姐！"

荆京："你脑子有包吗？保安，把她拉走！"

许小满把荆京拉到一旁："你说'天王盖地虎'，我说'小满最会舞'！你是我的助理兼按摩师，今年22岁，和我一起工作三年，你的左口袋总放着棒棒糖。"

荆京不可思议地瞪大了眼睛："你真的是……Cindy姐？"许小满不情愿地点点头。"

荆京："那她又是谁？"

许小满低声咬着牙说："她是我这辈子最不愿提起的人。"

许小满的别墅，幽暗的禅房里摆满了蜡烛和檀香，这里是许小满平时冥想放松的地方。许小院和许小满席地而坐，显然两人已经互换好了手机，许小满也打包了一些自己的行李。

荆京端着电脑来到许小院面前,他无奈地看了看变成胖子的许小满。许小满略带尴尬,显然,大家都还没有适应身份的互换。

许小院刚要拿起一根烤串,就被许小满打手阻止。

许小满:"作为一名舞者,晚餐是必须禁食的,早餐只能吃低脂健康餐,饿了就吃一根香蕉。因为你现在吃的每一卡路里都会长在我的身上!"许小院只能可怜巴巴地看着烤串。

许小院怯怯地问:"你还记得我们是怎么换过来的吗?"

许小满:"等我吃完手里的烤肠再和你说,好久没有吃得这么爽了!晚上也不需要练舞练功了,原来这些年我许小满活得这么累!"语毕,她又开了一听可口可乐,一饮而尽。

荆京:"我进去的时候,看到你们在互殴,要不要再试试?"

画面一转,许小院被许小满压在身子底下,胖胖的许小满却迟迟不肯动手。

许小满:"我这花容月貌的,怎么忍心下手打自己呢!我这脸蛋可是百万医美保养的脸啊!"

许小院幽幽地说:"要不,我……打你试试?"

这次换许小院在上,许小满躺平,咬紧牙关,只听清脆而响亮的两声巴掌,配合着两声凄惨的尖叫,许小满胖乎乎的脸上多了两个红巴掌印儿。

然而,她们期待的事情却并未发生。

星川舞蹈演艺公司会议室里,楷江川还在安排着下周大型综艺节目《这就是跳舞》的商务广告资源,他正在给广告商介绍下周主推的首席领舞许小满。

大屏幕上,放映着许小满的个人介绍和彩排练舞的视频。台下的广告商全神贯注地盯着屏幕,被视频中的许小满吸引。绝美的容颜,优美的身姿，即使穿着训练服，也无法掩盖她的魅力。

此时，薛雪儿推开门，先是向各位广告商点头示意，随后走到总裁楷江川面前，拿出手机打开微博热搜，画面上是许小满配合《接着奏乐接着舞》的健美操视频，带着上百万名表在拍摄现场滑稽而搞笑的动作。最后，还被有心的网友恶搞了PIAGET品牌的logo并配上了一句土味情话。

一名广告商发问："什么视频，让我们看看？"

助理拿出手机，广告商老大放话："放大屏幕上看吧！"大家面面相觑，随后，楷总脸色骤变，阴郁不堪。

广告商领导准备起立："楷总，与Cindy女士的合作，我们要慎重决定了。"薛雪儿鄙视地看着视频中的许小满，眼中充满了得意，没错，事件的发展和她想的完全一样。

只见她随后走到领导面前自荐，露出诱惑而满意的笑容。随后，她伸出右手："您好，我是星川的头牌舞蹈演员薛雪儿，我代言过很多国外小众品牌，这是我的个人简历和演出经历。"广告商领导接过简历，用询问的目光看向楷江川。

公司空无一人，只有总裁办公室亮着灯。

薛雪儿把自己的简历扔在桌子上，气愤地问："为什么你那么袒护她？"

楷江川："市场经济不好，很多高端品牌方一直在争抢自媒体资源，一些高奢品牌方这些年更加注重下沉市场。虽然许小满这次是歪打正着，但无疑这'突发行为'对这种高奢品牌是一次下沉资源的极好宣传，只要许小满自己不介意口碑，对公司、品牌方都有益无害。"

薛雪儿："我是你最早签约的一批舞者，当年你信誓旦旦，如果表现优异，就让我当领舞，可自打许小满来了，你就把领舞给了她，并且永远给她最好的自媒体商务资源！"

楷江川："这些年，我一直在给你对接国外的演出资源，可我也没想到新冠疫情来了，只能停滞这部分板块的业务。"

薛雪儿："我只是想凭自己的实力在自媒体这一块儿走得更远而已。别忘了，当初是我和你一起创办的这家公司，虽然老板是你，但是如果没有我，公司刚成立的那些年，哪会有像我这样有名气的舞蹈演员签你一家新公司呢？"

楷江川："所以，我给了你一部分股份。"

薛雪儿："我唱、跳、演都不比许小满差，希望你不是因为自己想追求她而耽误了其他人的前途，任由她这样和品牌方胡闹！"

楷江川冷静且意味深长地笑了，让人觉得他根本不会害怕对面这个女人的"威胁"，他把这些当作"抱怨"。楷江川拍了拍她的肩膀，嘴角一抬，莞尔一笑："我怎么听着有点儿吃醋的意思呢？"原本对峙的气氛，反而变成了一股幽默的调情。

楷江川拿出一盒日本进口的胶原蛋白饮："给你定了你最喜欢喝的品牌，据说里面还有燕窝成分，你这几天排练累了，消消火气。"

薛雪儿涨得满脸通红，怒气少了一半儿，反而多了几分娇嗔的意味："你留着自己喝吧！"但嘴上说不要，身体却很诚实。

楷江川："如果你觉得效果不错，这个海外代言交给你，明天我安排人和你助理对接。"

薛雪儿接过馈赠，她知道这是他安慰人的方式。

楷江川："今天我往东边走，顺便送你回家吧！"

楷江川自作主张地拿起了薛雪儿的包，关灯离开了办公室，薛雪儿在后面跟着一起上了车。

别墅门前，鹅黄色的路灯下。

许小满吃着雪糕，拉着行李箱，准备坐出租回家。

许小满挥舞着拳头嘱咐道："每天只许吃一顿健康餐，如果身体换回来的时候我身上多了一斤肉，一定饶不了你！"许小院乖巧地点了点头。

许小满："哎！就先让你体会几天姐的绝世美颜吧！我告诉你，你要敢用我昂贵完美的身体胡搞，小心我用你的身体自虐！"

许小院幽幽地说："希望明天你能按时去宠物医院上班，不要迟到，否则会扣工资。"

许小满不屑地说："姐有的是钱。"

许小院自说自话，宛如与世界诀别："另外……照顾好我妈。"

许小满对荆京说："对了，荆京，明天记得给她安排专业舞蹈培训课，让她务必在下周前准备好《这就是跳舞》的节目彩排。"

许小满对许小院说："你必须给姐好好练，这是我的综艺首秀，我在微博已经立下了 flag，这个第一，我是必须要拿的！"

许小院："跳舞？"

许小满："你以为每天所有人都像你一样活得这么丧气和窝囊？"

许小院："我能不去吗？我紧张，也怕坏了你的名声。"

许小满："不可能！你必须去，而且还要给我拿第一！否则我怎么向我公司和粉丝'鳗（满）鱼'交代？"

许小院蹲在地上，一脸愁容。荆京把许小满拉到一旁，拿出手机让她看微博热搜词条，视频里许小院笨手笨脚的样子，引发了各种调侃和热议。

荆京："明天公司一定会问责这件事，我怕许小院应付不来。你如果忙完，就赶快过来带着她排练吧！万一楷老大搞个突然袭击来练舞室，我怕……"

许小满叹气："想摆烂几天，真难。"

夜色中，王花朵从远处向许小满走来，许小院在身后不断向许小满示意，她悄声地比画着口型："妈来了！妈来了！"许小满来不及反应，当即被擀面杖打了一下。

王花朵熟悉的声音传到许小满耳边："打你电话也不接，怎么这么晚才回家？"

许小满再次看到这个熟悉又陌生的女人，没想到是离开家的八年之后，显然，王花朵老了很多，可是脾气禀性却一点儿没变，和年轻时一样，强势且令人厌恶。

许小满咬着牙，挤出一个字："妈。"

王花朵："还好你昨天和我说了拍摄地点，不然我满地球打转儿也找不到你这个臭孩子！这么晚了，坏人多多啊，妈担心你！"

许小满瞥了一眼许小院，还好她已经明智地躲了起来，算她聪明。

这么多年过去了，王花朵还是一样的瞎操心，当初要不是她这样的脾气把爸爸许军气走，他们也许会是一个和谐美好的家庭。

王花朵指着旁边的荆京："这个不男不女的'二椅子'是谁？"

荆京忍住愤怒，没有表情地说："哦，我是今天负责这里清场的人员。"

王花朵："嚯，这别墅确实够大的。你们在这采访啊？采访的是哪个明星呀？阿姨可喜欢现在的一些小明星了，我看他们上台跳个舞、唱个歌就能赚好多好多钱，真是这样吗？"

许小满心想：谁的钱是大风刮来的，台上一分钟，台下十年功，这些都是老娘每天白天黑夜对着镜子练习几百次才跳出来的，就为了台上的几分钟。更痛苦的是要每天节食啊！妇孺之见，真是令人无语！

许小满翻了个白眼："走吧，回家！"

王花朵:"妈还没说完话呢!"王花朵拉着许小满浑圆的胳膊,宛如姐妹一样走在小巷里。

许小满厌恶地甩开了王花朵,王花朵又拉住,许小满又甩开。王花朵:"嘿,你这孩子今天怎么回事儿?"

许小满:"累了。"

王花朵不依不饶地问:"今天采访大明星累了吧,他人怎么样呀?是不是个大帅哥?有签名照吗?给妈瞅瞅!"

王花朵正想骑单车回家。

许小满:"骑车?"

王花朵:"每次我们不是都骑车的吗?你说既便宜还能减肥!"

许小满:"我要打车!"

说罢,她拿起手机,刚要呼叫司机,又想起自己的身份,于是打开叫车软件。不一会儿,一辆专车停在母女俩面前,司机殷勤地给王花朵开门。

许小满第一个钻进去,王花朵几乎没有享受过这样的待遇,显得十分局促,拘谨地笑了笑,便跟着许小满上了车。

王花朵:"这车跑一趟得多贵呀?"

许小满闭上眼,戴上耳机,靠在后座:"我愿意。"

王花朵转念一想:"我知道了,今天你采访了大明星,也想感受一下他们的生活对吧,妈理解!这一辈子也没给你挣上钱,都没带你坐过这种专车,哎!你要想坐这种车上下班,妈给你报销一周车费,行不?"聒噪!许小满懒得搭理她。

王花朵拿出香喷喷的肉夹馍:"饿了吧,给你带了吃的,我刚做的,尝尝!"车里瞬间弥漫着卤肉的香气。

许小满早已饥肠辘辘,她咬了一口肥瘦相间的卤肉,配上脆嫩鲜香的青辣椒，馍香肉酥，肥而不腻，口齿留香，怎能拒绝？这满足的一大口，让她今天的疲惫一扫而光。

许小满心想，十年前，这个女人根本不会做饭，全家都靠爸爸。而现在，她的厨艺怎么会变得这么好？真是斗转星移，判若两人！

许小满摇下车窗，把头探向窗外，任由夜风吹拂她的脸颊，也吹翻了心中许多的陈年旧事。

许小满脑海里第一次冒出了姐姐许小院，与其说牵挂姐姐，不如说是担心自己的身体在笨拙的许小院的操控下，会做出什么匪夷所思的事情。

许小满平时下班只有健康餐可以吃，即使是一群人下馆子，为了保持身材，她也只能吃几根菜叶。而今天这一口让人回味无穷的肉夹馍，竟然让她心头暖暖的，这种暖意瞬间通透全身。

许军重组家庭后，他的第一个女朋友并不喜欢许小满，父亲为了哄另一半开心而偏袒对方，这让许小满对许军极其不满，所以她从小就立志要独立，但独立需要成本，她只有自己赚钱才能获得自由，才能离开这个家庭，重获新生。而许军在许小满小有了名气之后，更是把她当作摇钱树，丝毫不关心许小满真正的生活，导致许小满到现在都用自己的工资养着父亲。

这一口热乎乎的肉夹馍竟然让她的思绪千回百转，有了一种思乡的感觉。然而，她的"家"在哪里呢？她想，难道这就是"家"的感觉？

第五章

原来梦想触手可及

变身后的许小院几次被噩梦惊醒,梦里她再次被妹妹许小满欺负。

幼儿园时期,小小院就已经胖得不行,板寸的头发,高原红的脸颊,因为校服短裙穿不进去,只能穿男校服的短裤,自然让其他小朋友很难分辨出她是男孩还是女孩。而小小满则是一副甜美长相,两个麻花辫自然垂落胸前,发尾还系着可爱的蝴蝶结,一双水灵灵的大眼睛忽闪忽闪的,让人好不喜欢。

小小满看到小小院向厕所走来,低声和旁边的几个小男孩说了些什么,几个小男孩突然笑得不行,然后四下散开。只见小小院走进厕所,伴随一声惨叫,被几个小男孩用水枪从厕所打了出来。几个男孩用水枪追着小小院狂喷,把她逼到墙角,站在一旁的小朋友看着狼狈的小小院哄堂大笑。

小朋友 A:"猪头院是傻瓜!分不清男厕女厕!"

小朋友 B:"哈哈哈哈哈,她可能都分不清自己是男是女呢!"

原来，是小小满让几个男孩子偷偷调换了男厕和女厕的标签，才导致这场恶作剧的发生。

班主任走到许小院面前，把她扶起来。

班主任："怎么回事？"

小小满一脸无辜："老师，是许小院自己分不清男厕女厕，走错了。"

不知何时，男厕和女厕的标签已经被小朋友换了回来，好像什么也没有发生一样。小小院指着标签，仔细端详。

小小院呜咽："呜呜呜，老师，刚才明明不是这样写的。"小小满不知从哪儿拿到了近视镜，递给小小院。

小小满调皮地说："也许，你需要这个。"周围的同学再次哄堂大笑。小小院羞得不行，把眼镜摔到地上，镜片碎成了几瓣儿。

班主任："小院，你怎么能乱扔同学的东西呢？"

小小院突然号啕大哭："老师，我不要和她做姐妹了！她欺负我……"小小满调皮地冲哭鼻子的小小院做个鬼脸，然后跑开了。

清晨，许小院躲在被窝里不肯起床，任凭荆京用什么方法，许小院都把自己蒙在被子里，不肯面对自己变身的事实。荆京无可奈何，只能给许小满打视频。视频中，许小满对她说："许小院，我告诉你，此刻你就是舞蹈皇后 Cindy！看看镜子中的自己，想象一下你就是未来的 SuperStar，你必须给我做到，否则，我会在宠物医院院长面前，让你颜面无存！"

许小院接受妹妹的威胁已经不止一次了，她挂掉电话，打开前置摄像头，看到原来素颜的自己也是如此精致的美人一枚，吹弹可破的皮肤，浓密卷翘的睫毛，还有精致的身材，她按下了拍照键。

这是她第一次鼓起勇气自拍，因为她从小最不喜欢拍照，也没有人愿意和她拍照。镜头前的她，永远需要别人两倍大的空间。而如今，一夜之间，她竟成了一位天仙。就这样，许小院决定尝试一下"新鲜的自己"！

可当许小院来到练舞室准备综艺《这就是舞蹈》训练的时候，她又被现实打回了原形，孤立无援地愣在原地。

站在台上的许小院看着台下陌生的一切：无数镜头对着她，头顶的镁光灯让她被迫暴露在人们的视线前，台下空旷的座位让她浑身不自在。

音乐响起，她跟着面前的舞蹈老师照猫画虎地学着简单的热身动作，却总是慢了几拍，非常不协调。

同样在台上热身的薛雪儿发现了"许小满"的异样，疑惑地看着她。她总觉得，一夜之间她变了，但又似乎什么都没变！

薛雪儿努力克制着愤怒说："如果你认为热身运动对你没用，你可以下台休息，训练时，我们是一个集体，我不希望因为你的'不协调'而影响整个舞队！"

原来，薛雪儿以为她仗着自己舞蹈基础厉害在故意耍大牌，而不认真练习，影响了舞队。其实，许小院真是用了吃奶的劲儿也跟不上这样的训练节奏啊！

许小院耳边回想起许小满的话：薛雪儿是自己在公司的"死对头"，一直为了领舞的角色，和自己挣得头破血流，一定要小心提防，否则后患无穷！而这次上综艺，公司更是直接派出许小满，而没有给薛雪儿名额，所以眼红的薛雪儿一定会在这次训练彩排上动手脚。因此，如何保住自己的参赛名额才是第一要义！

果然，薛雪儿向老师举手建议："教练，我看这次综艺比赛，许小满的状态欠佳，请问是否可以由我代表公司参赛？"

教练："许小满你最近到底怎么回事？这不像以前的你！"许小

院有气无力地说:"老师,我会努力练习的。"

教练:"努力练习?你不是一直强调,你从来就是个'天赋型'的舞蹈演员,而不是'努力型'的吗?这些年你都是仗着自己的先天优势和扎实的基本功横扫'舞'林的,怎么突然想开始用功了?"

许小院不知道原来妹妹许小满在别人眼里是如此的傲慢自负。

许小院:"我突然意识到除了扎实的功底外,还需要不断地打磨和练习。请老师相信我,多给我几天时间吧!"

教练听到这样的回答,竟然有一瞬间的惊讶,然后欣慰地拍了拍许小院的肩头,显然,她对这样的回答非常满意。

教练微笑:"难得你有这样的感悟。你是有实力的,就是欠缺踏实和努力。加油吧,我相信你!"

薛雪儿气得怒发冲冠,许小满和教练一直不对付的呀!她没想到一向骄傲自负的许小满竟然会突然谦虚谨慎起来。

薛雪儿继续挑衅:"许小满,你配吗?哪次大型活动不都是被你搞得乱七八糟,你在网络上发表的那些言论,已经严重影响到了公司声誉,你知不知道每年公司光花在你身上的公关费用就有一大笔,现在你傲慢到连热身运动都不屑去做,你这样的态度,让大家怎么信任你上综艺节目呢?"

许小院心中喋喋叫苦,不是臣妾不想做,是臣妾做不到啊!

许小院听完,紧紧握住薛雪儿的手,仿佛看到救星一样。因为正是薛雪儿对她的"攻击",才给了她不去参赛的理由!

许小院:"我觉得你说的太对了,我特别同意!既然大家都不信任我,我看我就不……"

"不去参加"四个字还未说出口,荆京走过来,争言道:"Cindy姐的意思是,晚上她就不参加舞队聚餐了,她要求继续单人训练!"

荆京用眼睛瞪着许小院,眼神如果能杀人的话,此刻刀已经架到她脖子上了。

许小院心想:啥玩意?不能吃饭,还要继续训练!那不如直接杀了我吧!

此刻,她才意识到曾经的自己虽然在宠物医院受些欺负,但也总比每天让一个"社畜"逼她去"社死"强。就好比暴露在日光灯下的蜥蜴,任人宰割,无处躲藏。

荆京的眼神让许小院无法拒绝。她只好嘟着嘴答应下来:"那我们再练一遍试试吧。"

教练满意地微笑:"Perfect!"

谁让许小满在舞蹈上的造诣那么高呢,现在大家都在质疑"她",看来,许小院也只好跟随妹妹的影子,继续努力干下去了!

音乐再次响起,许小院努力跟上节拍做着动作,她努力将注意力集中在老师身上,就这样忽略了台下的群众和头上的灯光,这让她逐渐放松下来。显然,这次的动作比刚才要好了很多。

但就在此时,一个高大帅气的身影出现在了她的面前,简直让她停止了呼吸,这个人就是她曾经的"初恋"——楷江川。

许小院和楷江川是初中的同班同学,初中时的许小院在女生发育时期已经有了明显肥胖的体态,脸上还冒出了很多青春痘,虽然已经长发披肩,但外形还是令人不甚满意,再加上原本就自卑的性格,使她经常坐在角落里,很少主动与人交流。而楷江川是学习委员,那时候学习成绩的高低是判断一个学生优秀与否的唯一标准。楷江川五官端正,却瘦得像根麻秆儿,弱不禁风的形象像一个文弱书生。虽然在男生堆儿里并不起眼,但眼里却有一股傲气,给人一种距离感。

学校追她的女生很多,许小院虽也是其中之一,却是最不起眼儿的那一个。因为她自卑的性格，使她几乎不敢接近楷江川这位心目中的"男神"。所以，她的付出都是悄悄的、默默的，她害怕因为自己的一举一动，污染或破坏了"男神"的形象。

每天中午，她都站在学校楼道的窗棂前，看着楼下坐在石阶上写作业的楷江川，楷江川偶尔回到教室会发现课桌上多了一杯奶茶，那是许小院给他准备的饮料。

楷江川因为文弱，体育成绩并不算好。许小院看到每次别人打篮球，楷江川却坐在角落读国外传记。许小院发现楷江川爱读书，便每个月用省吃俭用攒下的零用钱去书店买一本书送给楷江川。当然，是在教室没人的时候偷偷放他书包里的。

楷江川一直喜欢比他小一届的许小满，许小满从小张扬的性格和美艳的脸庞就注定是校园的"风云校花"。每周三学校的舞蹈社组织排练，她作为舞队里的佼佼者，总是担任领舞角色。窗户前经常聚集着很多男生女生，都是为了一睹许小满的芳容，楷江川就是她的爱慕者之一，虽然不敢明目张胆地追求，但是经常写"藏头诗"送给许小满，但因为追求者太多，许小满从没在意过。

楷江川为了增加和许小满见面的几率，也报名参加了舞蹈社团，但因为肢体不协调，经常被老师劝退。但楷江川不肯罢休，硬着头皮往上冲。老师看到楷江川非常勇于突破自己，便对着全社加以表扬。随后，便让舞蹈尖子生许小满给楷江川补习，楷江川这才"因祸得福"。

这是楷江川第一次近距离接触许小满，虽然他比许小满大了一届，可在他心里，许小满却像个天使般可爱的小姐姐。每当许小满触摸他的四肢和躯干，将他的动作纠正到尽善尽美的时候，楷江川身体里都有一股涓涓的热流在疯狂涌动。那是楷江川第一次深刻感受到性萌发。他脸上装作冷静自如，而身体和内心却早已春心萌动。

有一天，楷江川的桌斗里突然多了一双男士舞蹈鞋，而鞋盒里的小票上写着"许小"两个字，最后一个字，因为折角的原因不翼而飞。楷江川突然想起排练时许小满对自己的微笑和耐心，便下意识认定是许小满先一步向自己告白了！于是，楷江川兴致勃勃地跑下楼，看到站在楼道正在练舞的许小满，一下就抱住了她，怀里的许小满来不及反应，但愣了两秒后，便立刻把楷江川推开。

许小满："你有病啊！"许小满翻了个白眼，转头离开，留下楷江川愣在原地。

等楷江川回到教室，却发现几个男生女生围住了角落处的许小院。

同学A："楷江川，你看看谁在追你啊！哈哈哈哈哈……"

同学B："真可笑哦！楷江川可是学习委员。许猪头，你也配？哈哈哈哈……"

许小院趴在书桌上，将头埋在两个胳膊之间不敢抬头，因为脸上早已泪流满面。

不知是谁打扫卫生，捡起了地上的折角，上面写着一个"院"字，和小票那个恰好能够拼起来，付款签名处明明白白写着三个字——许小院。

楷江川把许小院的头从课桌上拉起来，一本正经地告诉她："你送的礼物，我很喜欢，谢谢。"

旁边嘲讽的同学突然闭嘴了，大家鸦雀无声，一脸懵逼地看着楷江川。

许小院泪眼婆娑地目送着楷江川离开的背影，那一刻她觉得，上辈子她一定拯救了银河系，"男神"竟然接受了她的礼物，还向她表达了感谢，她觉得自己简直是世界上最幸福的女孩子了！

从那一刻，她自己和自己官宣，眼前这个男生成了她的初恋男友！

她不在乎楷江川的行为如何，因为她早已在脑海里幻想出和他浪漫共处的每一分每一秒，哪怕在下一刻一切都是泡影，但对于许小院来说也足够甜蜜了！

回到现实。

台上，她面前真实的楷江川再次出现了！就这样，两人不期而遇。当然，此刻她拥有着妹妹完美的身体和容貌，她可以藏在妹妹的身体里悸动，害羞，兴奋，这些都不会被人发现。

上学时期楷江川的身影在她心里烙下印记，这些年她再也没有谈过恋爱，也再没有被爱或爱过别人。初中时楷江川英俊伟岸的形象，就像是被尘封的琥珀，永远定格在了那段时光。没有人能再次撼动楷江川在她心里的位置，纵然多年过去，依然完好如此。

许小院的心跳到了嗓子眼儿，因为心神不宁，动作出了岔子。薛雪儿见缝插针，突然伸出右脚故意绊了许小院一脚。她希望许小院在老板面前狠狠出丑，取消她上舞蹈综艺的名额！

手忙脚乱的许小院果然没躲过这一劫，就在快要摔倒时，楷江川的大长腿果断上前一步。就这样，许小院不偏不倚地从台上摔到了楷江川的怀里！楷江川一个飞身环抱，宛如一场公主和王子之间浪漫的圆舞曲。

怀抱里，许小院和楷江川四目相接，气温陡升，火花怦然，旖旎炽烈。许小院梦里的场景终于实现了！只是没想到爱情来得这么猝不及防！

许小院面红耳赤，闭上了眼睛，管她现在是许小院还是许小满，此刻，她只想得到梦中"男神"的热吻！

第六章

绝不恋爱的底线

等待的许小院并未等来王子的热吻。

楷江川将许小院放下来说:"训练完跟我走,晚上带你去个地方。"说罢,楷江川转身离开。

许小院露出花痴般的眼神,内心更是小鹿乱撞,想入非非了。

荆京推了推许小院,示意她要保持"许小满"的矜持状态,许小院这才收敛起"星星眼",把眼神从楷江川身上挪开。而这一切,都记录在了助理荆京眼里。

宠物医院内,今天是许小满替许小院上班的第一天。她潇洒地来到宠物医院前台,仗着自己壮硕的身体,横行霸道地走在医院里,一副天不怕、地不怕的样子。

女同事:"许猪头,快点把我的早餐递过来!"许小满一时间没反应过来是叫自己。

许小满装作没听见,无奈,女同事只能走过来拍着桌子对许小满瞪着死鱼眼说道:"耳聋吗!许小院,把早餐送进来!"

女同事自己从前台拎走了早餐,许小满翘着二郎腿,大爷似的坐着,刷着手机抖音,不屑地看着这里的每一个人。

她从来没有一大早这么清闲过。所以,她的心情非常好,决定不与这些愚蠢的人发生口角。

时间已经八点半了,距离打卡时间迟到了半个小时。按许小院的指示,许小满来到院长办公室报到。

院长:"今天上班迟到半个小时,扣三天工资。"

许小满不屑一顾,翻了个白眼,心想:扣呗,这点儿工资还不够自己平时吃一顿 Omakase 的。

院长:"另外,说了多少次了,护士服系好扣子!衣冠不整像什么样子?"说罢,院长从眼镜后面露出一副猥琐邪恶的样子,盯着她饱满的胸部。他明知道护士服太小,装不下她浑圆的身体,可是却故意让她系紧,来凸显她饱满的身材。

院长一副贼眉鼠眼的样子,一脸奸佞地坏笑:"要不要我帮你系呀?"说罢,将又老又粗糙的双手伸向许小满的胸口。

许小满抽身一躲:"老油条!莫挨老子!"

院长一屁股坐下,变成严肃脸:"咳咳,今天别忘了把 1—5 号病房术后恢复好的宠物让主人接走。"

许小满眼珠一转。

待院长说罢,把自己的护士服整整齐齐地系好,然后逼近老院长,幽幽地说道:"您,刚才想干什么?"

院长再次露出一脸色相,要把魔爪伸向她的胸口。院长色眯眯:"要不,还是解开好看……"

许小满故意低垂着胸部,展现在院长面前说道:"你说什么,再大点声。"

院长嗫嚅："解开，解开好看！"

院长刚触碰到许小满的胸部，她便立刻起身，让院长抓了个空。

许小满冷哼一声："院长，再见。"然后，意味深长地端着茶杯走了。

关上门的一刹那，许小满气得不行。她想：原来这个"猪头院"每天就是这样窝囊地活着的！真是丢尽了许家的脸！不对，许家没有许小院，是丢尽了她自己的脸！

许小满来到洗手间，几个小护士端着饭盒和漱口杯走进卫生间，抢在她面前上了厕所。

许小满横在她面前说道："不会排队吗？"

小护士A："哟，今天终于会说人话啦！"

小护士B："我看她平时不都是个哑巴吗！"

许小满怼回去："我看你虽然话多，可你说的都不是人话。"

小护士A："你等着！"

小护士B故意撞了一下许小满，把饭盒里的剩菜汤洒到许小满的衣裤上。

许小满忍住怒火，做了一个"有请"的动作，说道："既然你那么着急，那么你先请吧！我先去清理下衣服。"

小护士不屑地笑了一下，走进有马桶的单间。许小满在门外迅速把两个门反锁起来。然后，拿起脸盆舀起其他马桶里的污水，就冲两个单间从高空泼了下去。许小满听到里面的尖叫声很爽地笑了。她心想：这个傻小院平时在单位就这么任人欺负吗？简直让许家的祖祖辈辈都颜面扫地呀！怎么父母就生出这么一个不争气的东西！

咦，等等，自己是把许小院当成家人了吗？虽然她一直以来不认这个姐姐，但是遇到这种事儿，她还是要出手相助的，因为这是任何一个人都会做的,许小满这样安慰着自己。

午休结束,宠物医院的员工都回到了工位上,大家却同一时间收到了一封邮件。打开一看,里面是院长"袭胸"许小院的视频,不仅有清晰的录音,而且画面也十分清晰。

许小满潇洒地走进院长办公室,推开房门,正巧看到坐在院长大腿上亲热的女秘书。

许小满:"院长,办公时间,这样好吗?"

院长蹙眉:"你想干啥子?"

许小满:"看看邮件。"

女秘书为院长打开邮件,院长瞬间慌了神。

原来,许小满刚刚把院长给许小院的那个微型摄像机别在衣领的隐蔽位置,把他的丑陋行径都录了下来。并且视频的最后,还附赠了院长和女秘书猥琐的亲热视频。

女秘书气得带着哭腔,指着院长鼻子破口大骂道:"流氓!你还真是什么菜都吃呀!"说罢,气愤地跑出办公室。

许小满站在院长面前,把微型摄像机从衣领摘下,扔到院长面前。

许小满:"你让我采访带的这个录音笔,其实是个微型摄像机,让我用这个去采访女艺人,你知道这对于艺人来讲是非常不礼貌的吗?"

院长汗颜,心虚到结巴:"我,我怎么知道嘛!"

许小满:"我看就是为了满足你那肮脏的窥视欲吧!"

许小满一步步逼近院长继续说道:"现在我可以把这个还给你了,因为我已经把视频拷贝出来了。"

院长恼羞成怒:"你个瓜娃子,到底想怎样?"

许小满:"三天之内,请你主动辞职。否则这些视频就不仅仅是在单位内部流传了！"说罢，许小满帅气地甩门而去。

许小满看了一眼手机，五个未接电话，是荆京。她知道，肯定是许小院那边出事儿了。

许小满把荆京约在家里见面，荆京和许小满简单说了几句，随后，许小满便来到禅房，和许小院面对面席地而坐。

许小院还穿着健身服，是刚刚训练完的样子。仔细看她的额头，还留着细密的汗珠。

许小满第一次给许小院买了几袋轻食代餐果昔，她拧开一个，递给许小院。

许小满："每天一包，不长胖。"

许小院一饮而尽，继续说道："还能……再喝一个吗？一天没吃饭了。"

许小满想起今天发生的一切，知道姐姐这些年应该也不那么好过，于是就对她说："喝吧！"

许小满得意地问道："做美女的一天，感觉怎么样？"

许小院："我想做我自己……"

许小满："如果有什么解决不了的困难，都可以找荆京。"

许小院："知道了。"

许小满："听说你今天邂逅初恋了？"

许小院："嗯……没想到他是你老板。"

这次换许小满沉默不语了。要知道，这些年许小满的成就确实是与楷江川的培养分不开的。

在许小满一舞成名后，很多舞蹈经纪公司都对她抛出了橄榄枝，她签约了一家业内有名的舞蹈公司，但因为自己擅自接拍广告而得罪了对方，就当这家公司准备对她实行封杀的时候，楷江川出现了，他把这些年的积蓄全部拿出，救她于水火之中。

楷江川为许小满取了艺名——Cindy，签约后，他对许小满的一切商演安排都亲力亲为，量身打造，可谓公司重金力捧的"领舞一姐"，不出一年，许小满就坐上了首席领舞的位置。

全公司上下，无人不知楷江川对许小满鞍前马后，投入极大，公司上下都盛传着"遇到许小满，霸总变舔狗"的传闻。楷江川对此一笑置之，与其说他喜欢许小满，更不如说他是真心欣赏许小满这种女孩的性格。

从初中毕业后，楷江川和许小满没有见过几次。只有逢年过节互发一些很官方的祝福信息。内心细腻的楷江川虽然不善表达，却一直偷偷关注着许小满的微博小号、朋友圈等社交媒体，时刻注意着这个有趣的女孩儿。

他发现，许小满这些年一直从事舞蹈行业，从未放弃。楷江川原本不是这个行业的，但在他做广告公司后，一直有个心愿，就是再开办一家舞蹈经纪公司，期望有一天能与许小满"不期而遇"。

果然，就在前几年，一桩新闻在互联网上甚嚣尘上，是许小满因为不懂艺人合同，擅自接拍了广告而将遭到封杀的消息。这才让楷江川终于等到了机会，为她倾囊而出，实现了他偶遇许小满的愿望。

商场如战场，这些年楷江川早已不再是当年满腹诗书、鲜衣怒马的文学青年，他在机关算尽的商场，逐渐封闭起了曾经那颗文艺青年的心，开始不得不变得左右逢源、八面玲珑，偶尔更要虚与委蛇，这是男人处世的基础。

而当他见到许小满的那一刻，他真的很惊奇，许小满这些年竟然一点都没变，还是曾经那个单纯善良、仗义执言、不管不顾、心直口快的少女！

他欣赏许小满依旧我行我素的青涩状态，更是希望能够把她美好单纯的这一面保存珍藏下来。

于是，他出重金帮助许小满完成了与老东家的解约，并将其签约到自己的公司。他一眼就知道她想要的是什么——自由。世上当属自由最难，可是，他愿意付出一切去尝试完成她的心愿，但他始终不会以追求者的角度在许小满身边出现。俗话说"人生如戏，全靠演技"，他对她的心理活动都在内心，和当年许小满在学校教他舞蹈的时候一样。见到许小满的他总是一脸正经，看似冷若冰霜，实际内心早已骄阳似火。

"滴滴"——许小院的手机传来微信，是楷江川发来的：

"别忘了，9：30 酒吧见！"

许小满看到信息质问道："坦白从宽，抗拒从严，和楷江川怎么回事？"

许小院："他今天撞见我训练，然后就约我去酒吧。"

许小满："还嘴硬？"

许小院把头偏过去，不说话。许小满掰过她的头，让她面对自己的眼神："我是不是错过了什么关键信息？"许小满阴阳怪气特意强调了"关键信息"四个字。

许小院："我摔了个大马趴，然后好巧不巧的就……就摔到他怀里了……"

许小满声色俱厉地说道："和他保、持、距、离！不可以用我的身体和他谈恋爱！听到没有？"

许小院："我不会的！"许小院认真盯着宛如上帝的许小满，顺便竖起了三根手指。

许小满："你现在是不是还喜欢他？"

许小院沉默了。许小满感觉这一幕似曾相识,她回想起初中时和许小院放学后的对话。

初中校园,夜幕降临,小小院躲在操场的角落哭泣。

小小满:"回不回家?"

小小院哽咽着,许小满冷漠地站在她面前。

小小满:"就因为一个书呆子,你连家都不回了?"小小满把撕碎的情书递给许小院。

是许小院写给楷江川的情书,上面是许小院认真的笔迹。

小小满:"再哭也没用!他是不会喜欢你的!"

小小院:"呜呜呜呜,为什么会这样?"

小小满:"喜欢本来就不是相互的,他不喜欢你,也不代表你不够好!是他没眼光!"

小小院:"是不是因为我很难看?"

小小满:"你不丑,就是胖了点。说不定长大以后,就能像我一样瘦了,少吃点就行。"

小小院:"我瘦了的话,他就会喜欢我吗?"

小小满:"也不一定,因为喜欢这种东西,是很难去控制别人的。所以,你只有保证自己不受伤害。"

小小院:"我知道你有事情瞒着我。"

小小满耸了一下肩:"没有……"

小小院:"你骗人,全班同学都说楷江川喜欢你,你们经常一起在舞蹈室练舞,所以,是不是你也喜欢他?"

许小满被这句突如其来的反问问得有些懵,因为她从没想过这个问题。

小小满思考了几秒,说道:"我不喜欢他。"许小院用怀疑的眼神看着许小满。

小小满肯定地说:"是真的!我啥时候骗过你?"

小小院依旧不相信。小小满让小小院直视她的眼睛五秒:"不信的话,你盯着我的眼睛五秒,我的眼神不会说谎。"

五秒的时间,黑色的瞳仁坚定而果决,连眼睛都没眨一下。

小小院这才放下疑虑:"我听说你们舞蹈社团要比赛了,我送他一双舞蹈鞋,你说他会开心吗?"

小小满:"谁知道呢,楷江川有什么好的,一副斯文败类的样子!"

小小院:"可我就是喜欢他,不管他怎么对我,我都喜欢他。"

小小满:"我看你是琼瑶小说看多了。我觉得他瘦得像火柴一样,根本配不上你!你应该和一个力大无穷、强壮威武的男孩在一起,这样,你才能显得瘦一些呀!"

许小满成功把许小院逗笑了,她攥着许小院的手,让她亲手把自己的情书扔进了垃圾桶。

小小满:"这样才是正确的做法。"

小小满把小小院从地上拉起来说道:"走吧,回家!"

华灯初上,学校的操场已经没什么人了,几盏老旧的路灯散发着微弱的光。夜风吹过,寒意明显,许小满把衣服披在许小院身上。

许小满:"我有点热,给你穿。"

姐妹俩拉着手,背着书包,漫步在路灯下。许小满的身影被拉得顾长无比,显得十分高大。

回到现实,许小院的沉默,令许小满猜到了答案。

许小满:"你不会真的这些年一直惦念着他吧?"

许小院:"不会的。"

许小满:"许小院,我告诉你,你一撅屁股,我就知道你拉的什么屁。你看看你今天回家后那魂不守舍的样子，你今天就是心里长了草，动心了。可是，你现在用的是我的身体，他喜欢的也不会是你许小院，而是我许小满！你知道吗？"

戳中心窝的话，总是让人感觉生疼。

许小满继续说道："你觉得如果我们变回自己，他还会喜欢你吗？别做梦了。所以不要用我的身体和他谈恋爱！我知道这些年楷江川一直待我不薄，可我从来没有打算和他成为恋人！更重要的是，我更不希望他影响我的事业！"

许小院："知道了，你不用说了。"

许小满一字一句地说道："不许和他谈恋爱！记住没？"

许小院："我没资格喜欢他。"

许小满戳戳许小院的脑门，狠狠地说："许小院，我希望你保持清醒，有点儿自知之明！"

说罢，许小满离开了房间。

荆京看许小院半天没有出来，于是便走了进去。许小院翻开妹妹许小满的抽屉，看到了她们的舞社合照。她摩挲着楷江川的样子，掉出了眼泪。

荆京不知何时走到了她的面前，为她递过纸巾。

荆京："你知道Cindy姐这些年为舞蹈事业付出了多少吗？那是你不能想象的苦。就好比是你今天辛苦的十倍。所以，你的每一举动都会影响到她，我务必要提醒你。"

许小院的大眼睛挂着泪珠，楚楚可怜地看着荆京。

荆京："你可能不太懂这一行。你知道，如果，Cindy姐和楷江川恋爱了，媒体会怎么看她吗？"

许小院摇摇头。

荆京：“因为这些年有很多水军经常会在网络上黑一些艺人，如果被他们抓到许小满的把柄，他们就会对许小满进行诽谤类的攻击，传出绯闻。比如，说她这些年的努力都是靠楷江川的提携和帮助，部分网友一向有仇富心理，他们会杜撰出许小满靠着老板上位这样的热搜标题，到时候，Cindy的口碑便会一落千丈，严重影响到她的事业。"

显然，许小院没有意识到问题会这么严重，她想到今天自己的行为，就很可能会被一直爱挑事儿的薛雪儿"高谈阔论"一番后泼上黑水，毕竟她不想做恶人，影响妹妹辛苦开拓的星途。

荆京：“这些年，我眼看着Cindy姐一路打拼过来，走得非常辛苦。每天不仅要保持体重，而且还要不断应酬，去接各种商演。因为她不仅要管自己，还要应付那个把她当作摇钱树不要脸的老爹，她真的非常非常辛苦了，我真的不希望这一切付诸东流。"

许小院坚定地点点头：“放心吧，我知道了，绝不恋爱是我的底线。"

荆京：“谢谢你。"

【彩蛋】

初中学校的图书馆。

小小满一屁股坐在楷江川的旁边，楷江川吓得面红耳赤，连眼镜都掉在了地上。

小小满低声地说：“别紧张，我不是来和你约会的，只是要和你商量件事儿。"

楷江川："如果有什么我能做的，随时告诉我，我一定竭尽全力。"

小小满："许小院一直喜欢你，你不是不知道吧？"

楷江川："嗯，我知道她……"

小小满打断："停！不用解释，我都懂。但是，她最近听闻咱们舞社要比赛了，想送你一双舞蹈鞋，我只是提前告诉你，希望你不要伤害她，我真不想一回家就看到她哭哭啼啼的样子。所以，我希望你能做得有分寸，不要让她太没面子，不要伤害她、令她难过，你懂吗？"

楷江川："懂，一定做到。"

小小满："另外，听说她在班里经常受排挤，你作为学习委员也要多多保护她，其实她就是内心太软弱了。"

楷江川："好的，还有什么指示？"

小小满："你应该知道，喜欢这种事儿不能强求，就像我不会强求你去喜欢许小院，我希望你也不要强迫我。因为，我这辈子，下辈子甚至永远，都不会喜欢你的。"

楷江川："我喜欢谁是我的事儿，和任何人都没关系。"

小小满："是个明白人儿，记得好好练舞，我走了！"小小满故作潇洒地离开。

走出图书馆，她长叹一口气，把钱包里楷江川的大头贴扔到了垃圾桶里。那一刻，她暗暗发誓，为了不伤害姐姐许小院，天下男人多的是，许小院喜欢的男孩，自己坚决不会碰！

第七章 此仇不报非君子

梳妆台前,从来不化妆的许小院拿起化妆工具,对着抖音教程,开始学习化妆技巧。她希望,今天和楷江川的第一次"约会",自己是完美的。

"哦,不对!"她在嘴里念叨着:"只是见面而已!"可是,心里依旧小鹿乱撞,手忙脚乱地把化妆品往脸上扑。荆京看不下去了,只好动手帮忙。

许小院到了约定好的酒吧,一身 Alexander Wang 亮片鱼尾紧身裙,脚踩 JIMMY CHOO 高跟鞋,拿着 blingbling 的手包下了车,引来旁人煞羡。

荆京嘱咐她:"少喝酒,记住我今天说的,我会在旁边桌死死看着你的。"

这是许小院第一次来到地下酒场,现在是夜里十点,喜欢夜生活的人,才刚刚开始他们精彩的一天。她没有想到,在一线大城市里,会有这么一隅空间盛满这么多人。舞池中间形形色色的少男少女，在震耳欲聋的摇滚乐的驱使下，疯狂晃动着自己的身躯，白皙的躯体在摇曳的五彩射灯下格外引人注意。这里充满了烟火气，自由和暧昧的气氛笼罩着整个酒吧。

昏暗的灯光下，调酒师摇摆着身体，优雅地调配着鸡尾酒。闪烁的灯光打在男男女女的脸上，大家都在奋力发泄着自己，仿佛一颗颗渴望安慰的心灵。

穿过迷离的灯光与飘荡着香烟、香水味道的迷雾，许小院看到了角落里熟悉的身影。

她扭捏地走到楷江川面前准备坐下。此时，楷江川正在和调酒师聊天，看到她准备坐下，便帮她拉开座椅。

楷江川看着表说道："今天竟然没迟到。"原来，许小满一直爱迟到，早知道她晚来一会儿了。

楷江川："喝点什么？"

因为不会点酒，最好的办法就是说"和你一样"。

不一会儿，调酒师上了一杯和楷江川一样的鸡尾酒，端到许小院面前。

楷江川："你能来，我很开心。"

许小院词不达意地回应："不客气……"

楷江川显然没听到："你说什么？大点声！"

许小院："没事儿……"

许小院在这个不属于她的世界感觉非常不自在，她尴尬地喝了一大口酒，颜色艳丽的液体立刻在她的脑袋里炸开，她没想到鸡尾酒度数竟然那么高，她有点上头了。

楷江川："走吧，跳个舞去。"楷江川牵着许小院的手，走到舞池。

许小院看着周围拥挤的、不停狂欢的红男绿女，突然感觉自己和这个世界格格不入。

此时，她听到周围的女孩指着自己对男伴说："哇，你看那个女孩身材好棒！"另外一个女孩也打量着许小院感叹："这个女孩的衣服好漂亮，他们很登对耶！"

许小院第一次听到别人赞美自己，心里突然感觉到非常荣耀，而这种荣耀在酒精的催化下变成了自信。于是，她又要了一杯酒，一饮而尽。这时，她终于觉得她有那么一点儿融入了这个世界。

扑朔迷离的灯光下，嘈杂声、嬉笑声、音乐声疯狂地灌入耳朵。而眼前的楷江川今天也穿着白衬衫，仿佛又回到了初中时那个白衣飘飘的年代。

楷江川拉着许小院的手，随意跟着节拍舞动。

楷江川摇摆着身体说道："这让我想起初中的时候。"楷江川回想起初中时的那个他，只不过蔓延在脑海中的却是许小满。那时，他们也是经常像这样手牵手在舞蹈教室一起跳舞。

许小院回答："是的，那时候真好。"

微醺的许小院不自觉地把手搭在了他的肩头，说道："没想到你跳舞也不错。"

楷江川："是上学的时候你教得好。"

说罢，楷江川抱住许小院，音乐变得激昂起来。二人跟着节拍，舞步也开始变得越来越激烈。醉眼蒙眬的许小院开始跟着楷江川的舞步翩翩起舞，她仿佛找到了一些跳舞的门道。

楷江川说道："这几天看你训练状态不好，所以带你来这里放松一下。"

许小院这才发现，自己已经跟随楷江川走上了舞池正中心的舞台。

许小院突然一激灵，陡然清醒了。她结巴地说道："我，我，我可能这种状态还要持续一段时间。"

楷江川："如果心里有事儿，记得还有我。"

许小院："没……"

楷江川："无论你发生了什么，我都希望你趁今天可以痛快地发泄出来。"

许小院看着楷江川含情脉脉地注视着自己的真切眼神，她感觉自己的心都要融化了。这就是她一直以来魂牵梦绕的那个男人，此刻就这么真切地、深情款款地看着自己，简直像做梦一样！

楷江川温柔地拍了拍许小院的头："舞台交给你了。"

许小院这才发现，在楷江川的指挥下，服务员已经把舞台升起来了，所有的灯光都对准了台上的自己。就这样，许小院尴尬地站在了圆形舞台的中央，成了全舞厅的焦点。

许小院大喊："等一下！楷江川！"可惜，她的叫声淹没在了嘈杂的声浪里。许小院这才发现，自己已经置于孤助无援的境地，无数的人注视着自己，让她再次感觉到紧张和惊恐。

在楷江川眼里，以前的她可是全舞厅的女王，在这种场合下，许小满一定会疯狂地迷恋上这里的节拍，疯狂甩动自己的身体，能跳上一整夜。

而此时楷江川却发现，台上的"许小满"非常孤独，于是，他开始跳起上学时和许小满一起在练舞室跳的那支舞。

台上的许小院死死盯着台下她倾慕已久的楷江川，此刻，她脑海里浮现出初中时的场景。那是一个明媚的黄昏，放学后，空无一人的舞蹈教室，只有楷江川一个人在夕阳下刻苦练着舞蹈。小小院趴在舞蹈教室的窗棂上，踮着脚尖，目不转睛地盯着楷江川。

他每跳一遍，小小院就在心里陪他跳上一次。楷江川一共练习了十次，小小院在心里也默背了十次舞步，她自然对这支舞蹈不陌生。

那时候，许小院心想：如果有一天，我能和男神一起跳这支舞，那就死而无憾了！

此时的酒吧，许小院心中的回忆和眼前在台下跳舞的楷江川相互重叠。

全场真空般的安静，因为在许小院的眼里，只允许有一个人出现，那就是楷江川。

台上，许小院紧紧注视着楷江川，她跟着他的步伐，跳起了那支早已烂熟于心的舞蹈。

她终于完成了她初中时的梦想，和自己的"男神"一起跳了这支熟悉的舞蹈！

即使在楷江川眼里，她并不是许小院。

但只要她眼里，他是楷江川就已足够。

就这样，许小院在众目睽睽之下，舞出了舞台上人生的第一曲。虽然舞步算不上精湛，但是足以见出她放下了胆怯、紧张，还有对陌生感的畏惧，第一次学会了放纵自己。

一曲完毕，台下的人纷纷为许小院欢呼雀跃。荆京在一旁，也不自觉地为许小院鼓起掌来。

许小院第一次旁若无人的表演，引来了大家的呐喊尖叫。有人鼓掌呐喊，有人举酒庆祝，没人在乎她真的跳了什么，大家都为那一刻的谢幕而真心感动。音乐停止了，许小院显然没有尽兴。在大家的"安可、安可"的呼喊声中，她已渐入佳境。

许小院冲乐队打了个响指道："Music,Come On！"

乐队即兴来了一首当下最流行的乐曲，许小院拿过麦克风，开始忘情地唱起来！

歌声清澈婉转，仿佛清晨枝头百灵鸟的嗓音，惊艳了在场的所有人，全场的人不得不停下手中的酒杯，纷纷注视着台上的她。

而最诧异的，莫过于楷江川。因为要知道，以前的许小满是个绝对的"音痴"呀！曾经，楷江川考虑让许小满除了舞蹈方面的发展，在音乐上也能大显身手。

他找了很好的声乐老师给许小满培训，希望她能多涉足一个领域，尽快出一张个人迷你专辑。然而，这样的念头在声乐老师的哀求声中结束了，因为声乐老师真的不想再被许小满折磨了。她劝楷江川，对于许小满这样的"音痴"，还是不要在音乐上下功夫了。

这是曾经的许小满留给楷江川的印象，可如今，怎么突然间，许小满的歌声就如此动听了呢？他不禁怀疑，当时的许小满会不会是为了和他作对而故意为之的呢？

荆京紧皱眉头，他知道许小院这是喝高了，于是立刻让音乐停止，趁人不注意把许小院从台上拉了下去！

荆京心想：这下轮到Cindy姐压力山大了，她可是个不会唱歌的人呀！

宠物医院里，许小满正准备下班回家。

她的桌上堆满了吃剩下的零食，还有一些时尚杂志。

显然，她已把这里当成了"休闲圣地"——这种单位就是用来"摆烂"的。

还有三四个男孩女孩和他们的小狗小猫被滞留在宠物接待室里，那是专门为宠物寄养设计的房间。宠物医院不仅可以给宠物看病，还可以短时间寄养宠物，一些家长有时候加班晚些回家，经常让放学后的孩子来宠物医院找小院姐姐玩耍学习。在这里，小院不仅会给他们辅导功课,有时候还带着他们了解动物的习性,看各种动画片。

许小满正准备溜之大吉,却被一个小男孩抓住衣襟。

小男孩叫道:"小院姐姐,你要走了吗?"所有小孩子听到,立刻把许小满围住,拉住她不让她走。

小女孩说道:"平时你都会照顾我们到爸爸妈妈下班的,今天为什么要提前走呀?"

许小满一脸疲惫,她真心不喜欢小孩子和小动物,在这里的每一天都是对她的折磨。

许小满敷衍:"我困了,想睡觉了。"

几个小朋友互相对视,团团围住许小满。"不要走,不要走,我要小院姐姐给我们讲小猫小狗的生活习惯。"

许小满一脸无语,胳膊拧不过大腿啊!她只好留下来。可是她从没养过宠物,也不了解猫狗的习性。

许小满一脸为难:"你们饶了我吧。"

一个小男孩竟然哭了起来:"呜呜呜呜,小院姐姐你变了,你好像变了一个人,不喜欢我们了!你是假的小院姐姐!是假的!"

没错,孩子的第六感是最准确的!真是让人啼笑皆非。

许小满露出哭笑不得的表情,她说:"就知道哭哭哭,我小时候从来没哭过!"小孩子的哭,往往就像灰指甲,一个传染俩,有强烈的传染效应。显然,一个男孩的哭泣,带起了在场所有小朋友的哭泣……

许小满无可奈何地说道:"好了,好了,姐姐不走,陪着你们。都不许哭了!"许小满厉色后,孩子们止住了哭腔。

"我给你们放一段舞蹈视频吧。"许小满说道,"你们一起跟着视频跳,姐姐教你们跳舞。"

小女孩发问:"胖胖的小院姐姐可以跳舞吗?老师说胖子不适合

跳舞。"

许小满："谁说的，我就能跳！"

许小满打开抖音上粉丝上传的自己曾经荣获全国第一名的民族舞视频，这可是珍贵且光荣的一段记忆。

许小满骄傲地问："视频里的姐姐好看吧？"

小女孩："这个好像是Cindy姐姐耶！"

许小满惊讶又兴奋："你认识她？"

许小满心里简直乐开了花，她没想到，自己不仅受男粉丝追捧，连小孩子也知道她的存在。显然，自己作为舞蹈演员在各个年龄段的粉丝中都有巨大的影响力。

正在许小满得意之时，小女孩突然把电脑关了。

许小满好奇："啥情况？不看啦？"

小女孩说："你说过，看Cindy姐姐跳舞的人今后都会变成癞蛤蟆，你忘记了吗？"

……

许小满宛如晴天霹雳。

另外的小男孩也插嘴道："我妈妈也不喜欢Cindy姐姐，说她跳舞像个没有骨头的蛇精！每次我爸爸一看，妈妈就把电视关掉，还说坚决不给她投票呢！"

许小满暴跳如雷，这几天积攒下来的些许好感瞬间化为乌有。好啊，原来这几年许小院就是这么在心里记恨自己的，竟然还传递给了下一代，这一招，真是让人拍案叫绝。

此仇不报非君子。这一账，许小满算是记下来了！

第八章

突破自己，我可以！

夜落星稀，已经夜里十二点了，被宠物和小孩折磨了一天的许小满拖着疲惫的身体回到了家。

她关上门，王花朵卧室的灯亮了。王花朵走到厨房，拿出刚刚煮好的小云吞放到桌子上。晶莹剔透的小云吞在虾米海带清汤中游泳，水面上还漂浮着细碎青绿的小葱花，垂涎欲滴，很难让人拒绝。

王花朵揉揉惺忪的睡眼说："给你包了几个云吞当夜宵，吃吧。"

许小满把自己刚买的小龙虾端上桌子，面无表情："我吃麻辣小龙虾。"

王花朵奇怪道："我怎么觉得你最近口味变了，是不是我做得不好吃呀？"说罢，王花朵尝了一口云吞，咂摸咂摸滋味儿。

许小满不耐烦地说道："和你没关系，我爱吃小龙虾而已！你快回去睡觉吧！"

王花朵自言自语："难道馅儿不对？"

许小满皱眉："拜托，让我一个人静一会儿行吗？"

王花朵不再说话，一个人进了厨房，把之前和的馅料倒进垃圾桶，然后打开冰箱，解冻猪肉馅，切葱姜，倒酱油，一气呵成……

这次，她戴着老花镜，对照着手机上的食谱，用着量勺和油壶，分毫不差地勾兑着馅料。白炽灯下的王花朵，穿着花棉布睡衣，佝偻着背，显得孤独苍老。

许小满走进厨房："大晚上的还要做？"

王花朵笑呵呵地说："估计是我年纪大了，调料的比例放错了，我这就再拌一锅馅儿，明天给你包饺子吃，你再尝尝。"

许小满把空碗从背后递给王花朵。显然，她已经把刚才的云吞连汤带馅都下肚儿了。

王花朵惊讶："呀，都吃光了！那就好，那就好！把碗放池子里，明天我刷。"许小满看着王花朵高兴的样子，仿佛完成了一个天大的任务，终于踏实了。

许小满说："快去睡觉吧，明天给我包饺子。"

王花朵说："好嘞。"就这样，王花朵才肯回屋睡觉。

许小满继续坐在客厅剥小龙虾吃，没了王花朵在耳边嗡嗡，屋里突然安静得有些吓人，只有冰箱的电流声，在夜色中听得一清二楚。

许小满突然开始有点嫉妒许小院了。父母离婚后，许小院怎么会有这么一个好妈妈。按理说，曾经的王花朵是"十指不沾阳春水"的，做饭做家务都是不愿意的。但这些年，她竟然为许小院改变了这么多。而自己却连个温暖的窝都没有，许军一直以来只把她当"摇钱树"，无论自己挣多少钱都喂不饱他，即使别墅那么大，也没有人心疼自己，也算不上幸福。即使房子再破再小，家里有人挂念，才叫"家"啊！她羡慕许小院有个虽然不完整却很温暖的"家"。但自己的"家"又在哪里呢?

次日清晨,许小满看到微博热搜,上面是昨日许小院站在酒吧舞台全神贯注唱歌的视频,热搜词条赫然写着——Cindy 酒吧首次开嗓!许小满恨得咬牙切齿,立刻打车去找这个该死的"惹祸精"许小院!

咖啡厅里,许小满怒发冲冠,盯着许小院。许小满说:"为什么毁我?"

许小院一脸疲惫,蓬头垢面,很明显昨天的宿醉让她今天黯然失色。

许小院说:"昨天喝多了,所以即兴……唱了几句……"

许小满质问:"你明知道我……五音不全,为什么还要成心让我出丑?如果我们哪天换回身体,我会有多难呢!我未来的事业要怎么办呢?"

许小院一脸委屈:"对不起,我真的不是故意的,我也不知道楷江川会突然让我跳舞。"

许小满诘问:"他让你跳舞,谁让你唱歌了?"

许小院一脸委屈:"对不起,是我不对……"

许小满拿起手机指着热搜说道:"看见没有?公司已经在推这条热搜了,不出意外,这两天公司会和你谈出专辑的事儿,到时候你一定要拒绝。"

许小院说:"知道了。"

许小满说:"还有,为什么跟宠物医院的小朋友说看我跳舞会变成癞蛤蟆。"

许小院低声道:"是我妈说的,不是我……那天小朋友让我讲有关癞蛤蟆的故事,我就想到王花朵说的话了……对不起。"

许小满汗颜至极,所谓的"伤害性不大,侮辱性极强",也不过如此了。许小满安慰自己:"万箭穿心,习惯就好。"

而她想起昨天王花朵事无巨细为她操劳的样子，才让她火山爆发的心平复了下来。

许小满说道："对了，你的老板辞职了，他已经带着女秘书滚蛋了。"

许小院满脸惊讶："为什么？"

许小满并不想告诉她真实发生的事，说道："自己想走了呗，哪有那么多为什么！"

许小院突然有些难过，她说："这几天委屈你了，在宠物医院那种地方，肯定待不惯吧？"

许小满说道："真是可笑，我许小满什么职业干不了？你以为都像你一样怂吗？"

许小院突然想到自己在宠物医院的境遇，很可能都被许小满知道了，突然心头一酸，眼圈红了。她说："对，你说的对，我就是个怂包，打不还手、骂不还口，还经常给你惹麻烦。"

许小满意识到自己说重了，她在社会上混迹这么多年，什么人没见过，可是姐姐许小院的生活一直非常单纯简单，她很可能应付不了这么复杂的人情世故。再说了，让她此时情绪崩溃，对于继续扮演自己也没好处呀！

许小满劝说道："许小院，你现在扮演的是我舞蹈皇后许小满，我可是众人皆知的明星！你整天哭哭啼啼的让别人怎么看我？"

荆京突然收到楷江川的信息："今晚全员务必在东剧场进行一场临时演出，很多重要嘉宾会来现场观看。"

许小院哀求："我能不去吗？"

许小满说："怎么可能。你作为领舞必须去，不然不又便宜了那个薛雪儿了吗？"

许小院说："可是我记不下来舞蹈动作，跟不上大家的节奏……"

许小满说:"没事,我有这个!"许小满拿出一副蓝牙耳机,"在台上戴着这个,我指挥你,一定没问题!"荆京也冲许小院坚定地点了点头。

荆京配合着说:"拿出昨天在酒吧舞台上的气势,我们相信你。"

许小院一副罪孽深重的模样:"苍天啊,什么时候我们才能换回去啊……"

更衣室,星川舞蹈公司的所有演员正在换装。许小院战战兢兢、忙手忙脚,显露出上台前的紧张,坐在洗手间的马桶上不敢出来。

蓝牙耳机里传来了许小满的声音:"我在后台看到她们都开始换衣服了,你在哪儿呢?"

许小院有气无力地说道:"我……我肚子疼……"

许小满丝毫不信:"放屁,你刚才根本没吃东西。我看你就是想临阵脱逃!听回音你在厕所对吧,我这就去找你!"

许小院叹气道:"算了,我出去。"

许小满安慰道:"别紧张,台上听我指挥,你可是众人皆知的舞蹈皇后,自信!自信!懂吗?!"许小院深深吸了一口气,转身来到更衣室。

当她想拉开衣柜时却发现钥匙不见了,打不开柜子,就没法换装准备。可是钥匙,刚刚明明插在柜门上的!

此时,薛雪儿用犀利毒辣的眼光看向焦急的许小院,没错,钥匙就是被她拿走了,可是此时许小院却并不知道。

因为是女更衣室,荆京也无法陪同。许小院只好一遍又一遍地寻找。要知道,她的演出服和舞蹈鞋都在柜子里,如果拿不到她该如何上台演出?

可是,直到开场前三分钟,她也没能找到钥匙,她打算放弃了。

心急如焚的许小院眼圈都憋红了，她开始求助其他成员，有没有备用演出服。就在此时，舞蹈队的指导员指着旁边柜子里的一套备用演出服喊道："这有一套没人用的。"

指导员："不知道是谁放的，你先穿上这个吧！赶快赶快！该上台了！"

台上，演员全部就位，台下，人山人海，声势浩大。很多人举着"许小满Cindy，我爱你"的场牌和鲜花。

可惜这些鲜花和注视并未让许小院安心，反而让她非常紧张，生怕走错一步，便万劫不复！

许小院站在舞台正中央的C位，目光终于搜索到了台下许小满的身影。

许小满冲许小院挥舞着荧光棒，耳机中传来她的指令："别紧张，一定行。"音乐声响起，演出开始了！

许小院跟着耳机传来的指导声，一五一十做着舞蹈动作，虽然没有那么自如，但是在她的提醒下，至少没有错误发生。

然而就在此时，许小院一个抬手的动作，才发现她的演出服是被人剪开的，腋下破了一个大口子，因为动作的拉扯，口子被撕扯得更大，直达腰部，已经露出了安全裤的边角。

许小院为此，动作慢了一个八拍。

许小满显然也注意到了，愤怒地说："为什么上台前不检查衣服？这是每个演员必须要做的事情！你是傻吗，还是故意想让我出丑？"

她有苦说不出，心里委屈。许小院心想：没人跟自己说呀！自己又不是专业的舞蹈演员！

许小满显然也觉得此时发怒并不是时机，于是努力沉下语气，说道："别管它，别看它，就当你穿着比基尼在跳舞！"

这一句让许小院更紧张了，因为许小院从小身材就不好，但凡露出一点肉，都会让她十分紧张和不自然。每到夏天，她也要穿着最宽松的长褂长裤才肯出门，怎么可能穿比基尼呢？一想到比基尼，她便更加战栗不安、瑟瑟发抖……可惜，此时她在台上，无法向台下的许小满表达。

音乐抵达高潮，许小院艰难地完成着每一个舞蹈动作。显然，刚才的分心，让她方寸大乱。

然而就在此时，她的舞蹈鞋的鞋跟好巧不巧断成了两半。原来，这一切都是薛雪儿提前设好的陷阱。

毫无舞台经验的许小院正准备去捡鞋跟，却被许小满呵斥住，耳机里传来许小满充满怒气却故意压低的嗓音："不要去捡！不要去捡！你在舞台上！"

然而，就在许小院准备起身的时候，蓝牙耳机也好巧不巧地掉在了地上，滚落到了十米开外的距离。

许小院像盲人没有了拐杖，老人没有了花镜，完全变成了一个睁眼瞎子。毫不意外，缺少了动作指导的她做错了动作，还狼狈地差点摔了个狗吃屎，好在她扶住了台中央矗立的麦克风。正是她的一个趔趄，反而让她站到了舞台中央的麦克风面前。台下的许小满并不知道许小院的蓝牙耳机已经掉落，还在不断和她说话。

许小满焦急地问："你在干什么？快点归队啊！"

然而，许小院站定在麦克风前，此时的她大脑一片空白。少了耳机指导的她反而镇定了下来，她看着台下的观众纷纷注视着她，想起了昨天在酒吧的场景。音乐抵达高潮，于是，许小院做了一个决定——将计就计，高歌一曲！

台上，许小院已经失控。台下，许小满已经没脸再看下去，疾步向出口狂奔！但当歌声传来的一刹那，她的脚步停住了。因为令她惊讶的是，许小院独特的嗓音，宛如天籁，曼妙的歌声瞬间响彻剧场上空。

她绝妙的歌声配合着身后舞队的精彩表演，天衣无缝、丝丝入扣，让台下的观众拍案叫绝。

此时的许小院闭上了眼睛，她想起昨天在酒吧的舞台中央演出的情形，把台下的许小满想象成了楷江川。

许小满回眸，看着舞台中央全神贯注演出的许小院。

许小院声情并茂的一曲，赢得了在场所有人的掌声，包括站在角落的楷江川，都对她的歌声感到震撼。

许小院第一次独立在舞台前完成了完美的谢幕，她赢得了在场所有人的肯定。

一曲完毕，许小院睁开双眼，看着台下黑压压的人群，耳畔突然传来此起彼伏的掌声。

这一刻，她回到现实，才发现被全场观众注视，当她看到许小满犀利和凶狠的目光时，社恐的她突然由于惊吓晕了过去。

特殊通道内，许小院在荆京的搀扶下准备率先离开。

荆京说："你用出其不意的歌声挽救了这场演出！真没看出来，你有两下子。"

许小院说："是我下意识的反应……"

通道门口，一个棕红色头发的男孩，踩着滑板，牵着一只魏玛犬突然出现在许小院面前，把许小院吓得"退避三舍"。

这个男孩叫杜子藤，他从身后拿出便当盒说道："不好意思，今天开会太晚了，没能来现场看您的表演。不过，我们刚刚研发出一道新菜品——浇汁牛排，请您试吃！"

许小院搜索着许小满给她介绍过的所有人物，终于在大脑 CPU 处理器中搜寻到了这位男孩的名字。

许小院疑惑地问:"杜子藤?"

荆京插话,缓解尴尬:"藤哥,来也不说一声啊!"

许小院知道,荆京在暗示她答案。魏玛犬冲许小院大叫,好像察觉到了眼前"许小满"的不对劲。

这只名贵的魏玛犬品相极好,显然价值不菲。它胸前挂着名牌——阿杜,而主人杜子藤的胸前则挂着同款金链子,写的是"爱玛"。狗狗和主人的项链换着带,能看出杜子藤非常疼爱自己的爱犬。

杜子藤连忙把魏玛犬往身后拽,说道:"不好意思,我知道你对猫狗过敏,但是今天家里阿姨不在,只能我带它出门遛弯了。"

爱玛继续冲许小院大叫,许小院蹲下身子,摸了摸爱玛的头。这一摸仿佛有魔力一样,爱玛突然安静了,用头蹭着许小院的手,又趴下求许小院摸摸,一副十分可怜乖巧的样子,但眼神里有一种难以言说的痛楚。

许小院站起身对杜子藤说:"你的狗狗生病了,需要立刻去医院检查。"

杜子藤惊讶:"啊?"

第九章

搞定一个男人,先搞定他的狗

杜子藤是一家意式餐厅的老板,也是个多情的文艺青年,年纪比许小满大两岁。他给人的感觉,永远像个没长大的男孩,头戴棒球帽,身穿运动服,脚踩运动鞋,背着双肩包,每天滑着滑板上下班,是典型的新一代创业青年的样子。

小时候的杜子藤大部分时间是独自在家饿肚子的,爸妈是做投资的,平时非常忙,杜子藤基本上是家里的保姆带大的。小时候,保姆经常带着杜子藤去菜市场选购食材,杜子藤每天待在保姆身边,因为保姆做菜技艺极佳,所以杜子藤耳濡目染,最熟悉的莫过于看着原本朴素的食材如何一下子变成碗中色香味俱全的菜肴。就这样,潜移默化之中,他的厨艺也日渐精湛。

杜子藤不仅是西餐厅的老板,也是餐厅的主厨。对于餐厅的经营,他总是亲力亲为。流媒体时代,他靠着分享创意菜的视频慢慢在社交软件上火了起来,不久后开了一家文艺感十足的创意西餐厅,里面的装潢充分发挥了他文艺青年的特质，全部以电影为主题。就这样，在网上口口相传，大火特火，成了本市著名的"网红打卡餐厅"。

但他坚决不开设外卖跑腿业务，因为他认为，再好的食材，一旦经过时间的消磨也会影响食物的口感和味道，他不希望自己餐厅的菜肴在食客入口前受一丝物理上的影响。但恰恰因为这样的理念，导致餐厅每到饭点就异常火爆。

小时候因为孤独，妈妈给他买了一条贵族魏玛犬，名叫爱玛。与其说宠物是人类的朋友，更不如说在孤单的时候杜子藤需要一只宠物的陪伴。

他身边不乏追求者：女网红、女演员、女艺术家，各色女孩他都见过。对于未来的婚姻，他并没想清楚。虽然他不知道自己要什么，但他知道自己不要什么，他更希望自己的女朋友是一个平凡、温柔、贤惠、富有爱心的少女。

许小满是他所有追求者中最让他头疼的一个。可以说，他是看着许小满一路磕磕绊绊成长起来的，他愿意为她提供帮助，排忧解难，但他认为许小满敢爱敢恨的侠女性格和自己并不合适。做哥们可以，但谈恋爱就是另外一码事儿了。他对许小满一直保持着"友达以上、恋爱未满"的状态，得体地注意着分寸。而此时，眼前的"许小满"却敏锐地察觉到了自己狗狗的病症，这让杜子藤着实惊讶。

杜子藤问道："它怎么了？"

许小院回答："目前不能断定，得立刻去医院做个检查。"

杜子藤说道："这么晚了，附近还有宠物医院开门吗？"

许小院回答："我知道有一家，跟我走吧。"

他看着"许小满"熟练地牵起爱玛的牵引绳，然后紧紧抱住爱玛，向最近的宠物医院跑去。

杜子藤喊住："等一下，坐我的车吧！"

杜子藤给抱着爱玛的许小院拉开车门，许小院上了奔驰商务车。身后，手捧鲜花的楷江川在剧场出口处，看到此情此景，掉头离去。

车上，许小院给许小满发微信："江湖救急，现在立刻打车去我上班的宠物医院，记得带钥匙，今晚没人值班，你先去开门。"

许小满发来一串问号："？？？？"

许小院打字："我在出口处遇到了你的'男神'杜了藤，然后发现他的宠物生病了。"

许小满回复："立刻到！"

宠物医院内，许小满下意识地戴上口罩，担心杜子藤会从眼神举止中看出什么端倪，毕竟她和杜子藤也认识几年了，如果让"男神"知道此时她已藏在许小院肥胖的身体里，她害怕"男神"就不再喜欢她了。当然，这样的担心纯属多余，"男神"好像从来也没有眷顾过她。

许小满身穿白大褂假扮宠物医生，用听诊器听着爱玛的心肺功能，但脸上却是一脸嫌弃，毕竟她不喜欢宠物。而爱玛却好像认出这个是真的许小满一样，对着她一通乱吠。

如果狗狗真的有灵性，那么此时它一定在想：谁要你不喜欢我，竟然还要和我争男主人的宠？哼，看你现在变成这样子，还怎么夺我所爱！

还不熟悉如何给宠物看病的许小满，面对爱玛的狂吠一脸鄙夷。她悄悄地说："爱玛，你要听话，不然我要给你打针了！"

爱玛似乎听懂了威胁，于是她对着许小满开始用爪子狂挠。许小满因为害怕，下意识踢了一下爱玛。

杜子藤看到立刻呵斥："你怎么当医生的？"

许小满戴着口罩，支支吾吾。束手无策的许小满只能用眼神向许小院求救。许小院心领神会,接过爱玛,戴起听诊器,对护士模样的许小满说:"没事,我来吧。"

许小院先是给了爱玛一根咀嚼骨头玩具,释放它的压力,然后轻拍它的头,低声在它耳边说了什么,爱玛瞬间就像小孩子一样,四腿一跪,乖巧地依偎在了许小院的怀里。

许小院熟练地望、闻、问、切之后,用眼神示意许小满,悄悄指了指对门的疫苗室。

许小满心领神会,压低嗓音,冲杜子藤说道:"哦,应该没什么大碍,但需要带爱玛检查一下,打个疫苗。"

杜子藤满脸奇怪,问道:"你怎么知道我家狗叫爱玛?"

最怕空气突然安静,许小满被这突如其来却又理所应当的问题问住了。她被问得满脸通红,要不是戴了口罩,这次一定露馅了。

许小院察觉到了尴尬的气氛,立刻化解。

许小院说:"杜子藤,你的胸前挂着爱玛名牌的项链呢。"许小满也才注意到杜子藤胸前的项链,好在许小院在关键时刻没掉链子,不然自己真是大型"社死"了。

杜子藤又问道:"它得了什么病?"

许小满不知所然,转念三秒,反而诘问:"这,这,这你都看不出来?"许小满转向许小院求助,许小院故意装作看不见。

许小院心里冷笑:"呵呵,许小满啊许小满,你也有瞠目结舌的时候!"没错,一辈子都在受妹妹的气,现在她也想刁难一下她。

杜子藤也被问毛了:"我,我怎么会知道它得了什么病?"他转过头,问旁边的许小院:"你说难道我应该知道吗?"

许小满虽然心虚,但干脆来个将计就计,扮演一个无良医生好了!

许小满理不直气也壮地说道:"你主人怎么当的!宠物病了都看

不出来？"这下，换成杜子藤无语了。

险胜！许小满深深呼出一口长气。

许小院看完大戏，才接话："别着急……它应该是吃了不干净或过期的食物，肠道不舒服，没有大碍。"

许小满一脸抗拒地抱起爱玛，来到疫苗室。

杜子藤看着爱玛想要挣脱的样子，根本对眼前这个护士不放心，因为她连抱宠物都不会。

杜子藤说道："我陪同一起去疫苗室！"

许小院安慰道："我去吧，你在这里待着。"

杜子藤看到许小院坚定而有力的眼神，被说服了，就留下了。

疫苗室，许小满鬼鬼祟祟地关上门，她摘下口罩和帽子，大口大口喘着气。显然，她被刚才的场面搞得惊魂未定。

许小院熟练地拿起碘酒消毒，然后稳妥地扶住狗狗的身体，轻松地将一剂药剂注入狗狗的身体。爱玛好像丝毫没有感觉到疼痛，还不停地摇着尾巴。许小满看着许小院专业而熟练的医护动作，突然有些自愧不如。

许小满气急败坏地说："刚刚杜子藤问我病情，你为什么装作看不见？"

许小院解释："就是没看见……"

许小满："放屁，你从小就是，说假话的时候右耳朵会动。你别骗人了！你就是想惩罚我对吧？"

许小院："这么久了，我只是小小的还击一次。"

许小满不情愿地说："算了，看在你今天救了我'男神'的宝贝闺女也救了我……要不是你，我真不知道怎么回答。"

许小院一边给爱玛包扎，一边说道："没想到你见到杜子藤这么紧张，都不像你了。"

许小满说道："他可是我能看得上的为数不多的'男神'，有多少男人都要跪在我石榴裙下的，可我就还蛮喜欢他的。"

许小院问道："那你尝试过表白吗？"

许小满回答："我知道现在表白他也不会同意，我从来不做没把握的事情。"

许小院说："反正我也没有表白的经验，这方面给不了建议。"

许小满说："许小院，你可不要借用我的身体替我表白啊！我可不想这么丢脸！"

许小院一脸得意地说："那你可要对我好点喽！"

许小满说："看在还需要你好好照顾我'男神'还有爱玛的份儿上，我会考虑对你好点儿的。"

许小院说："对了，我妈那里怎么样？"

许小满突然有些落寞地说道："挺好的，"她停顿三秒，认真地说，"王花朵对你真好，我没想到这些年，她变化那么大！"

许小院抱怨道："每天在耳边叨叨，烦都烦死了。"

许小满回击："生在福中不知福，你是没碰上许军，他不仅不会嘘寒问暖，还只会从你身上薅羊毛。"

许小院听到许军两字便露出极其厌恶的表情，说道："他一直不喜欢我，你也不是不知道，当年他们离婚，他只想带你走。"

许小满反驳："你以为他喜欢我？他是看我能给他挣钱，把我当摇钱树罢了。我现在每个月都要给他零花钱供他吃喝。对了，周末你该去看许军了，记得去银行取三万块钱给他，那是他每个月的生活费。"

许小院一脸无奈："他的生活费是我工资的好几倍……"

许小满咳了咳："现在密码你也知道了，不够可以从这里面拿……

对了，记得取十万，回头给我。"

许小院问："干吗用？"

许小满答："你就甭管了。"

杜子藤敲敲门，然后推门进来。

就这样，许小院和许小满姐妹的单独时光被打破了，二人立刻进入"状态"，继续饰演起各自的角色。

事到如今，二人的扮演虽然还算不上驾轻就熟，但是明里暗里却多了几分默契。重要的是，此时两人心里都是这么想的。

秋风瑟瑟，静夜凄凄，北方的秋天，寒风已经开始刺骨。许小满锁上宠物医院的大门。许小院抱着爱玛，准备上杜子藤的车。

她回眸却看到妹妹满脸倦怠，缩了缩衣领。许小院试探性地问："要不要送你一程？"

许小满看着怀抱着爱玛的许小院，享受拥抱的爱玛，还有车里的杜子藤，这画面不就是曾经自己幻想的和杜子藤的未来吗！怎么现在好像他们三个才是一家子似的！她甚至有些嫉妒许小院。

许小满犹豫了，杜子藤摇下车窗说道："上车吧，送你。"

奔驰商务车上，司机在开车，车里弥漫着熟悉的香薰气味，那是许小满送他的，还有自己喜欢的音乐。杜子藤的歌单，她基本上都能倒背如流，对于"男神"的喜好，她早就了如指掌了。

只是造化弄人，如今前排并排坐着的竟是自己的"男神"杜子藤和自己曾经最看不上的女人许小院。

许小院温柔耐心地呵护着怀里的爱玛，她掏出不知何时装进口袋里的小零食喂给爱玛。爱玛对许小院的温柔仿佛有种与生俱来的顺从，把头扎进她怀里，竟然安心地睡着了。

杜子藤看到爱玛安稳熟睡的样子，对今天的"许小满"简直刮目相看。

杜子藤说道:"一直以来,我以为你对宠物过敏,没想到你竟然比我还要了解它们。"

许小院有些紧张地回答:"学习的嘛……其实了解宠物也不难……"

说者无心,听者有意,许小满"哼"了一声,感觉许小院是说给她听的,撇了撇嘴。早知如此,当初她为啥没有想到:搞定一个男人,就要先搞定他的狗啊!怎么自己就一直没想明白这个事儿呢!

杜子藤真诚地看着许小院说道:"谢谢你为我做的。"

说罢,杜子藤摸到许小院的手,两人的手触碰交叠到一起,共同抚摸着熟睡的爱玛。许小院不敢转头直视杜子藤的眼睛,紧张地只能低着头。这一切都被坐在车后的许小满看在眼里,内心简直哭笑不得,竟然还有几分讽刺!

这就是她一直追的"男神"杜子藤啊!没想到第一次牵手,竟然牵了那个猪头许小院的手。她开始怀疑曾经自己的为人处世是不是太过犀利,否则杜子藤怎么会不喜欢自己?

杜子藤突然把车子停在了路边。

杜子藤继续说道:"下车吧。"

许小满一时没反应过来,用手指了指自己,杜子藤点头。许小满心想:原来小丑竟是自己。

真是风水轮流转,按照往常,谁也不敢这么对自己发号施令,何况还是自己的"男神"杜子藤让自己走人,这也是人生第一次体验啊!

许小满顿挫地说道:"可是,还没到站……" 杜子藤拿出车门上的二百元零钱,递给许小满。

杜子藤用客气的语气说道:"今天谢谢你,这里应该不远了,你打车回家吧。"许小院也只能点点头,用眼神告诉她:一切放心。

还悄悄地用手比了个OK的手势,千言万语汇聚成一句话:"再见。"

秋风透着习习凉意,钻进许小满的衣领,她站在公交车站形单影只。深夜空旷的街道,她眼看着商务车走远。在十字路口的红绿灯下,车子突然停了下来。她透过车后窗清晰地看到,杜子藤揽过许小院的后脑勺,然后露出完美的四十五度侧颜,慢慢靠近许小院的嘴巴……

原本属于她的热吻,就这样,被许小院夺去了!

而车里,浪漫抒情的音乐中,许小院感觉到杜子藤俯身下来的鼻息蔓延到了她的脸上。

杜子藤按下座位旁靠背后仰的按钮,扭过许小院看向车窗外的脸庞,就这样,将唇凑了上去……

第十章

眼泪的滋味是甜，不是咸

巷口孤灯下，许小满的影子被拉得像一根脆弱的火柴棍，又瘦又长。

许小院牵着爱玛和杜子藤走在一起的影像印在了许小满的脑海里，挥之不去。她想，如果自己不是这样的性格，是不是杜子藤就会喜欢自己，接受自己？但无论怎样，许小院善解人意、喜欢宠物的性格，显然更招杜子藤喜欢。当然，也要配上自己九十九分的外貌才算完整。或许在男人眼里，少了哪个也不行。

许小满第一次反思，自己的性格也许改变一下会更讨喜。她胡乱地想着，不知不觉走到了家门口。

让她安心的是，她知道一旦走进这个房间，就会有一个不辞辛苦的女人为她操劳着、挂念着，想到这里，她突然迫切地想回到这个"家"，想见到王花朵，哪怕此时的她是在扮演别人的角色，但是能感受到片刻的温存已经让她心满意足了。

然而，令她感到奇怪的是王花朵并不在家，而煤气灶上的火眼还在咕嘟咕嘟炖着汤，显然王花朵是出去了。

王花朵平时打理着一家面馆，为了照顾许小院，平时夜班都交给员工打理，每天五点下班买菜做饭，而今天却异乎寻常的不在家。

许小满给王花朵打了电话，无人接听。许小满又立刻给许小院打了电话，询问王花朵会不会去其他地方。

她按照许小院说的去了菜市场、超市、理发馆，发现王花朵都没来过，一种不祥的预感在许小满心头泛起。

平时的许小满都是自己玩失联，让助理、老板寻找她。而如今，她第一次开始寻找别人，说不焦急那是不可能的。

说起来，许小满一直以来都认为父母离婚是由王花朵的性格导致的。王花朵刀子嘴、豆腐心、是非分明、眼里不揉沙子、爱钻牛角尖、有些话痨；不喜欢宠物，不接受任何带毛的东西，因为小时候被一只猫吓尿过，之后便断绝了与宠物的接触。但自己的女儿许小院却偏偏成了护士助理，这让王花朵一直接受不了。

那年，许军参加单位团建彻夜未回，但隔天王花朵才知道当日的团建因为天气原因突然取消了，也就是说，许军借着团建的幌子带着单位女同事在外留宿了一夜。这样的事实让王花朵开始注意许军的一言一行，直到有一天她看到女同事给许军发的暧昧短信，她便一口认定"许军出轨了"！于是，她到许军单位和领导抱怨，抓住女同事，当众臭骂了她一顿。就这样，两个女人推搡起来，王花朵不留情面地扇了对方一个嘴巴子。

这一通鸡飞狗跳、不计后果的操作让许军在公司颜面扫地。事实上，许军没有出轨，他把父母双亡的女同事只当作小妹而已。

这些年，整个家庭都是王花朵开面馆做生意支撑下来的，她认为自己的付出比许军要多很多，所以她不允许许军背叛自己。她在公司大闹一场之后，许军为了向女同事道歉，确实开始单独约她吃饭，父母双亡的女同事这下逮住了机会，在许军的怀里哭了个梨花带雨，昏天黑地，结果这一哭，许军真的动情了……

王花朵其实只是为了气气许军，大吵一架后提出"要不离婚吧"，可是她万万没想到许军竟然同意了，并且诉说了这十年来积压的苦水！原来，许军早就受不了王花朵的"专横霸权"，不仅有洁癖，还整天碎碎念……

这对于王花朵简直是晴天霹雳，碍于面子，她意识到自己的婚姻全是硬伤，已无法挽回许军的心，"离就离呗！谁怕谁！"就这样，许小满这一次再见到王花朵已经是八年后，她没想到王花朵竟然改变这么大。而就在此时，一个陌生号码给许小满的手机打来了电话。

一名护士的声音从电话那边传来："您好，我是急救中心的护士，你妈妈在路边晕倒，被人送到医院正在输液，请来医院看一下！"许小满立刻通知了许小院，然后打车过去。

急诊室里，王花朵虚弱地打着点滴，她看到许小满进来，明显地腰背直了直。

许小满焦急地说："咋搞的？"

王花朵假装不在意地说："嗨，我去买菜，一阵头晕，结果就晕在路边了。没啥大碍，就是低血压，可能平时太累了。"

许小满坐在王花朵身边说道："下次咱能学学网上定菜吗？那种可以直接送到家的。而且，我们平时可以下馆子、吃外卖！你每天白天在面馆工作，晚上做饭，过得太累了！"

王花朵说："每天吃外卖对身体不好，那种 App 上的菜都比菜市场贵，而且还要邮费，我下班路过菜市场，就顺便去买啦！"

许小满说道："我爱吃外卖，今后到了饭点儿，你就在家等着，我给你订饭。"

王花朵说："你每个月在宠物医院才赚几个钱儿呀！这个月我的工资给那边儿了，下个月你要想吃外卖，妈给你定就是啦！"

许小满突然觉得奇怪地说道："你刚说的'那边儿'是什么意思？"

王花朵难为情地说道："不是之前和你说了吗，就是……"王花朵停顿了一下，索性继续，"就是你爹许军那边！"

许小满宛如一个晴天霹雳，要不是她学过表情管理，下巴都要砸到脚面上了！什么？许军还管王花朵借钱？

许小满忍住惊讶问道："他都是怎么开口的？"

王花朵低头抠手，像个被审问的小孩子似的说道："他就说自己没钱呗！玩牌输了，还要约会……什么的呗！"

要知道，这些年，许小满的工资一分不差都会分给许军一部分。王花朵就是个开面馆儿的小老板，她还要付租金、养活许小院，她能有多少钱！这个不要脸的死男人还能和前妻开得了口，也堪称一绝！

许小满气得眼睛发红，说道："他那么大人了，自己不能负担吗？为什么每次都要拿给他？"

王花朵若无其事地说道："谁关心那个王八蛋，这不是你妹妹在他那嘛，你爹许军这么自私的玩意儿，他如果过不好，你妹小满能过得舒坦吗？"

最戳心的话，用最不经意的语气说出来，反而更加令人动容。许小满被扎心了。原来，这些年王花朵一直挂念着自己。

自打离婚以后，王花朵带着许小院，许军带着许小满，这两家从未正式往来过，所以，许小满就以为王花朵也从来没有想起过自己。可谁知，血缘的力量是如此强大，这大概就是亲情的含义吧！

许小满愣住了，王花朵以为眼前的许小院生气了，于是继续好言相劝。

王花朵继续说道:"你别怪妈啊,从小我就没怎么照顾过你妹妹,心里一直非常愧疚。现在我好不容易学会做饭,学会照顾家庭,有时间陪伴你们了,可你妹妹也不在身边了。我作为母亲,就总感觉有那么点儿遗憾,除了在杂志上有时候看到她的专访,真人儿咱也不知道啥时候能见到……"

许小满再次被不经意的暖流击中,她装作许小院的语气说道:"嗨,她早就是舞蹈演员了,自己赚的可多了,过得一定比咱们好,你就放一百个心吧!"

王花朵说道:"我经常看报纸的,上面都说近些年影视啊、娱乐啊这些周边产业非常不景气,你说这每天跳舞的,也不像国企的公务员似的旱涝保收,我就担心有一天她没舞跳了,或者没人看她跳舞了,你说那可咋整?就她那倔驴脾气,还能干点啥?"

许小满回复道:"妈,你就别乱操心了,先把自己照顾好,好吗?"

王花朵解释道:"我怕你嫌我给那边儿钱不高兴。"王花朵顿了一下,拍拍胸脯说道:"但你放心,不管你工作不工作,妈都养你!我宝贝女儿小院最好了!"

许小满突然抱住了王花朵,轻声说道:"谢谢你!"

王花朵拍拍许小满的背:"哎哟,这傻孩子,怎么跟换了个人儿似的,还谢起来了!妈不疼你,还能疼谁呀!"

这一声"妈",不是扮演许小院的许小满说的,而是真正的许小满的心声。这些年来,许小满很少流泪,因为她早已明白"万箭穿心,习惯就好"的道理。

她平时见到最多的就是和她事业相关生意场上的人,但那些人对于她来讲都只是点头之交、酒肉朋友,偶尔阿谀奉承的客套而已,从未走心，也就很少动真情。

但此刻，她哭了。习惯了一个人独立地生活和闯荡，她早已忘记了亲情是什么滋味。原来，她一直在她身边，即使多年未联系，也并没忘记，而是用另一种方式陪伴着彼此。今天，猝不及防的温柔一击，也许并不会给她带来什么实际帮助，但是这份惦念却唤醒了她的内心，令她找回了亲情的感觉。

许小满搀扶着王花朵走出急诊室，她看到远处的许小院在角落里来回踱步，但又不敢在正门等待。许小满把王花朵支走，偷偷跑到角落，跟许小院说了几句。

许小满说："放心吧，你妈没事儿，就是过度操心劳累导致的低血压。"

许小院说："这些药是她经常吃的，你带给她吧。"

许小满说："好。"

许小院说："请你一定照顾好她！她有时候嘴特别厉害，但其实心很软……"

许小满坚定地说："知道了！"说完便叫了辆车，准备和王花朵一起回家。

医院门口，许小满几次想搀扶王花朵，反而是王花朵甩开了许小满的手。许小院笑了，这是许小院第一次看到妈妈和"自己"的背影，突然感觉这些年她长大了，而妈妈却老了。

但王花朵始终像一个不肯向命运低头，不服老的老人，就这样一路蹒跚地走着，像一朵生命力极强的花朵，能够永远开放。

许小满来到宠物医院，之前的院长已经离开。她开始认真学习宠物救助知识，这一次，她不是为了"男神"杜子藤去学习，而是为了自己。

她突然愿意开始接触自己不擅长的领域，比如学习宠物的各种知识，对同事也开始变得愿意沟通交流起来，而不是那么看似不近人情。

新的院长派许小院和新来的医生助理林豆子一起学习。林豆子是一个典型的北漂，把宠物医院每一个女生都唤作"姐"，叫得每个女性心里都心花怒放。

他刚来这里工作半年，许小院从来没有注意过他，直到他们午间饭点儿，许小院经常发现自己去哪家餐厅吃饭，都能碰到林豆子。而今天，他还带了自己做的便当要和许小院分享，并且林豆子开始频繁地给她发微信，希望一起复习兽医知识，敏感的许小满意识到了林豆子对许小院的"特别"。

于是，她开始询问许小院："你知道林豆子对你很上心吗？"

许小院回答："他是实习生，对单位所有女同事都很友好。"

许小满继续："不对，他对你非常特别，是那种超过同事之间的感觉。"

许小院回答："咋可能？"

许小满继续："真的，我怀疑他暗恋你。"

许小院回答："绝不可能，你也知道我在单位是什么样子，他怎么可能喜欢我？"

许小满继续："虽然我也很奇怪这世界上怎么会有男人喜欢你，但是以我敏锐的观察力断定他一定喜欢你。"许小满一脸坏笑，"我会证明给你看的！"

许小院大惊失色："我劝你冷静！"

第十一章 好感清零很容易

宠物医院即将举行店庆，每个人都需要出一个节目。每年此时，就是许小院最不愿意上班的时候，因为她知道自己不善于当众表演，所以经常被大家孤立。往年的这段时间，她一定会装病、休假，哪怕是请"产假"，都不愿意来单位排练集体活动。与人接触，太累了。

而今日大家发现许小院有点反常，只见她镇定自若地坐在自己工位前，听着大家和人力报名店庆的演出节目，而且还根本不屑一顾，露出鄙视的眼神。要知道，今日的许小院实则是许小满。她可是参与过各种大型商演和公益演出的舞蹈演员，什么大场面没见过，这个对于她来说简直是小巫见大巫。因此许小满索性坐在墙角，晒着窗前斜射进来的阳光，慵懒地看着美妆视频。

办公室总有几个吃饱了撑的不生事儿就觉得没劲的人，几个小护士看到许小满优哉游哉，觉得十分蹊跷，于是过来招惹，揶揄许小满。

小护士A："小院，今年要不要一起和我们跳街舞呀？"

小护士B:"她要是能跳,母猪都翻墙了。"

小护士C:"这么说,简直是对猪的侮辱。"

许小满坐在墙角,用帽子挡住了半张脸,她仰着头,伸着腿,丝毫不介意这些污言秽语,安心地晒着太阳,一副与世无争的模样。

这时,林豆子见状端着两碗方便面来到许小满面前。他操着一口浓厚的乡音:"吃吧,刚泡好。"

小护士见状骂骂咧咧:"土包子和土包子在一起。"

林豆子习惯了这些不和谐的声音,不慌不忙,低头吃着面。小护士们觉得他就是个三拳也打不出屁的人,太过无聊,便离开了。

许小满气哼哼地对林豆子说:"谁让你管我的?"

林豆子是那种感觉从来不会生气的男孩,很少会大声说话。他低声说道:"我看你以前午餐时总是坐在角落吃泡面,所以,我也买了泡面过来陪你。"

许小满意识到,他说的是许小院每天午间的状态。许小满不屑地说:"无趣。"

转念她心想:不争气的东西,每天吃泡面,怪不得胖呢!

许小满继续试探地问:"以前在你眼中我是不是就是一个特别窝囊的人?"

许小满想继续了解许小院平时在单位的状态,但是林豆子回答道:"你这样也挺好的,其实我很羡慕你,能沉浸在自己的世界里不被打扰。"

许小满心想:这可真是王八看绿豆,坏的都能说成好的。

林豆子继续:"我以前在初中时和你一样,也总是被欺负。后来我习惯了,就懒得挣扎了,管别人怎么说,我只做我自己。"

午间的阳光亲吻着林豆子干净的脸颊,他的白大褂袖口已经磨损,但洗得一丝不苟,干净且没有褶皱,还有着淡淡的消毒水的味道。许小满很少见到这样干净、单纯、真诚的男孩的眼神，竟然让她感觉不想拒绝他的好意。于是，许小满接过林豆子手里的方便面吃了起来。

许小满自言自语："这熟悉的味道还真香啊。"

林豆子说："我观察很多次了，你爱吃泡椒牛肉味。"

许小满看着憨态可掬的林豆子，觉得倒是和许小院挺配，她再次确定林豆子一定喜欢许小院。

许小满大口吸溜着方便面，八卦地说："你再和我多说点你对我的感受，然后姐带你去外面餐厅搓一顿！"

以前的许小满总是别人口中的八卦对象，现在终于可以正大光明地八卦别人了。

傍晚时分，全体成员留下彩排预演明天的节目，在院长的指挥下，大家围坐在舞台前，纷纷拭目以待，每个人的脸上都露着看好戏的表情。

大家纷纷拿出绝活，开启炫技模式：有人表演魔术，有人表演舞蹈，也有人尝试说脱口秀，让人目不暇接，院长也频频鼓掌祝贺。

然而，就在大家以为彩排结束的时候，主持人却喊道："等一等，最后一个节目是由许小院表演的街舞。"

全院的员工面面相觑，随后交头接耳。要知道，自从许小院入职以来，从来没有当众讲过话，更别说表演了，这场"处女秀"对于大家来说简直就是一场翘首以盼的名场面，因为它大可以作为这一周大家茶余饭后的八卦谈资。

许小满一脸蒙，她压根没报名参加啊！这时，她瞥到几名小护士在偷笑。哦，原来是她们搞的鬼！

在许小满不知情的情况下，故意给她报了街舞节目，坐等一上台就怯场的"许小院"出洋相。然而，令她们没想到的是，许小满嘴角上扬，迈着铿锵有力的步伐，昂首挺胸地走上了舞台。

只见许小满把手机音乐打开，熟练地接上舞台音箱。震耳欲聋的街舞音乐响彻舞台上空，许小满竟然跳了一段炸裂全院的街舞！

舞蹈开始之初，由于肥胖，她明显不能完全控制身体使之协调，一直努力保持平衡，动作显得搞笑而滑稽，台下的员工也都在捂着嘴笑，窃窃私语。

但是别忘了，许小满是有舞蹈功底的。没过一分钟，明显感觉她对于身体的控制比刚才熟练了。随着音乐的摆动，她的动作便开始变得协调而舒适，恰到好处的力道让她显得拥有了无尽的活力。

许小满越认真，身上的肥肉在劲爆的节奏下变得越肆虐和调皮。不断震颤的肥肉，显得搞笑而讽刺。但她丝毫没有被台下戏谑的氛围影响，她突然不在意自己的身躯到底有多重，不在乎自己是否化妆了，而是把身体的每一块肌肉都用尽全力调动了起来，极致而专注的面孔上，写着认真和投入。

台下逐渐安静下来，所有人都开始认真欣赏许小满的舞蹈，因为台上的她是如此的努力和敬业，毕竟，当一个人认真且投入地做某件事情的时候总是非常有魅力的。

随着音乐高潮的到来，台下的观众开始被许小满的舞步感染，她意外地来到台下开始互动，她跳着轻快的步伐走到同样身材不好的男同事、女同事身边，鼓舞着他们一起跟随乐曲摆动起来！

她用认真的表情告诉对方：Hey！Everybody，come on！相信你自己，你可以做到！

这一刻，她就是舞蹈演员许小满，她用自己的自信影响着台下的同事。

很快，这样快乐而自信的气氛就被扩散，传染到每一个身体里。林豆子首先带头脱掉一成不变的白大褂、土掉渣的皮鞋，跟着劲爆的舞蹈节奏跳了起来，随后院长竟然也跟着舞动起来。其他的同事看到此景，竟然都站在了椅子和桌子上开始放肆地摇摆！

这一刻，原本沉静的宠物医院，变成了热情似火的舞厅，仿佛一夜回春。

一曲完毕，许小满和大家的脸上都沁出了细密的汗水，大家虽然疲惫，却意犹未尽。新院长带头鼓掌叫好，他对这个"许小院"留下了非常好的印象。

院长指着许小院，转头和秘书说："她是哪个部门的，来多久了？可以考虑把她调到咱部门。"反而是那几名爱挑事儿的小护士，坐在原地，目瞪口呆，不敢言语。

许小满站在台上，非常专业地给大家鞠躬。此刻，她心里比完成了一场盛大而庄严的演出还要激动，还要令她兴奋。在这里，让她找回了最初喜欢上舞蹈的那份纯真，那份纯粹，就像此时台下正冲她傻笑的林豆子一样，像他的脸一样干净和纯粹的感觉，是那么的难能可贵。

她也没有想到，这毫无准备的一段舞蹈却激发了她对舞蹈最初的那份向往，竟能如此的刺激和过瘾！

瞬间，掌声雷动。许小满是在替许小院报仇。她可以恨她，可以怨她，但绝不允许单位的同事这样欺负，她要给她挣回面子，给她打别人脸的机会。她做到了，更重要的是，这场算不上演出的表演，竟然唤醒了她对舞蹈最初的热忱和美好。

许小满收到一条信息，是林豆子发来的——舞台上的你好像突然变了一个人，原来，你身体里竟然有这部分，你是最棒的许小院！我也要向你学习。

许小满自信地笑了笑，不以为然。

可是，当自信的许小满对许小院说出今天如何帮她挣回了面子的时候，许小院的反应却完全和她想象的不一样。

许小满本以为许小院听后会非常开心，但是她竟然和自己争吵了起来。

许小院说："为什么不经过我的同意就擅自为我做决定？"

许小满说："还不是因为你活得太窝囊……"

许小院说："我窝囊二十多年了，什么时候需要你管我？我愿意怎么过是我的事儿，别拿你做艺人的那一套，我不需要你帮我立人设！"

许小满说："不识好歹的东西！我对你真是无语！"

许小院说："所以，只有你限制我用你的身体去做各种事情，而你就可以肆意妄为、擅自决定我的各种行为举止？"许小满猜测，许小院还在为自己不让她和楷江川谈恋爱的事儿而介怀。

许小满说："我不让你和楷江川谈恋爱是为你好，你怂包一样的性格，能抵挡流言蜚语吗？拜托，你用的是我的身体，即使楷江川喜欢你，也是因为我的外貌，请你清醒一点！"

许小院说："你没想过杜子藤为什么不喜欢你吗？"

没想到许小院却一针见血，直击软肋。许小院并不打算告诉许小满，那天在车里杜子藤吻了她，她也并不知道许小满早已看到二人亲吻的画面。

许小满装作平静地说道："你管不着。"

许小院说道："我是管不着，可是这几天用了你的身体，让我更加确信，我不想变成你那样的人。"

许小满反问道："我是什么样的人？"

许小院说道："自私、势利、毫无同理心、没有爱心……"

许小满打断："你一个啥啥都不行的窝囊废，凭什么指责我？"

许小院："这是事实。你接受我采访的时候，在镜头前，就说你是独生女，还让王花朵和许军都劝我，让我不要在公众场合做和你有关的事儿，或者发表任何与你有关的言论。那时候我就感觉，许家有你没我、有我没你。"

许小满确实在采访中说过这样的话，当初做舞蹈演员出道后，她为了自己的名誉，怕媒体针对姐姐大肆报道对她星途不利，连累到她，于是隐瞒了许小院的身份。在大众面前，她们就是陌生人。

许小满沉默了几秒，狡辩道："从另一个意义来讲，这也是对你好，以你的性格应对不了这样的媒体。"

许小院愤愤地说："我真讨厌你这副官方嘴脸和你这些冠冕堂皇的理由。你连和我私下对话都不敢说出你的真心话。你在台上再如何光鲜，也是个懦夫！"极其刺耳的话，用平和的语气说出来，反而更加刺骨。

许小满攥拳："你再说一遍，谁是懦夫？"

许小院平静地说："是你，因为你永远是一副高高在上的姿态，活在自己的舒适圈里，你为了自己的利益都可以牺牲掉任何感情，包括楷江川在内，你不敢和他恋爱，也是因为你害怕被人说你是靠老板上位才有了今天。即使你不是这样的人，但是你害怕的其实还有很多，但凡影响到你的一点儿利益，你都会毫无感情地阻止掉。"

是啊，她从什么都没有到现在拥有的一切，是她一路靠自己努力争取过来的，其中的血和泪只有她自己知道，这来之不易的现在，必须需要她牺牲一切来保护好，她害怕再次落入深渊的感觉，她更害怕跌倒和疼痛，她只想维持现在的一切，不受干扰。

但是，如果说到上学时她拒绝了楷江川的追求，还不是因为姐姐许小院喜欢楷江川呀！许小院并不知道楷江川和许小满表白过。姐姐喜欢的人，她许小满绝对不碰，这是她早早就下定决心这样去做的，是最底层的秘密。

许小满并不想把这些告诉她,像个被人戳了肺管子的刺猬,炸开了毛。反唇相讥道:"你不是一直在王花朵的保护下才活到现在的吗?如果没你妈,你是谁自己都不知道吧!"

许小院说:"我妈管我已经够多了,我希望你不要再好为人师!"

许小满说:"我都敢用你又胖又重的身体跳舞,并且大家都很为你的突破感到开心,你应该反思为什么你不敢?为什么走出这一步的是我,而不是你!"

许小院说:"我的生活,一个王花朵就足够了,不需要你一个外人来指挥我。"

许小满说:"你说的对,我是没资格管你,但是你多大了?你应该学会做一个更独立的人!"

许小满被许小院怼得有些委屈,这几天积攒的好感也瞬间烟消云散。两人话不投机,不欢而散。

许小院深知,妹妹说的话何尝不是对的。许小院被许小满的话刺痛,她深夜来到练舞室,一个人对着镜子,一遍又一遍地练着舞蹈动作,以便能够拥有肌肉记忆。

她发誓,一定要把这支舞蹈完整练下来,毕竟参加综艺比赛的时间越来越近了……

楷江川准备离开公司,却发现练舞室的灯还亮着。

他走近许小院,才发现她脸上早已被汗水浸湿,眼睛下还挂着热泪。

许小院看到楷江川走到自己面前,又抑制不住地哭了起来,好像要把承受的这一切都发泄出来,不管眼前的人是谁。

许小院发现原来自己内心,还眷恋着楷江川。这些年,从未变过。

说不清是初恋时的记忆,还是早就变成了她生活中的一种信仰与习惯。

楷江川就这样平静地站在她面前说:"送你回家。"

她坐在地上,把头埋在两腿之间,并未回答。楷江川什么也没说,褪去自己的西服,给许小院披在肩头,就这样等着她回应。

他打开手机说:"那我让助理订两份饭,在这儿吃。"

然而,楷江川不小心把卡包掉在了地板上,许小满初中时清纯漂亮的照片也落在了眼前。许小院知道,这些年楷江川一直没有忘记许小满。不管什么时候,妹妹都是那么招人疼爱的可人儿。他一直把她当作学校的美女校花保护着,在公司也是如此。

许小院突然抱住了楷江川,把头埋进了他的肩头。这一刻,不知道是出于嫉妒报复,还是替自己圆梦。总之,这一秒,他就是她的整个世界。

第十二章 如果这是梦,拜托不要让我苏醒

当许小满来到宠物医院时,一切都不一样了。她来到工位,发现桌子上被铺天盖地的零食填满,同事笑脸相迎,纷纷向许小满问候早安,她成了医院备受青睐的员工。

几个小护士走过来,有些不好意思地来到许小满身边。

护士A:"我给你带了火锅优惠券,有时间一起去吃吧!"

护士B:"一起去吧,尽管你吃得可能很多,但是我们都不会介意的。"

许小满说道:"跟我助理谈去。"

护士们面面相觑。许小满意识到说错了,她被人一捧,就把自己想成许小满了,可此刻她是许小院呀!

许小满说道:"不去了,晚上有事儿。"

小护士们相互看了一眼,其中一位说道:"这几天其实我发现了你不太对劲,我觉得你不是你!"

许小满一脸警惕。

小护士继续："我觉得你像换了一个人一样！举手投足之间都有一些明星范儿。"

许小满以为被看破了，浑身的汗毛都竖了起来。许小满极度警惕地说道："你什么意思？"

小护士说道："所以，我们想和你学习舞蹈技巧，为了下周店庆表演，不知道你愿不愿意收我们为徒？"

许小满松了一口气："我现在胖成这样子，你们还愿意和我一起学习？"

小护士："是的，我们觉得你的舞台经验和场控技巧非常专业。之前我们做得不妥的地方，还请你包涵。"

小护士们齐刷刷地向许小满鞠躬道歉。这时，很多同事涌了过来，纷纷希望许小满能够教她们舞蹈。

许小满透过围过来的人群，看到坐在角落的林豆子闷闷不乐地窝在那里。

许小满问大家："林豆子不参与店庆演出吗？"

同事说："他一直不合群的，这几天不知道怎么了，也不说话。咱不用管他。"

许小满说道："必须和林豆子一起，我才同意做舞蹈教练。"

同事们面面相觑，随后其中一个小护士举手说道："他应该不会跳舞吧！"

许小满说道："你们之前也是这么想我的，可是事实证明，我还是可以跳舞的，而且跳得很好。所以，只要想做，就没有困难。"

万人空巷的体育场，此刻许小院用的还是妹妹许小满的身体。舞台布景五彩缤纷，仿佛身处盗梦空间的折叠时空，在科技感十足的舞台上，许小院穿着性感的银色舞裙尽情地唱跳。此刻，她无疑是舞台上的 C 位，也是全场最亮的那颗星。

她谢幕后，走到话筒前，开始介绍自己——

粉丝朋友们大家好，很高兴能有这么多观众来看我的演出……

话还没说完，突然一位观众站了起来，举起"许小满（Cindy）"的粉丝灯，在座位上大喊——我们只要许小满！

随后，成千上万的观众站了起来，跟着呐喊——"我们只要小满！""我们只要Cindy！""许小院是猪头！""许小院下去！"

许小院低头看到自己的身体控制不住地胖了好几圈，身上的衣服突然像有魔法般变成了XXL号。不知何时，许小院变回了自己的身体和相貌。

观众向台上扔出各种荧光棒，狠狠砸向许小院。

许小院捂着脸，被各种器物砸得头破血流，倒在了地上……许小院突然被噩梦吓醒。

此刻，她穿着单薄的睡衣，躺在陌生的床上，她摸了摸自己，发现此刻依旧是许小满的身体，这才松了一口气。

这些日子，她早已适应了这具躯体。从开始的不习惯，到现在的留恋。这其中的酸甜苦辣，只有她自己清楚。她揉了揉惺忪的睡眼，思考着她身在何方。

她正准备起身去拿衣服，却被开门声再次吓回了被窝。楷江川拎着外卖，来到了床前。

楷江川说道："你醒了？"

许小院吓得不轻，怎么自己躺在楷江川的床上，他们昨天到底发生了什么？虽然，这个仿佛春梦的画面在自己脑海里回荡过千百次，可是当真的出现在她面前时，她却感觉这更像一场噩梦！

真实的许小院此刻一定是大惊失色，仿佛一只胆怯的猫，缩在被窝里，用被子盖住半张脸，不敢面对楷江川。

要知道，这可是她心心念念的"男神"啊！

第一次上了他的床，却连过程都不记得。这对于心思细腻敏感的许小院来说应该是最遗憾终生的事情了。

楷江川款款走来，温柔地坐在床边，轻轻摸了摸许小院的额头说道："你醒了，昨天你喝多了，是我把你送回来的。"

重点是后续的事情呀！可是楷江川偏偏说到这里便戛然而止。

楷江川给许小院披上浴袍，然后把小饭桌搬到床上，给许小院拆开外卖包装。热气腾腾的乌鸡山药粥、卤汁饱满的豉汁凤爪，还有金黄香脆的萝卜糕，喷香扑鼻，刺激着许小院的味蕾，但她此刻却没心思吃饭，根本不为所动。

楷江川疑惑道："怎么不动筷子？"

许小院憋足了气、满脸通红地望着楷江川，幽幽吐出几个词句："你昨天……我那个……我们……嗯？"

楷江川皱着眉头，一副不被信任的样子反问道："你想说什么？"

许小院用手尴尬地指了指自己和他："我、们……亲、热、了、吗？"

楷江川莞尔一笑："那要看你指的是什么尺度？"

许小院憋回一口气，愣在了原地，她从没想过，从自己的"初恋男神"嘴里会听到这么露骨的话。楷江川看到许小院满脸通红，决定不继续逗她了。

他戳了戳许小院的脑门说道："傻不傻，快吃饭吧！你忘记我答应你的事了吗？"

许小院满脸疑问："什么？"

楷江川说道："你说过，让我和你在身体上永远保持朋友之间的安全距离,这是你答应签约给我的条件,否则,你有权和公司解约。"

许小院从不知道妹妹许小满竟然和楷江川有这样的"君子之约"。

听到这儿,她终于放心了,至少两人昨夜没有发生任何亲密的举动。许小院长舒了一口气。

楷江川逼近许小院错愕的双眸,一脸坏笑地问道:"怎么?现在想改变主意了?"

只见他棱角分明的脸和性感的嘴唇贴近许小院的脸颊,许小院竟然下意识地抿着嘴,闭上了眼,幻想着浪漫的画面。

楷江川敲了敲许小院的头说道:"醒醒吧,吃饭!"

许小院没有等到热吻,竟然有一丝遗憾。她只好睁开双眼,拾起碗筷,转念一想又放下筷子。

许小院弱弱地问:"你确定,我能吃这些发胖的食物吗?"

楷江川端过来一杯热水说道:"吃吧,今天还是给你买了老三样。不过,老规矩,不许和公司任何人提你吃了这些食物,你知道作为一名舞蹈演员对饮食的要求是很严格的。"

许小院问道:"那为什么还买给我?"

楷江川奇怪道:"你真的失忆了吗?是你每次喝多了都会求我给你订这些外卖的,否则你就撒泼打滚,说要吻我……还好每次都是我意志坚定。"

许小院内心推断出来:看来许小满住在楷江川家不止一次了,应该是每次喝多了都会住在他家。

楷江川极其宠爱许小满,但同时也能克制住自己,两个成年人之间的爱情就是如此:看破不说破,言尽则无友。

无论心有多近,身体却保持着安全体面的距离,只有暧昧,没有爱情。

但她总隐隐觉得,楷江川和许小满之间藏着某种根深蒂固的"契约关系",而这种契约精神,来自对彼此的深爱与信任,这的确会让旁人十分羡煞。

许小院饱餐后,来到餐桌前,与楷江川面对面而坐。楷江川已经在工作了,笔记本电脑旁放着一杯咖啡。

楷江川看到许小院依旧穿着睡袍,丝毫没有想换衣服离开的意思,突然感觉十分奇怪。因为换作以前,饱餐后的许小满早就一溜烟儿跑掉了,她总是为自己大吃一顿而逼自己立刻去健身房举铁消耗脂肪……

许小院坐在他对面,夕阳穿过薄如蝉翼的纱帘,把楷江川的身影镶上了一层金边,眼前的画面竟如此美丽。

许小院打破宁静,试探性说道:"如果我放弃了工作,我只是说如果,我们是不是就可以在一起了?"

此话一出,许小院就后悔了。

她觉得楷江川对自己的吸引太过强烈,说不清是因为嫉妒许小满能拥有这样不计回报的爱,还是出于姐妹之间的竞争心理,她想借着妹妹的驱壳,做一些自己曾经不敢做的事情,甚至是搞出些名堂来证明自己的存在,才不枉这一次换身。

楷江川不可置信地看着眼前的"许小满",沉默了五秒,随后有理有据地说道:"第一,我不会让你放弃你的事业,如果一定有那一天,我会主动辞职,不会让你陷入流言蜚语;第二,之所以不和我交往的原因,一部分是你担心自己的事业受影响,更重要的是,你在乎你姐姐许小院得知后的感受,尽管你们早就不来往了。"

许小院张大嘴巴,却瞠目结舌。此刻,她宛如身体灌了铅,愣在原地,踟蹰不前。

如果能听见她的心跳,此刻一定是像疯狂的弹珠一样"突突突地跳个不停。只见她瞳孔瞬间放大，随后努力让自己平静下来。

许小院幽幽说出三个字："许……小……院……"

楷江川肯定地说道："放心吧，初中时我答应过你的承诺，现在依旧有效。我不会强迫你做任何事，我喜欢谁是我自己的事儿。"

许小院不可置信地看着楷江川，随后冲进浴室，她在镜子前看着熟悉又陌生的脸庞。

她不知道，许小满竟然为了自己做了这么多不可置信的事情！许小院从浴室出来，换好鞋，立刻夺门而去。

楷江川喝了一口咖啡，自言自语道："奇怪，反应这么大，我说错了什么吗？"

许小院从楷江川的公寓出来，身后几台闪光灯对着许小院狂闪了几下。随后，人影便消失在了黑暗中。

夜晚的秋风突然刮得很大，发出鬼哭狼嚎一般的声音。黑云压顶，山雨欲来，许小院抵风前行。

宠物医院，许小满竟然趴在桌子上睡着了。她醒来，发现旁边的同事都走光了。

许小满从桌子上的U形枕中抬起头，一副不知所措的神情。许小满嘟囔："这是几点了？荆京呢？"

林豆子看到许小满醒了，立刻走过来："你醒啦，刚刚你一直说着梦话喊着什么菁菁、排练什么的……这几天肯定是我们排练的事儿把你折腾得太累了。"许小满揉揉眼睛，发现眼前的不是荆京。她才意识到，自己还在许小院的身体里。

她说道："哦，没事没事。"显然，她对于许小院的身体已经没有那么反感了。

林豆子说道："我记得我刚来医院的时候，我问你在这座城市里的梦想是什么，你说你想隐居大森林，和小动物们永远在一起，不用和人类接触，我当时觉得你真是一个很特别的女孩。"

许小满露出不屑的表情："哦，我就随便一说。"

她心想：这个许小院怎么这么天真？能活到现在也真不容易……

林豆子真诚地望着许小满，诚恳地说："如果有机会，我想和你一起去大自然隐居！"

许小满皱着眉头，用惊奇的眼神看着林豆子，轻笑了两下："呵……呵……我……"

许小满咽了一口口水，她从没听过这么奇怪且童真的表白。她想："这许小院和林豆子还真是一对儿。"

林豆子说道："没关系，你不必现在给我回应，这个是送给你的手绢，我看你经常洗完手没地方擦，我们老家都习惯用手绢擦手，我爸爸当初送我妈妈的定情信物就是一条手绢。我想大城市的人都讲究环保，就觉得手绢比较实用，所以，希望你喜欢……"

许小满接过手绢，看到在手绢角落处，还用红线绣上了一个"院"字。可是这个"院"字的针脚却歪歪扭扭，字迹有些搞笑。

林豆子害羞地说："这是俺缝的，手艺比不上我妈，让你见笑了。"许小满见多了各种男人给她送鲜花、掌声、奢侈品、钻石，可是像这样朴实无华的"定情信物"，她还真没见过。

许小满不屑地把玩着手绢说道："哎，就这，就想在一起啦？你以为这是七十年代？"她只是想故意逗逗认真的林豆子。

林豆子满脸通红，解释道："我知道你们城里人讲究房子、车子，那些玩意儿目前我……我……我还买不了，但是我一定会努力的！不怕你笑话，我们老家俺爷爷有台非常现代的拖拉机，那是我们唯一的车子……"

许小满"噗"的一声笑了出来,说道:"说你胖,你还喘起来了,哈哈哈哈!"林豆子也傻乎乎摸着后脑勺笑了。

林豆子说:"你嘴角有点白色的东西……"

许小满用镜子一看,才发现自己刚睡觉时哈喇子流了一脸。林豆子用手绢沾了一下水,说道:"我帮你擦吧。"

正当两人说笑之时,宠物医院的门铃响了,杜子藤牵着爱玛来了。

林豆子的手停到空中,许小满看到"男神"驾到,立刻把林豆子拿着手绢的手打了下去。林豆子被打得生疼,但也不敢言语。

许小满立刻装作正常地站了起来,尴尬且热情地说了一句:"欢迎光临!"

杜子藤看也没看许小满说:"我来复查。"

许小满手忙脚乱,她心想:可惜今天许小院没来,自己一定不能再搞砸了!于是她学着许小院的样子忙活起来。

杜子藤才想起来眼前这个胖胖的女护士有些眼熟。杜子藤说道:"又是你?"

许小满竟然有些害羞不敢直视杜子藤,回答道:"嗯。"

杜子藤说道:"要不换那个男护士来复查吧!"

许小满因为上次的不熟练,这次急于想证明自己,于是说道:"杜子藤,你要相信我,我可以的!"

杜子藤满脸疑惑,惊讶不已,说道:"你竟然记得我叫杜子藤?"

许小满脸上三道黑线,心想自己又说错了话,于是赶紧找补:"对嘛,你这个名字比较好记,肚子疼、杜子藤!哈哈哈哈!"

许小满脑海里回荡起杜子藤和许小院接吻的画面,不小心弄疼了爱玛。只见爱玛又开始对许小满狂吠,杜子藤立刻抱起爱玛。

杜子藤说道:"你别弄了,我要那个男护士来复查。"

林豆子走过来说道:"需要我帮忙吗?"

许小满急忙说道:"没事没事。"

杜子藤气鼓鼓地说:"医生,你们这位护士太不专业了,已经两次了,我严重建议你们需要加强对员工专业技能的培训。"

林豆子沉默了几秒,好像是鼓足了勇气,突然蹦出几个字,音量虽然很低,却依旧听得到:"你、胡、说……"这下轮到许小满和杜子藤傻眼了。

林豆子继续为许小满辩解:"这位护士来我们这里三年四个月零七天,她是宠物临床医学毕业的,一直从事这行。她非常有爱心,对寄养的宠物都非常好,我们附近社区的老人、小孩都很喜欢她的,她是我们这里的'金牌护士'!你不可以污蔑她!"

林豆子不希望许小满受气,筒子倒豆子般一股脑说了出来。许小满深知林豆子是在为自己辩解,但他不知道此时自己确实不是许小院!

杜子藤回击道:"难不成我还是瞎编的吗?你自己问问她是不是那天检查,她手忙脚乱出了差错?"

林豆子笃定地说道:"我在这里半年了,从没见她出过任何差错。这绝不可能,如果有差错,也肯定是你家狗惹的祸!"

杜子藤气愤地说:"你怎么说话呢?我是客人,客人是上帝!其他人……"眼看这两个男孩要吵起来了,许小满急忙劝架。

杜子藤满脸疑惑:"真是奇葩!"

许小满接话:"客人是上帝,以诚为贵,祉猷并茂。"杜子藤更惊讶地说道:"你竟然知道我餐厅的口号?"

许小满经常听到杜子藤给她灌输管理餐厅的理念,所以一着急就脱口而出了。她解释道:"我当然知道,你是那家意大利餐厅的老板,这是你餐厅的座右铭。我经常去你们店里吃饭的。这几次是我不够熟练导致的失误,您大人不记小人过,希望你不要对我们医院产生任何意见。"

杜子藤瞥了林豆子一眼,说道:"我看你们这男护士也该开除。"

林豆子不服气:"你……"

许小满劝道:"豆子,算了,算了!"

许小满把两个男孩拉开,这才阻止了这场交恶。

许小满把爱玛交给林豆子复查,自己在电脑前偷偷做了一张调查问卷,然后递给杜子藤。

杜子藤看到调查问卷,上面写满了一些"是"或"否"的问答——

"近期,你是否恋爱了?"

"你是否更喜欢温柔型的恋人?"

"你近期是否考虑结婚?"

"你是否有稳定且长期的恋人?"

杜子藤匪夷所思地说:"你确定这是要我填的吗?"

许小满说道:"是的,杜先生。因为近期调查发现,主人的恋爱经验、择偶条件和饲养宠物有着莫大的关系,所以我们需要了解每一位主人的一些恋爱和择偶条件,方便与客户进行更好的沟通。"

杜子藤问道:"真的吗?"

许小满微笑且肯定地点头,杜子藤信了。

然而,就在此时,林豆子从诊疗室悄无声息地走了出来。他看到杜子藤填写的调查问卷说道:"咦?这是啥玩意儿?"

杜子藤说:"这不是你们医院的调查问卷吗?"

林豆子耿直地说道:"从来没有啊!这根本不是我们院的!"

两个男生齐刷刷地看向不知所措的许小满,许小满目瞪口呆,一阵语塞。如果有个地缝,她真想变成一只"小强",迅速钻进去,再也不见天日。

杜子藤气愤地把调查问卷拍到桌子上,质问许小满:"耍我呢?"

许小满看着两人佯装镇定,双手藏在桌子下面给许小院发信息——"快来!我需要帮助!"

【彩蛋】

趁林豆子去厕所的时候,许小满偷偷把林豆子送给自己的手绢工工整整地折成一个小方块,然后用手压平。

她打开许小院的抽屉,却发现一个笔记本。笔记本的前面是许小院的工作日志,但后面的部分,竟然全部变成了许小院的心情日记,类似那种手账本,用着各种彩笔涂涂画画,还贴上很多照片及贴纸。

许小满无语,心想:"真是个没长大且充满童趣的女孩子!"她翻到许小院的一篇的日记,赫然写着——

"今天新来的同事林豆子问我梦想是什么?"

"可是,我想了想,还是没能说出自己的真心话。"

"因为,我的梦想遥不可及。"

下面的配图,竟然是许小满成功演出后在舞台上欣然谢幕时大方光彩的定格照片。

原来,这些年许小院一直很羡慕台前的自己?她的梦想竟然这么熠熠生辉,哪怕它遥不可及。

许小满惊讶地合上了笔记本。

第十三章 别问我是谁，请别与我相恋

正在许小满瞠目结舌的时候，许小院推门进店。

只见她款款走到前台，拿起问卷调查表，三下五除二撕碎了，纸片宛如樱花花瓣般飘落满地。

许小院楚楚可怜地看着杜子藤，说道："我知道你不愿意填写这类调查问卷，我特意交代这里的小护士给你做的。其实，是我想知道你对于情感的态度……因为，我想对我的每一个决定负责，也是对我们的感情负责。"

天降神兵，三个人惊讶地看着许小院。许小满更是一副不可置信的模样，眼睛瞪得像鲸鱼，下巴"咣当"砸到了地上，她没想到这些日子许小院竟然变得机灵了许多，看来，她在自己身体内成长了不少。

这次，换杜子藤一脸疑惑了，他说道："你……你……你为什么不亲自给我？"

许小院真诚地看着杜子藤说道："怕你会拒绝我，往往这些情感

信息，从侧面了解会更加真实，如有冒犯，还请见谅！"

杜子藤突然欣慰地抱住许小院，感动地说道："小满，你愿意去了解我，我很开心。"一旁的许小满狠狠翻了个白眼儿。

她心里默念："靠！现在杜子藤怀中的应该是自己！真是天不遂人愿啊！"许小院环抱住了杜子藤，然后冲许小满嘟了嘟嘴，意思是：她也无可奈何啊！

杜子藤继续发问："那么，我们算正式交往了，对吗？"

许小满穿着护士服在一旁疯狂点头，许小院却有点儿犹豫。

林豆子帮腔说道："你看，我们都这么感动了，你就答应你男朋友吧！"许小满又翻了一个白眼：这傻小子，把喜欢的人往其他男人怀里推呀！

许小院只好点了点头，挤出一个"嗯"字。

就这样，许小满第一次和追了五年的男神杜子藤在一起，竟然是借用姐姐许小院的灵魂做到的，这无疑是对她极大的讽刺！

林豆子不禁感叹："有情人终成眷属，你看人家多用心啊！"

许小院让杜子藤先回家，她要留在这里和护士一起陪爱玛复查，许小满也让林豆子先走一步。

夜深人静的宠物医院，是许小院和许小满的独立空间。许小院说："看到你的信息我就过来了。"

许小满一脸不屑："切，你不来，我也有办法解决。"不屑中透露着一丝心虚，许小满咬了咬嘴唇。

许小院说："你紧张的时候，就会下意识地咬嘴唇，这么多年都没变过。"

许小满被许小院戳中，干脆坐在桌子上，双手环抱在胸前，说道："有话快说，有屁快放！"

许小院低着头说道:"那天是我态度不好,是我不对。"

许小满占据高位,翘起二郎腿,故意阴阳怪气:"哦,是来道歉的,还是来猫哭耗子的?"

许小院说道:"道歉。"

许小满带着些许的兴奋说道:"今天老娘不和你计较,我只希望我们尽快变身回去。"只见许小满瞬间呈花痴状,"这样我就是杜子藤名副其实的正牌女朋友了,哈哈哈哈。"

许小院怼道:"你先祈祷变回去后,他不会和你火速分手就好。"

许小满拿起手术刀,对着许小院:"你,你少咒我!"

许小院害羞地说道:"那个啥,我还有一件事儿,想请教你……"

许小满说:"啥?"

许小院说:"你知道的,我恋爱经历少,所以,亲密关系我也不懂如何展开……"

许小满大惊:"你的意思不会是……你还是……"

许小院害羞地阻止:"闭嘴。"

许小满惊呼:"天哪!"然后,哈哈大笑起来……

许小满随即打开电脑的视频网站……

许小满说道:"边看边学吧。"

许小满心想:没想到我们姐妹俩第一次坐在桌前一起看电影,竟然是看这种爱情动作片……

屋外,林豆子突然回来拿钥匙,却听到屋内娇喘的声音。

他自言自语:"我走的时候,屋里只有许小院和一条狗……我的天哪……"

他越想越奇怪,于是推开门冲进屋子。

许小院抱着爱玛,许小满穿着白大褂在给爱玛诊疗。

许小满尴尬地说:"爱玛一直低声哀鸣,没事儿,没事儿。"林豆子看了一眼电脑显示屏,确实是关闭状态。

他挠了挠头,说道:"我忘拿钥匙了,所以回来一趟。"许小满和许小院都对他露出相安无事的微笑。

他看了看,自言自语:"可能是听错了吧!"林豆子便笑了笑,关上门,放心离去了。

诊疗室又安静下来,变成这对姐妹的单独空间。

许小满问:"怎么还不去看许军?"

许小院说:"他非常讨厌我,我不想见他,也不知道说些什么。"

许小满说:"我都能面对王花朵,你有什么不能面对许军的?你个怂包!"

许小院解释:"不一样,起码你对于他是有价值的,他愿意向任何人介绍你是他的女儿,可对于我,许军从来就看不上我。"她顿了顿,"是他先放弃我的。"

许小满说:"别做个缩头乌龟,该来的总会来的。"

滴滴——

许小院收到一条信息:"小满,啥时候回来?"附带红酒和笑脸的表情。许小院把手机给许小满看。

许小满说:"快回去吧。"许小院却丝毫高兴不起来。

许小满说:"拜托,你要代替我和男神去亲热,八百年修来的福分啊,你好自为之!给我打起精神来!"

许小院无精打采,叹了口气说:"我感觉我即将奔赴刑场……"

许小满说道:"我知道,你在想楷江川吧。"妹妹许小满准确的直觉,让小院惊讶了三秒,随即低下了头。

许小满说道:"给我管住了你那颗躁动的心!现在你只可以给我

好好和杜子藤在一起,不许再想那个楷江川!"

许小满更加期待自己能尽快变身回去,这样就能够享受和杜子藤的恋爱了。

一场秋雨一场寒,淅淅沥沥的秋雨让夜显得更加冷清。许小院深吸一口气,壮士赴死般走下出租车,楼下,冒雨撑伞的杜子藤正等待着"许小满"的归来。

看到"许小满"走下车,杜子藤立刻迎上前为她撑伞,随后手臂轻轻搭在她的肩头,二人在雨夜中走回温暖的家。

窗前,杜子藤用毛巾擦了擦"许小满"的头,随后轻吻了她的额头。这一幕,被窗外的摄像机全部记录了下来,屋内的两人却毫无察觉。

杜子藤的家是超现代风格,每个角落都摆满了各式各样的潮玩。灯光设备都是智能设计,只要喊一句:"小度,开灯!"全部灯光就会亮起来;只要喊一句:"小度,我要浪漫风格!"所有的灯光就开始跳起具有浪漫色彩的舞蹈,用光晕谱写出一曲浪漫篇章。

洗完澡的杜子藤躺在床上,还在笔记本电脑上写着关于餐厅管理的文案。沐浴后的许小院站在陌生的浴室里,头发和皮肤都带着水珠,宛如出水芙蓉般清澈美丽,她看着镜子中的自己,随后坐在马桶上。

手机来了信息,是许小满:"记住视频里的动作,不要太紧张,好好享受哦!"附带坏笑的表情。她坐在马桶上,做着心理建设,不敢出去。

突然,杜子藤敲了敲浴室的门问道:"小满,你还好吗?"

许小院结结巴巴回答:"没事儿,我……我……我在上厕所。"杜子藤打开一条门缝,说道:"你上厕所不打开马桶盖子吗?"

坐在马桶盖子上刷着手机的许小院尴尬地杵在原地,随即她笑笑:"我忘啦……"

杜子藤和许小院像两具木乃伊般躺在一张床上，僵直不动。

许小院紧紧抓着被子角，呆呆望着天花板说道："那个，请问能关灯吗？"

杜子藤说道："小度，关灯。"

灯光突然变暗，黑暗降临，此时许小院的心情也黯淡了下来。杜子藤转过身搂住许小院，使她不得不面对着自己。许小院也没想到自己的第一次，竟然要献给一个自己不喜欢的人。

杜子藤细长的手指从许小院光滑修长的脖颈滑落，然后揽过她纤细的腰身，使她贴近自己。许小院不知所措，心"怦怦"直跳，她干脆紧紧闭上眼睛。

当杜子藤正准备亲吻她的时候，许小院的手机响了，滴滴——手机屏幕的射光点亮了整个房间。

这微信的声音，此时在许小院的心里更像是一根救命稻草，仿佛听到了她节奏不一的心跳和呐喊，带着救赎的意味来到许小院的身边，成功破坏了原有的暧昧气氛。

许小院连忙转过身看手机，是楷江川——

"明天务必记得在公司晨练，然后下午训练彩排。"

许小院放下手机，转身再次面对杜子藤。正在两人你侬我侬时，许小院的手机又响了，这次是荆京。

"明天务必记得在公司晨练，然后下午训练彩排。"

两人的信息一模一样，许小院分别回复："好。"

当许小院再次转过头的时候，发现杜子藤用后背对着她。她用手指轻轻戳了戳杜子藤的背，发现杜子藤已经睡着了。

许小院终于松了一口气，转过身，闭眼睡觉。黑暗中，杜子藤缓缓睁开双眼，转身帮"许小满"盖紧了被子，温柔地看着"许小满"，露出洞察一切的微笑。

许小满回到家,王花朵照例端出来一碗热乎乎的小云吞,许小满顺理成章地接过来,吃得很香。

许小满拿出给王花朵买的燕窝、鲍鱼、海参等补品礼盒,然后扔到桌子上。许小满说道:"超市打折,有很多快过期的补品,你看着吃吧。"

许小满特意给王花朵买的,只是为了怕她不接受便说成了"快过期的"。

王花朵惊讶:"你从来不会给我买这些的,这么多补品,得多少钱呀?"

许小满扶额:"别老钱钱的,让你吃就吃呗!医生说了,你身体需要食补。"

王花朵看着许小满:"你发大财了?"

许小满解释:"最近发奖金了,买点好的!"

王花朵丝毫不理会,一个劲儿地在口袋里翻找着,问道:"小票哪儿去了?"

许小满皱着眉:"你要退掉吗?"

王花朵继续翻找,头也不抬地说道:"对。"

许小满拽住王花朵,不满地问道:"你有病吗?"

王花朵定神看着许小满说道:"是你病了吗?这么多年,妈什么时候吃过这些玩意儿?我一把钢筋铁骨,最难的时候都把你拉扯大了,现在根本用不到,赶快退了去!"

许小满刚硬地说:"我说了,我挣钱了,你没听见吗?"

许小满从包里掏出一张银行卡,递给王花朵,继续说:"这里面有十万块钱,也是我给你的!"

王花朵推开银行卡，说道："你哪来这么多钱？谈恋爱了？换工作了？还是你做了什么不好的事情？"

许小满皱眉说道："不好的事情？你什么意思？你怎么会这么想我呢？你的女儿会这么不堪吗？"

许小满这一句不知道是因为王花朵不接受而生气，还是因为她这么想许小院而生气。

王花朵不依不饶："你说清楚，你怎么会一下子有这么多钱的？"

许小满敷衍道："我中彩票了，你信吗？"

王花朵突然坐下来摇头："不对劲儿，不对劲儿，我早就觉得这段时间你像变了一个人似的。你突然变了，不像我女儿了，你肯定有事儿瞒着我！"

许小满站在王花朵面前，显得人高马大。她也平静了些，说道："真没有，我就是攒了些钱，想给你补补身体。"

王花朵说："真的？没事儿瞒着我？妈是担心你，不希望你在这个社会上吃亏。"

许小满得意地说："我是大人了，这段时间我靠自己的努力在单位升职了，并且很受公司同事的欢迎。"

王花朵不可置信地看着许小满。

许小满点点头："不信你可以去单位问问！"

王花朵这才相信，许小满蹲了下来，王花朵摸了摸她的头，还把她当做十几岁的小孩儿。

王花朵说道："我吃不惯这些富贵人家吃的玩意儿，什么燕窝鲍鱼，我一吃就流鼻血，胃也跟着难受。你就别让我受罪了，退了行吗？有钱也不能这么乱花。"

许小满辩解："怎么叫乱花呢？很多人都吃这些的。"

王花朵说道:"你说谁总吃这些?"

许小满懒得编了,说:"没事,没事,当我没说!"

王花朵语重心长道:"这样太铺张了,即使挣了钱,花钱也不能这么大手大脚呀!姑娘家家的要学会节俭,否则今后哪个男的愿意要你呀!"许小满真心无语,本来是好心送温暖,结果却迎来一波思想教育。

王花朵继续:"听我说,妈当年把你从许军那儿接回来,一把屎一把尿把你养大,我也从来没觉得自己活不下去了。你放心,妈没那么脆弱!真不需要这些食补的玩意儿!"

许小满解释道:"我只是希望你能学会多爱惜自己,照顾好你的身体!"

王花朵拉着许小满的手说道:"这几天你回家吃饭的次数少了,你多回家吃一顿饭,妈就开心,其他的都不需要。"

许小满看着王花朵,五味杂陈。眼前的王花朵,和许军是那么的不同。王花朵只需要简单的陪伴和关注,这些对于她来说才是最重要的。

许小满说道:"知道了,明天我退了去。"

王花朵看着眼前的女儿,眼眶湿润了,说道:"女儿,你抱抱我好吗?"

许小满蹲下来,她能闻到王花朵每一缕发丝里都散发着油烟的味儿,身上的棉坎肩儿摸起来也洗得十分粗糙了。

王花朵抱紧许小满,许小满的双手紧张地不知该往哪儿放。在王花朵怀中,被紧紧抱住的许小满像个被架空的木偶,不自在得很。

王花朵眼含热泪地说道:"小院,你长大了,妈为你高兴。"

第十四章 山雨欲来

初中学校的舞蹈排练室，许小院踮着脚尖看着许小满在屋里翩然起舞，宛如一只自由翱翔在湖面的天鹅，衣袂飘飘，瑞彩蹁跹。许小院用手机录下了妹妹跳舞的视频。突然，旁边几个男生围了过来，许小院迅速溜走。

上课时，老师在讲台上慷慨激昂地讲着课，许小院在座位上偷偷看着妹妹跳舞的视频。老师不知不觉走到她面前，用教鞭拍了拍桌面。

老师："看什么呢？也给大家瞧瞧。"

许小院迅速把手机关上扔进桌子里，只见桌子里掉出一大堆零食，还有几本减肥的书，全班哄堂大笑。

童年的阴影，在日后许小院紧张的时候就会不断迸发出来。许小院一边跳舞，一边回想着初中的情景。没错，她正在公司的舞蹈排练厅做着最后的彩排预演，明天就要去《这就是舞蹈》大型舞蹈综艺比赛现场了。许小院已经可以记清楚每一个动作，虽然完成得有些生硬，但起码在这几天的突击训练下,能完整跳下来了。

许小院谢幕,台下只有荆京站起来为许小院鼓掌,而薛雪儿等人则愤愤地立刻抬屁股走人,正好与许小院撞了个照面。

舞蹈演员 A 说:"给她这个比赛名额,真是浪费。"

舞蹈演员 B 说:"还不是仗着老板喜欢……"

荆京冲过去把她们轰走,激动地拉住许小院。

荆京说道:"你都记住动作了,已经很好了!明天是第一轮筛选,只要你动作不出大错,应该不会被淘汰!毕竟,你现在可是'舞蹈皇后'许小满!"

许小院点点头,她突然看到楷江川在后台,二人四目相对。

楷江川办公室里,许小院紧张地坐在他面前,低头抠手。

楷江川一边倒茶,一边问道:"明天上场的参赛曲目准备得怎么样了?"

许小院低头回答:"就你看到的样子。"

楷江川说道:"一直以来你都非常享受在舞台上的感觉,这次这个含金量很高的舞蹈比赛更是你一直想要的机会。可是,我今天看到你在舞台上没有以前的热情了,不知道是不是我的错觉。"

许小院解释:"我在努力激发我的热情。"

楷江川说道:"这一路走来,所有的机会都是你自己争取来的,全公司派出你去参赛,也不是我一个人的决定。不管别人怎么说,这些全是你自己努力的结果,我希望你不要有太多心理负担,把它当作一次游戏去参加就好。"

楷江川越这么说,许小院的心里就越愧疚,因为她知道这是许小满的心愿,更是楷江川对她的一种鼓励,她不希望让任何人失望。

许小院说道:"我很想努力做到最好。"

楷江川笑了笑说："这世上哪有什么最好,一山总比一山高。相信自己,就是最好的。"

许小院望着眼前的男人,她觉得许小满的命真是太好了,有这么一个呵护她的好老板,如果她身边能有这样一个朋友,她大概就不会这么自卑了。

楷江川说道："今晚老规矩?"

许小院大惑不解："啊?"

楷江川解释："每次大型比赛之前,从晚餐到深夜这段时间不都是我们交流的时间吗?你说和我聊天会让你更放松。"

许小院默念："到深夜……"

许小院开始浮想联翩了,她回想起上次在楷江川家从床上醒来及楷江川步步逼近她脸颊的情景,那一切都像梦一样印在了她的心里,是那样的记忆犹新,是那样的令人面红耳赤,那样的惊心动魄!

她知道,如果今天答应和楷江川共度夜晚时光,明天她一定不能安心比赛。因为,她还要回家继续在荆京指导下练习动作。

更何况,她现在已经是别人的女朋友了!

唉,能同时拥有两个男人任她挑选,也是这辈子她从不敢幻想的事情!而换了身体后的她竟然拥有了这样万千少女的美梦。

此时,许小院耳边想起许小满的忠告："坚决不可以和楷江川恋爱!"许小满幽灵般声色俱厉的命令盘旋在许小院耳边,让她打了个激灵。

许小院摇摇头婉拒道："今天就不了,下次再聚!"

许小院脸色绯红,立刻起身,飞也似的逃离了。楷江川显然没有想到她会拒绝。

他用有分量的声音说道："等等。"他继续说道,"小满,你一直是个优秀的舞者,希望不是最近我的行为影响到了你。"

许小院连忙摇头,张开嘴,刚要说些什么。

楷江川发话了:"好了,你可以回去了。"

许小院离开。

门后,薛雪儿一直在偷听他们的对话,听到许小院的脚步声后便立刻跑走。

许小满的别墅,许小满、许小院和荆京三人在一起以水代酒干杯。三人同声:"祝明天比赛顺利!"

荆京率先喝完了杯中的红酒后说道:"Cindy 姐,你没看到今天小院在台上的舞蹈,她学得很快,基本上都可以将动作协调地贯穿起来了。而且,我们也是这次比赛的出资方,相信裁判会卖个面子给我们,首次舞台顺利通关的几率很大!"

许小满拍了拍许小院的肩头说道:"去,给我跳一个看看,可别给我'舞蹈皇后'丢脸。"

许小院被许小满推向屋子中央,荆京放起音乐,许小院在 C 位看着镜子里陌生的自己。这些日子,经过严酷的训练,她已经熟悉了许小满令人傲娇的身体,甚至她开始有些贪恋这样柔美的身材和娇艳的容颜。

此刻对着镜子练舞的她严肃认真,颇有舞者架势。而荆京和许小满也给予了台上认真表演的许小院掌声,三个人跟着节奏狂跳起来。

许小满走到许小院身前,帮助许小院调整细微的舞蹈动作,希望她能够表演得更加传神,而这也是她这些年第一次近距离和姐姐接触。

许小满摆正许小院的胳膊,说道:"没想到触摸自己的感觉是这样神奇。"

许小院打趣道:"我知道你胸多大,其实根本没有荧幕上看到的那样凹凸有致，充其量就是个 A。"

许小满回击道："我也知道你腰和屁股有多肥，腰上像有个游泳圈一样，屁股自带防震坐垫。你还真是要钱没钱，要颜没颜，脂肪肥肉倒是一大堆。"

许小院说："从小你就怼我，我怎么也说不过你。"

许小满说："不仅是从前，现在，今后，未来都会是！"

许小院说："其实你除了这张锋利的嘴经常扎人心，其他地方都挺好的。"

许小满坏笑说道："你就没有好的地方！"说罢，她冲许小院吐了个舌头。许小院追着许小满满屋子跑，两个姐妹在欢快的乐曲声中互相打闹起来，好不愉快。这一刻，她们仿佛又回到了那个捉蜻蜓、捞小金鱼的童真时代。许小满由于沉重的身体，跑两下就开始叉着腰，喘着粗气。

这次，换许小院冲她俏皮地吐舌头了："这下你没有灵光的身子，逮不到我了吧。"

许小满由于刚刚的疯跑，一屁股坐到地上，"呼哧呼哧"喘着粗气。她累得龇牙咧嘴："看来，做胖子也真不容易啊！"

然而，突然之间，音乐停止了，只剩下死一般的沉静。

许小满问道："荆京，怎么啦？"

只见荆京突然放下手机，脸瞬间黑了下来，假装不介意地说道："没事儿，没事儿，你们继续玩儿啊！"

许小满见荆京大惊失色的样子，明显察觉出事情的严重性。于是，像母老虎一样一步步逼近荆京，把他逼到墙角。

许小满用低沉的口气问："说，发生了什么？"

荆京不敢直视许小满的双眸，说道："Cindy 姐，没啥，真没啥。"

许小满逼问:"跟我三年了,你骗不了我!"

这时,许小满发现荆京的手机不断跳出微信,一秒一个,连绵不断,疯狂发出连续震动的声音。

许小满要拿手机,荆京夺了回来。而此时,许小满的手机也发出了频繁震动的声音。许小满要拿,荆京下意识地抢了过来,不让她看。

而许小院却默默在他们身后看到了手机,一条热搜在微博等各个社交软件上炸开了锅。

许小院惊讶不已,手机掉在了地板上。许小满和荆京两人回过神来,看着许小院。

微博热搜上,赫然显示着标题——

"著名舞星Cindy和经纪公司老板楷江川情史大揭秘"

禅房内,许小满踱步而走,焦虑不堪,许小院目光呆滞地两眼放空,而荆京在电脑上做着公关工作,电话一个接一个打来,在场的三人仿佛热锅上的蚂蚁,十分焦灼。

微博热搜的图像,是酒醉的许小院被楷江川架着回到他家及第二天晚上蓬头垢面的许小院走出楷江川公寓的各种视频……并且配以解说:"许小满这些年的爆红离不开幕后推手楷江川的提携,据知情人士透露,许小满早已经常自由进出楷江川家,二人频繁共度甜蜜良宵。而近日,许小满因作为公司唯一的参赛选手入选《这就是舞蹈》而备受瞩目。据公司相关人士爆料,近些天许小满的身体状况并不太好,但是老板依旧力挺她作为'一姐'参与比赛,不知这背后是不是因为她和楷老板权色交易的关系,使老板对她如此青睐。据悉,Cindy在出道之初,就能不费吹灰之力拿到顶尖资源,赢在起跑线上,如此明目张胆地捧她,足以看出她和楷江川的关系并不简单……"

虽然真实情况是许小满和楷江川只是知己,除此以外没有任何亲密关系，但是这样暧昧的视频，怎么能不让网友浮想联翩呢？

　　许小满这些年也是见过风浪的人，平时的那些花边新闻她可以不去在意，因为那些都无关紧要。但是她最讨厌别人否定她的努力，因为这些年她得到的一切，都是凭她自己一步一步跌倒又爬起，在不断循环往复中摸爬滚打杀出的一条血路。楷江川只是给了她重新开始的机会，但舞蹈这条路是她自己踏出来的，是她从初中到现在多少个日日夜夜点灯熬夜跳出来的，凭什么大家捕风捉影，被有心人利用，把她说成了好像是个"不劳而获"的女孩儿？

　　许小满紧张地踱步，抓耳挠腮，显然最不想发生的事情还是发生了。只是，这一切来得太快，刚刚还是艳阳高照，下一秒便是雷电交加。

　　许小满两手抓着头发，一副即将崩溃的样子说道："为什么，为什么上天派你这个孽种来折磨我，我这些年的公益也没少做呀！我给贫困山区的儿童捐了多少钱，救死扶伤也有个几百万，为什么还要让我来迎接这样的坏消息！"

　　许小院不敢直视许小满，嘟囔着："对不起……"

　　许小满质问："哪天去的他家里过夜？为什么不告诉我？"

　　许小院说道："我那天喝多了，醒来就发现在他家了……"

　　许小满说道："这种留宿过夜很危险的，会招来很多是非！你不清楚吗？"

　　许小院小声地说道："你不是也在他家过过夜吗……"

　　许小满揪着许小院的耳朵，和童年时打架一模一样！

　　许小满气急败坏："我是有防备的，你有吗？还有，我是我，你是你，少和我混为一谈！你要是从小有我一半儿这样的脑子，今天就不会是这样的下场！并且还连累到我！"

　　许小院被逼到墙角，眼圈红红的，但她一直忍着不哭泣，因为她知道现在不是哭的时候。

荆京一边忙着看手机，一边接电话。他挂了电话走过来说道："现在有个情况非常糟糕，恶劣的网评导致节目组要取消许小满的比赛资格，而且合同里确实有这样的规定……"

许小院听到后，缩在墙角，下意识地抱着头。

许小院呜咽道："明天我能不比赛了吗？这样去比赛，我一定会出丑的，到时候对你也不好，我不想去比赛现场，不想比赛了……呜呜呜。"

许小满拎着红酒瓶子，一步一步逼近许小院，仿佛下一秒就要施暴，砸死眼前这个惹祸精。荆京在一旁看到连忙劝阻。

许小满走到许小院的面前，只对她说了一个字："滚！"接着，便把手里的红酒一饮而尽。

浴室里，许小满闭着眼，对着巨大的镀银镶钻的花洒，水柱砸在她的脸颊上，然后缓缓流下，散开，落地，开花，分不清是她的眼泪，还是水滴。

许小满好像在浴室洗了一个世纪那么久，荆京不断地敲门，才把她叫了出来。许小满四仰八叉地躺在床上，旁边全都是空啤酒瓶。

荆京劝道："Cindy姐，你不能再喝了！"

许小满用空洞的眼神望着天花板说道："我不是许小满了，今后没有这个人了，Cindy这个称呼也会从大众视野里消失。"

荆京："相信我，会好的。"

许小满说道："这次比赛对我来说非常重要，我这几年的付出都为了这场比赛。为了这次比赛，我远赴国外训练了三年，回国因为比赛推迟，我又等待了两年。如今终于要举行了，可我的身体却突然不是我的了。如果我的名额被取消，别说大家都在看我的笑话，就连我的名誉也都毁掉了，这个圈子以后不会再有'舞蹈皇后'Cindy了。"

荆京说道："如果今天是谷底，明天总会往好的方向发展。"荆京给许小满盖好被子，许小满却突然拉住荆京的手。

许小满说道："荆京，如果我退圈了，不干了，我真的不知道我还能做什么？所以，现在，我很怕。"

荆京说道："睡个好觉，交给我处理。"

许小满第一次脆弱地说道："今晚你也住在别墅吧，好吗？"

荆京说道："我在客厅，你如果睡不着了，就来找我。"

荆京为许小满点上香薰蜡烛，为她盖好被子。

强烈的孤单感围绕着她，这些年除了荆京在她身边卖命，她没有任何圈里的朋友。这段时间她通过体验许小院轻松简单的生活，倒是很羡慕她了。

如果这样一直作为许小院不变身回去，是不是就能一直"摆烂"了。

黑暗中，许小满第一次流下了眼泪。

第十五章 让暴风雨来得更猛烈些吧

凌晨三点,坐在电脑前的楷江川同样焦头烂额。黑暗里,只有一盏台灯亮着清冷的灯光,桌子上的烟灰缸里堆满了烟头。

楷江川对着电话说:"就按你们说的办,公关费我会两倍付给你们,明天就让财务打款。"然后电话里说了些什么。

楷江川继续:"我不需要再考虑,挂电话后我会立刻操作。"

楷江川挂断电话,仰在了皮质沙发椅上,随后他拿出手机,打开微博,在他的微博里敲下了几个字。

随后,点赞和评论量开始陡然增加,很多网友开始疯狂转发。

同一时间,不同空间。许小院在镜子前抑制不住地边哭边吃各种零食,平时节食的她,终于不需要节食了,她疯狂地用食物发泄,吃得满脸都是,眼睛上还挂着泪水。

突然,一通电话打来了,是荆京:"许小院,许小院,先别吃了!"

许小院呜咽道:"都到现在了,还能有什么好消息?呜呜呜!"

荆京说道："你的比赛资格保住了！"

许小院把嘴里的零食吐了出来，大惊："真的？"

次日一早，员工们早早来到了公司，正在互相八卦嚼着舌根。他们每个人都在看微博上的热搜词条——"老板楷江川承认与'舞蹈皇后'许小满恋情"。

热搜词条下，楷江川的微博上，帮许小满澄清了一些事实：首先，他的离婚和许小满毫无关系，在六年前，他就已经和前妻离婚；其次，这些年许小满是凭自己的努力一步一个脚印走上舞坛的，能获得现在"舞蹈皇后"的封号，是因为她已经从事舞蹈行业二十年之久！他会继续力捧许小满作为公司"一姐"出席各种活动，因为他认为自己的女朋友许小满是个非常优秀的舞者，也是个非常善良可爱的女孩儿！

果然，此话一出，立刻就扭转了风评。原本网络上诋毁许小满的言论少了很多，取而代之的是，很多网友不约而同地称赞楷江川"宠妻""爱妻"，非常讨喜，更有很多网友称赞这个公司老板是"最会撒糖的总裁""史上最疼女友的男友力 MAX 的霸道总裁"，而很多女性网友则非常羡慕许小满，纷纷称她为"人间富贵锦鲤"体质，上辈子是修了怎样的福分，今生能有这么一个好男人爱她。

楷江川走进公司的刹那，全公司的员工突然停止了议论，纷纷安静了，各自开始忙活自己的事儿，可大家异样的目光都不由自主地跟随楷江川进了他的办公室。

公司财务迈克是楷江川的好哥们儿，他看到楷江川走进来，于是站起来冲大家吼道："看什么看，没见过活人啊？都给我赶快干活！"

"啪"的一声，门关上了。员工瞬间都低下头，开始正常工作。办公室内，楷江川坐在摇椅上，反而很放松的状态。

迈克走进屋："你可真是天塌下来都不带慌的。"

楷江川点燃一根雪茄问道:"你也来一口?"

迈克也吸了一口雪茄,瞬间提了神,显然哥俩关系很好。

迈克说:"我让手下的人已经把款打给公关公司了,你让他们查一下。"

楷江川说:"好。"

楷江川望着天花板,一阵短暂的沉默。

迈克说:"从大学你就这样,一遇到什么事儿,就出奇的冷静,有时候冷静得让人害怕。"

楷江川说:"你信吗?我和小满没有发生过超越朋友关系以外的事情。"

迈克说:"啥?你的意思是,你们……?"

楷江川轻蔑地笑了笑,仿佛自嘲。

迈克:"连接吻也没有吗?"

楷江川点点头,笑了。

迈克说:"哥们,你这可真是真爱了,你们从初中开始就藕断丝连的,但是到现在你们都柏拉图……"

楷江川说:"对,越珍贵越不敢轻易碰触,生怕会碎,碎了就拼不回来了。"

迈克说:"为什么不和大家说清楚?"

楷江川说:"我和你说,你都不信,你觉得网友会信吗?"迈克无奈地叹了口气。

《这就是舞蹈》大型综艺比赛录制现场,许小院在荆京的陪同下走进化妆间,顿时,屋里所有正在备采的舞蹈演员纷纷抬起头,看着许小院。

此时,许小院宛如一只被目光扒光皮的猫,她甚至是踮着脚走到了自己的化妆台前，才敢呼出一口气。

化妆师开始给许小院化上精致的彩妆，眼角下的碎钻仿佛人鱼的眼泪。而因为昨天的热搜，荆京在今天早晨便拿到了VCA最新珠宝的高端限定版镶钻首饰套装的代言。他给许小院戴上布满碎钻的项链和耳饰。瞬间许小院精致的妆容便出现在了镜子前，让人不注意都难。

她摩挲着自己脖颈前价值连城的项链，表情却不开心。

她揪着项链，小声地问："这个沉甸甸的东西能摘掉吗？"

荆京说道："不行，这是品牌方要求的。"

旁边的舞蹈演员翻了个白眼，哼了一声："真是凡尔赛，明明有人捧在手心里是朵人间富贵花，却非要装成纯洁的白莲花，恶心！"

许小院突然低下了头。

另一旁的舞蹈演员捅了捅说话的女孩："你就少说两句吧，小心人家让老板封杀你，谁不知道许小满的路子野呀，什么男人都敢上！"

许小院突然想起小学被几个女生围堵在校门外胡同的经历。

那时候，许小院还是个小胖妹，扎着两个小辫儿，脸颊上的高原红让她看起来朴实得有些土气。她背着书包走在胡同里，突然跳出来三个隔壁班的女生，将许小院堵到墙角。

为首的女生率先站出来说道："原本全校跨年演出的健美操节目是我们的，凭什么你和你妹妹抢我们的节目？"

许小院说："我，我……"

另一个女生狠狠推了许小院一把，许小院虽然胖，却像一团棉花，很弱。一个趔趄，就摔了个大屁墩儿。

女生说："我我我什么？你们姐妹俩必须把名额让给我们！这个节目就是我们的！"

许小院声音虽小，口气却十分肯定："我妹就是比你们跳得好。"

三个女生齐刷刷地骂道:"你妹!"

三个女生互看一眼,其中一个力气大的女生率先捏住许小院的嘴,另一个女生按住她的头,剩下的女生拿出一个两升的大水壶,掰开许小院的嘴就往她嘴里不停地灌水。

许小院像一只活活被灌进饲料的鸭子,只见源源不断的水流从许小院的嘴里和鼻子里喷了出来,手脚却被三个女生用腿顶住,无法动弹。

许小院被呛了水,闭上了眼睛,几个女生却越笑越欢。正当许小院已经放弃挣扎的时候,四五个五大三粗的男生把许小院拽到身后,然后狠狠将几个女生推倒在地上,拿出兜里的铅笔,抵住女生的脸颊。

男生说:"我的铅笔不长眼睛,要不在你光滑的脸蛋上试着刻几个字?"

女生被吓得不轻,颤抖着问道:"你们是谁派来的?"

男生说:"你管得着吗!今后给我离许小院远一点,不然刮花你的脸!"几个女生吓得屁滚尿流,像过街老鼠一样逃走了。

许小满从几个高大威猛的男生后面钻了出来,伸手把姐姐小院从地上拉起。许小满说:"明天放学一起回家。"许小院乖巧地点了点头。

许小院像个小跟班似的,跟在妹妹后面。几个男生护送姐妹俩到家楼下。

许小院突然站了起来,走到污蔑她的舞蹈演员面前,像曾经一样,用着几乎微弱却十分坚定的口吻说道:"你不可以这么污蔑我!"只是在她内心里,在这句话结尾加上了后缀"妹妹"二字。

这是许小院第一次敢于据理力争,大概是许小满的身体给了她这样的勇气。舞蹈演员站了起来,荆京见状,把许小院挡在身后。

荆京说道:"都是一个圈儿的,没必要闹这么僵。你是张总公司签的新人吧?你是怎么来到这个节目的,我想知道会很容易,所以,我劝你今后管住你的嘴巴。"

舞蹈演员冷"哼"了一声，自知理亏，便坐了下来。

荆京拉着化完妆的许小院来到 VIP 休息室。

她看到微博上，楷江川承认恋情已经成为热搜第一。

许小院沮丧地说道："我感觉自己的状态上不了场。"

荆京一边给她按摩放松一边说："别想太多，你可以的。"

许小院说："我感觉最后在公司彩排那天我是许小满了，可是这两天因为舆论压力，我又变回了我自己。"

荆京说道："是谁不重要，重要的是你相信此时的这个你。"

许小院说道："一会儿台下的观众如果不买账怎么办？如果他们都在骂我怎么办？还有，楷江川承认恋情了，可是我前几天刚刚和杜子藤确定了关系，我不知道怎么和他解释。"

荆京："这些交给我来处理。来，闭上眼，把这里想成禅房，冥想三分钟，跟着节奏深呼吸。"许小院只好照做。

此时的她，内心十分焦灼，宛如一只热锅上的蚂蚁。明知山有虎，偏向虎山行，不过如此。

音乐响起，许小院上台了，五光十色的灯光将舞台充满，像一个色彩斑斓的童话城堡，宛如一个梦境。

不知道是不是心理作用，许小院感觉台下的观众都在用奇怪的眼光审视着她，使她非常不自在。

她在脑海里，努力回忆着和许小满一起彩排舞蹈时的节奏和韵律。

那天，她们姐妹的确非常快乐，是十年后她们第一次破冰，第一次愉快地玩耍。要知道，距离上一次已经不知道隔了多少年。

突然，台下角落里出现一群人，她们明显是有备而来，举起"Cindy 不要脸"的灯牌不断摇晃，干扰到了许小院的视线。

能感觉到，台上的许小院确实被影响到了，动作明显慢了一拍。而此时，荆京早已让保安将这几名观众带走。可许小院的思路被影响了，舞蹈动作没有了之前的熟练。

而在另一边，一双不知名的手在昏暗的灯光下敲击着键盘。

一个叫作"八卦阵"的账号上，再次爆出一剂猛料——照片是许小满与杜子藤牵手一起回爱巢的照片。二人在屋内拥抱亲吻，却没拉窗帘。

比赛录制现场，就在许小院即将跟不上动作，打算放弃的时候，她眼神一瞥，看到了二楼空无一人的包厢，一个熟悉的身影正冲她举牌呐喊。

那是她妹妹许小满的身影！

此刻，许小满站在二楼空无一人的包厢，举着"许小院，你最棒"的灯牌冲她挥舞！

许小满在包厢跳着同样的动作，以此来提醒许小院。

她胖乎乎的身体显得滑稽可笑，而此时姐妹俩却完全的舞步一致。许小院的脑海里再次回想起了那天排练时姐妹俩练舞的美好瞬间。许小院瞬间有了勇气，一鼓作气，继续展开拳脚，全神贯注地将舞蹈顺利完成了！

许小院喘着粗气，正式谢幕。

许小院兴奋且激动地一路小跑来到后台，她希望见到荆京和妹妹小满，和他们分享自己的喜悦。

但当她经过化妆间、走廊的时候，所有的人却对她指指点点。

她找到化妆师，希望给她尽快卸妆。然而，化妆师却早已不辞而别。许小院孤独地坐在化妆间、开始畏畏缩缩，十分紧张。

她发现周遭的气氛十分压抑和诡异，只见她的妆容也由于被汗水浸湿，花了一大半，显得滑稽。

荆京早已戴上口罩，神秘兮兮的，拉住许小院打算往外跑。

许小院说："等等，我的衣服还没换呢！"

荆京说道："来不及了！先上车再说！"

许小院问："怎么了？"

荆京说道："你自己看看手机！"

几家娱乐版块的新闻标题全部换成了："许小满Cindy恋爱劈腿，与圈外男素人酒后拥吻，楷江川确凿被绿。"而点开标题，便是许小院和杜子藤的亲吻照片。

荆京说道："我们被人算计了！"

商务车上，许小院、许小满、荆京三人明显丧失了士气，他们偷偷乘车，从后门提前离开了。

荆京说："这一波操作明显是冲着你来的，是团队搞的，他们一开始就分别准备好了你和楷江川、杜子藤的绯闻照片作为资料，然后故意分成两拨放了出来。"

许小满说："先发你和楷江川的绯闻，是为了引蛇出洞，也就是他早就明确地知道楷江川十分在乎你，会为你证明，才会这么玩儿。因为他确信，发了这条绯闻消息，楷江川会不顾一切地为了你的前途而承认恋情。"

荆京说道："没错，而此时他手里你和杜子藤的绯闻照片才能派上用场，这样就能把楷江川给裹进去了，而最重要的是，只有这样，星川舞蹈演艺公司才会受到重创。"

许小满说："这招太狠了，一石二鸟。要知道，这个圈里最重要的就是口碑，这下楷江川的个人名誉和咱的舞蹈公司算完了……"

荆京说道："楷江川和公司都要完蛋了……可这时间点也太寸了。"

许小满冷"哼":"你说如此熟悉我们内部行程,又能准确预估到每一个时间点,并且一直嫉妒我的人还能有谁呢?"

许小满和荆京对视一眼,心中早已有了答案。

第十六章 死心的理由

一波未平,一波又起。

次日一早,许小院和荆京已经在厨房准备好了早餐,然而许小满却一上午也没有起床的迹象。

许小满将自己蒙在被子里,躲在房间里用手机看着各种关于她的八卦信息。

"她可真是个贱货!"

"脚踏两条船的渣女!"

"她是不是以为全世界的男人都爱她?"

"她怎么不去死!"

各种不堪入目的字句蹦到许小满的眼前,她脸色蜡黄,头发凌乱,神色焦虑,开始咬指甲。

她知道,这些网络暴力和黑料会对她未来的事业形成致命打击。这一宿,她们三人虽然住在一起,可是却都一夜没睡。

许小院坐在餐桌前,餐桌上已经从早餐的豆浆油条,换成了午餐的汉堡、烤串、麻辣烫等。因为,许小满变身后最爱吃这些。

许小院目光呆滞地坐在桌子前,由于焦虑,左手大拇指已经被她这几天抠得面目全非,只能贴上了创可贴。

因为心情紧张的时候,许小院就会抠手。此刻,她就像一个犯了罪的犯人,惴惴不安地等待着法官的凌迟,等待着许小满的审判。因为她知道妹妹的暴脾气,但她不确定许小满这次会如何对她发泄,如何羞辱她!

毕竟,确实是她有错在先。她不该那么不小心去了杜子藤家,也不该不和许小满打招呼就自作主张做任何决定,而应该更加谨慎地对待"舞蹈皇后许小满"这块金字招牌。

但此时,说什么都晚了,毕竟世界上没有后悔药。成年人的世界,不允许我们后悔。

荆京提醒许小院:"如果待会儿她扔东西发飙的话,记得躲着点……你知道她是有事业心的,最在乎的就是自己的前途,这个受影响的话,她心里一定非常难过,所以咱们就让她发泄一下吧!"语毕,荆京像安慰小狗似的拍了拍许小院的肩头,仿佛下一秒她即将被凌迟。

许小院看了看四周的地形,擅长想象的她,脑海里立刻绘制出了一幅"吃鸡"地形图。她化身玩家东躲西藏,幻想着自己躲在身后的屏风是否安全?屏风背面的厨房是否安全?或者是屏风左边的浴室……她想象着自己身着绿色吉利服、手拿平底锅,抵挡着杀伐决断,拿着AK47冲进来的许小满,用着最轻描淡写的语言给她狠狠一击……

就在此时,她的幻想被脚步声打破,许小院和荆京不约而同地看向许小满走来的方向。

许小满早已梳洗完毕,头发在后脑勺盘成一个发髻,最重要的是,她换上了一套非常合身的亮色连衣裙。她的脸上虽然露出些许疲惫，却没有愤怒的痕迹。虽然许小院的身体胖嘟嘟的，但是一套看上去整洁舒适的装扮，却也让大家赏心悦目，让人觉得眼前胖乎乎的姑娘像个小太阳，将阳光铺洒，照亮了大地。

许小院和荆京互看一眼，两人心里都不约而同地发出了同样的疑问：什么情况？

荆京心想：按照以往Cindy姐的脾气，现在应该早就掀翻房顶了，可这次却出乎意料的平静……

许小院心想：怎么还能藏得这么深？这不像她从小的性格啊！许小满一直以来都是把脾气写在脸上的，现在这样压抑自己，反而让人有种未知的恐惧。

许小院也不敢发问，连忙给许小满剥鸡蛋、倒牛奶，但她才意识到，此刻已经是中午了。于是，又赶紧把刚刚送来的韩式炸鸡夹到许小满的盘子里，试图用不停歇的动作来掩盖自己的紧张。

许小院吞吞吐吐地说："我这就去给你榨个胡萝卜苹果汁，荆京说你习惯每天喝果蔬汁的。或者，你想吃点啥，我再给你点，我的身体不怕胖，怎么吃都行。"

许小满面无表情地说："我自己去榨汁。"许小院和荆京互看了一眼，觉得奇怪。

荆京说道："那我帮你吧。"

许小满面无表情地说："不用，都坐下。"

许小院和荆京像两个听话的小学生，立刻坐在了椅子上。

许小满说道："都别动，我自己来。"

说罢，起身走到厨房，自己动手开始削果皮，削胡萝卜。她拿着水果刀的样子非常不熟练，好几次都差点儿伤到她自己，最终她放弃削皮了。干脆把整个苹果和胡萝卜扔进榨汁机，按下按钮，机器开始疯狂旋转。

她确实从来没有自己榨过水果汁，都是助理把果汁榨好，送到她的嘴边。

许小满端着带着果皮的果汁坐在餐桌前，因为不熟练的削皮技术导致她这杯果汁还带着皮屑。许小院不知说些什么，只能通过拼命给许小满夹菜来掩饰尴尬。

荆京冲许小院皱了皱眉头，她看到许小院夹了一块许小满最不爱吃的排骨。

许小院发现后，刚要往回夹，却听到许小满说了一句她从没说过的话："谢谢。"

谢谢？许小满很少说"谢谢"的啊！要知道，许小满最不喜欢吃猪肉，平时这种情况，她早就把排骨扔到一旁并开始痛斥许小院了。

荆京说："Cindy姐，有情绪就发泄出来吧！"

许小院放下碗筷，根本不敢看许小满。

许小满平静地说："我没有情绪了，你们该忙的去忙吧，我不会有任何事儿，也不会想不开。"

许小满竟然还挤出了一个微笑。

许小院看到这个微笑，反而更加不镇定了，立刻筒子倒豆子说："对不起，你怪我吧！怪我不谨慎，怪我不小心，怪我做任何决定前都没和你沟通，怪我懦弱像个废物……你别这样把自己憋坏了。对不起，是我不好……"

许小院说着，自己哭了起来。

许小满平静地问："比赛结果出来了吗？"

荆京说道："是这样的，这次专业比赛的分数是通过了的，但是因为这两次的舆论压力,观众的喜爱度大幅下滑,导致平均成绩已经落后,如果照这样下去,在下周一公布入选名单的结果前,我们肯定被淘汰了。"

许小院没有底气地说:"……那我们怎么做才能弥补?"

荆京说道:"如果想继续比赛,保住名额,我们必须想办法提高观众的喜爱度。"

许小满冷静地说:"没什么必要了。"

许小满起身,开始破天荒地主动收拾起碗筷。仿佛这样的结果她早已预料到,只不过证实了自己的想法而已。

此时,许小满的心中,已经对未来不抱希望,包括自己的前途,她也知道肯定是毁于一旦了。

所以,她早在起床前,就下定了决心,她想躺平,换一种生活方式。

许小院看到在厨房默默洗碗的许小满,平静地像换了一个人。许小院知道,她心里的希望破灭了,她的眼里缺少了光,她的生活更缺少了意义。就像核弹爆炸后,土地被炸得一片荒芜,如此贫瘠、了无生机。

此刻,许小院多么希望妹妹能像以前一样和自己剑拔弩张地吵架,或者打自己一顿来发泄怒火,因为那才是她认识的许小满呀!

许小院走到许小满面前问道:"为什么突然泄气了?"

许小满不说话,自顾自刷碗。

许小院把手里的碗抢过来说道:"我认识的许小满呢?"许小满自嘲:"我现在的确成了许小院。"

许小院逼她:"就这样放弃,你甘心?难道你想刷一辈子碗?"

许小满说道:"用你管!"

许小满抢过来,许小院不给。两个姐妹在争抢过程中,碗打碎了。

许小满说:"你烦不烦?"

许小院说:"你每次说我遇到困难只会像缩头乌龟一样躲在角落,说我无能、说我懦弱,可你呢?"

许小满说道:"你懂什么,我累了。"

许小院说:"这么脆弱,根本不是那个我认识的许小满,更不是大家眼里的'舞蹈皇后'!你对得起那些喜欢你的粉丝吗?如果我是你,我不会认输,也不会像你这样不振作。"

许小满说:"呵呵,你赢过吗?有什么资格说我!"

许小院说:"你现在很像一直以来的那个我,那个懦弱胆小的我,你不是一直在骂我吗?怎么,现在你也变成这样了?你嘴里一直说要获得这一季比赛的冠军,结果你就这么怂吗?"

许小满已经气得喘着粗气,她终于按捺不住,没憋住火儿,推了许小院一把,许小院倒在了地上。

许小院说:"很好,这才是我认识的你。"

许小满这才意识到,小时候,自己一直经常"欺负"许小院,而刚刚的行为,好像把她心里的"野性"与"韧劲"又唤醒了。

许小院坐在地上,突然笑了。她说:"我希望你能把火撒出来,重新回到自己的轨道上。"

许小院拍拍屁股站起来,离开了。

许小满撑着池子,看着水池里的碗筷,眼圈通红。

荆京看到许小院出来,指了指厨房,说道:"她没事儿吧?"

许小院说:"你多陪陪她,我出去一下。"

荆京问:"去哪儿?"

许小院说:"我想去找个人。"

许小院脸上决绝的神情,让荆京认为情况不一般。荆京问:"你想去找谁？"许小院不说话。

荆京说："你不会想去找薛雪儿吧？"

许小院顿了一下，只好回答："是的。"

荆京劝道："你自己去？"

许小院回答："嗯。"

荆京说道："许小院，你疯了吗？这么多年了，她像噩梦一样一直缠着Cindy姐，你觉得凭你一个人，就能对付得了她？"

许小院也不辩驳，转身就走。

荆京说："那随你便吧！现在已经够乱了，我不希望再有什么意外出现。"

许小院驻足，回眸道："我现在就是她。"

这下换成荆京愣在原地了。

许小院的手机上，出现了杜子藤和楷江川很多个未接电话。

是夜，薛雪儿来到公司的舞蹈排练舞台，只有台上的几盏射灯发出惨白的灯光，偌大的舞台上，显得阴森而恐怖。

突然，薛雪儿的身后，有一双手拍了她一下，吓了她一大跳。

她转身，发现是"许小满"。光线把她的脸照成了阴阳两面，显得十分冷酷可怖。

许小院问："这几天怎么没见你来公司？"

薛雪儿立刻答："我在忙公司的事儿。"

许小院说："回答得倒是迅速，像提前准备好的台词。"

薛雪儿说："你想说什么？"

许小院拿出一瓶香槟，开瓶，给自己和她倒上两杯说："喝酒！"

薛雪儿惊讶地看着："为什么？难道祝贺你跌落神坛？"

许小院说道："冲你这句真实的话，我先干为敬！"许小院闭着眼，把液体灌入喉咙，险些呛着。

薛雪儿紧跟其后，原本抿了一口，但看到许小院干了，自己也全部喝了下去。几杯下肚，许小院微醺了。

许小院说："我们在这个公司工作了这么长时间，都没好好喝过一顿酒。但我真的不胜酒力，所以我想趁我没醉之前和你说说真心话。"

薛雪儿假装不明所以，但不敢直视许小院，问道："你想说什么？"

许小院又给自己满上一杯："其实，我在公司最欣赏的一个人就是你。当初要不是因为你拉着楷江川走进这个圈子，他到现在什么也不是。正是因为你的存在，才让这个公司活了起来。这些，楷江川都和我讲过。我……挺感动，因为你为了爱，肯于付出。"

许小院喝完杯中的酒，俨然醉意更浓，继续说道："其次，在舞技方面，我最崇拜的也是你。你不仅跳得好，长得也甜，不像许小满，其实她……她……她什么都不是，就是一个母老虎！而且关键时刻还变成了纸糊的母老虎！"

薛雪儿第一次看到眼前的"许小满"这么痛斥自己，一脸的不可置信。因为平时的许小满无论自己做没做错，在别人面前都保持着极度的自信和高傲。"皇冠不能掉"，是她给自己定的唯一标准。

薛雪儿诧异地说："小满，你倒也不必这么妄自菲薄……"

许小院几杯下肚，已不胜酒力，她脑海里想起这些年许小满对自己的刻薄，突然很想感慨一番。

许小院说："雪儿，你长得这么甜美，舞跳得又好，你说为什么那个瞎了眼的楷江川就喜欢母老虎许小满呢？就是因为他，才导致了我们的不和……"

许小院的意思是，当年她和妹妹小满关系不和，一部分原因也是这个男人楷江川，而薛雪儿理解成了，因为楷江川才导致她和许小满的不和,不过这倒也是事实。

薛雪儿看许小院这么"诚实",干脆也不摆架子了,说道:"要是没有楷江川,也许我们真的能成为朋友!"

许小院说道:"我要是楷江川,我就喜欢你。许小满其实什么也不是,整天没心没肺,而且太过自私,只关心自己的事业和前途!"

薛雪儿看到眼前的"许小满"如此贬低自己,都有点听不下去了。

于是,她也吞下一整杯酒,劝道:"小满,你别这么说自己,咱们做舞蹈这一行的,就是个辛苦工作,命运不由我们掌控,我们只能每天不断地磨炼自己。我知道你一直非常在乎自己的事业,我都懂。在这个公司,能和我PK舞技的也只有你这个"舞蹈皇后"了!除了你谁还能和老娘PK啊?我也是练了二十多年童子功的人!其实我们是一类人。"

许小院喝多了,拉起薛雪儿的手,突然大哭起来,她说道:"其实,我从来没有和这么漂亮的姑娘做过好朋友!我真的好想让你做我的好朋友、好闺密!就是那种能一起拉着手上厕所的好闺密!我从小就羡慕那些能和漂亮女生做好朋友的女生!如果你愿意当我的好朋友,那就太好了!"

薛雪儿也喝多了,说道:"其实你有时候也挺好的,我也没有那么烦你。在圈子里,我只认你当舞后,你是一姐,我就是二姐!我心服口服!"

许小院突然抱住了薛雪儿,感动得涕泗横流,说道:"谢谢你,愿意答应做我的好闺密。"

薛雪儿被这个拥抱感动坏了,第一次紧紧抱住了许小院。

身后,荆京不可置信地看着这一切,他以为自己眼花了,于是揉了揉眼睛,发现这不是梦!

许小院误打误撞，竟然做到了让薛雪儿和许小满冰释前嫌，还抱住了自己！这简直就是个世纪大和解啊！

荆京突然萌生一计，也许能挽救许小满滑落的口碑和人气。

薛雪儿也带着醉意问道："我还有一个问题想问你，希望你能诚实地回答我，小满。"

许小院已经倒在了桌子上，嘴里却有知觉，她回答："你说。"薛雪儿问："你喜欢楷江川吗？"

听到自己"男神"的名字，许小院突然回过神了，她正色道："我喜欢，我一直喜欢，我从初中就喜欢他了……但是……"

薛雪儿显然没有听到后面的"但是"二字。喝醉了的许小院，说的是她自己内心的答案，薛雪儿却把它当作了许小满的回答。

薛雪儿也突然睁大了眼睛，问道："三个月前，在咱们公司楼下咖啡厅，我问过你同样的问题，当初你信誓旦旦地说，你根本不喜欢楷江川！而现在，你终于肯承认了！许小满啊许小满，你还真是喝点酒才能说几句真话呀！"

许小院眼睛直勾勾地望着桌面，说道："我一直喜欢楷江川，确实，我一直不敢承认。"

没错，许小院由于自卑确实不敢承认她喜欢楷江川，而许小满这些年来，一直把楷江川当作蓝颜知己，因为太熟悉彼此，对许小满而言反而缺少了恋爱的悸动。从始至终，许小满确实没有骗过薛雪儿，而楷江川也一直把许小满当作红颜知己。

薛雪儿拉住许小院的手，说道："不管怎么样，谢谢你今天对我的诚实。既然这样，我也不瞒你了，我对不起你！"

许小院已经醉倒，半睡不醒地听着。

薛雪儿继续道："我对不起你许小满，也对不起公司对我的培育，你和楷江川亲热的照片是我卖给那个叫'八卦阵'的公众账号的……因为,我不明白你为什么一边不承认你喜欢他,一边又要做着和他交往的事情!你为什么这么心口不一?为什么要骗我!其实你早点承认你爱他就好!老娘绝对不会不支持!"因为薛雪儿不知道,三个月前说不喜欢楷江川的是许小满,而现在承认喜欢楷江川的却是许小院。

薛雪儿继续说道:"要知道,我敢向全天下的人承认我爱楷江川,而且我从愿意和他一起成立这家公司的时候就已经爱上了他,可是他心里却只有你。许小满,你知道我和你有什么不同吗?我敢为他抛弃一切,无论是事业,还是生命,我都愿意为我爱的人付出,可是也许就是在事业上我没你那么笃定,所以情场上我才输给了你。你知道楷江川喜欢你的是什么吗?就是你对于事业的那份笃定和不轻易言弃,他说你很像曾经的他……"

薛雪儿喝了一大口酒,认真地说:"许小满,我很羡慕你。请你一定好好对待楷江川,好吗?"

许小院抬起头,突然想到要回归正题,干脆直接问道:"我还有一点不明白,既然你那么爱楷江川,那你怎么还会爆出杜子藤和我的照片来给楷江川带绿帽子呢?"

薛雪儿真切地看着许小院说道:"后面的这个爆料真不是我做的,我怎么忍心毁掉自己爱的人和他创办的公司呢?我就是再傻也不可能这么做的!这不是我做的!"

许小院突然惊了:"啊?后面这段爆料,不是你干的?"

薛雪儿真切地点了点头:"对天发誓,不是我。"

语毕,喝多的许小院和薛雪儿两人抱头痛哭,随后一起倒在了桌子上。

舞台后方,一直暗中观察的荆京显然也被这个答案惊到了,只见他眉头紧锁,毫无头绪。随后,他拿出手机,将镜头对准拥抱着的许小院和薛雪儿,然后按下了快门。

第十七章 猝不及防的互换

荆京先把喝多了的薛雪儿抬回车上,等他再去排练厅找许小院时,看到一个男人正在搀扶酒过三巡的许小院。

这个人正是杜子藤,他头戴棒球帽,身穿黑色衣服,显然是怕有心人认出来。

许小院还在杜子藤的怀里,张牙舞爪地胡言乱语。杜子藤说:"我送她,放心。"

荆京连忙解释:"这件事情,确实不怪小满,她和我们楷总,真的只是上下级关系。"

杜子藤拍了拍荆京的肩膀表示理解,男人之间不必多说。

杜子藤将酒醉的许小院安置在自己的副驾上,给她系好安全带。许小院突然抱住杜子藤说:"你怎么现在才来……"

杜子藤刚要亲吻许小院,只见她继续质问:"楷江川,我问你,为什么现在才来接我……"

原来，许小院把他当成了楷江川。杜子藤立刻下意识地将身体弹了回来，勉强地笑了笑，好像在嘲讽自己。他系好安全带，启动汽车，一脚油门，消失在夜色中。

杜子藤到自己家楼下，他看到旁边熟睡的"许小满"像个可爱的婴儿，嘴角还留着口水，毫无心机，四仰八叉，有一种不经修饰的天然感，反而让人怜爱。

杜子藤贴近许小院的脸颊，替她解开安全带说："到家了。"

许小院抱住杜子藤说："离你这么近的感觉还不错，你知道吗，我上学时就暗恋你了……"

许小院把杜子藤当作楷江川，双臂揽住他的脖颈，环抱住他，像一只树袋熊，口水蹭了他一身。

许小院吞吞吐吐地说道："也许，只有现在这样，我才敢表达出来……天哪，我在胡言乱语什么……我不会吓到你吧……"

杜子藤停住，一时不知道该说些什么。

许小院说道："楷江川，你说说话，好吗？你不会生气了吧？我是不是说错了什么……"

杜子藤咳嗽了一下，装作楷江川的语气说道："你没说错什么，我都懂，因为我也是这样喜欢上一个人的。"

许小院说："那就好，我还想一直好好练舞，给公司争光，不枉费你对我的期待。"

杜子藤说道："小满，你一直很棒。刚开始认识你的时候，我就觉得你是个坚强、独立、有个性的女孩，我一直把你当哥们儿。但是慢慢地，不知道从哪一天开始，发现你温柔、可爱、善良的一面的时候，我才发现自己喜欢上了你，尤其是你和爱玛在一起的时候，让我看到了你内心柔软的那一面，我想很少有人会注意到你的这一面，所以，很庆幸我自己能看到。谢谢你之前答应做我女朋友的决定,可现在我要和你分手了。"

杜子藤说完,再次启动汽车,原本她想带许小院回自己家,可现在他知道"许小满"的心里一直喜欢的是楷江川,于是他决定送她回她自己家。

当杜子藤说出分手的那一刻,他反而更加坦然。当他听到她还喜欢着楷江川的时候,似乎并没有那么失落,因为他好像早有预感。

而此时,荆京把薛雪儿背回公寓,把她放在床上,盖好被子,还贴心地在床头为她放了一杯解酒药。

薛雪儿却突然醒了过来说:"我在哪儿?"

荆京说:"在你家。"

薛雪儿一阵头疼说:"你送我回来的?"

荆京说:"是。"

薛雪儿拿起枕头,坐了起来,喝了一口解酒药说:"你现在知道了,许小满和楷江川的爆料,就是我做的。"

荆京说:"是。"

薛雪儿说:"是我那时冲昏了头脑,太不理智了。"

荆京说:"也说明你是真的动心了才会这样。"

薛雪儿说:"谢谢你现在还为我说话,但请你相信第二次的爆料真不是我做的。"

荆京说:"我知道,我正在调查是谁搞的鬼。"

薛雪儿说:"有什么我能帮忙的?"

荆京说:"现在情况很糟糕,网民揪住这一点不放,公司和楷总都快被口水淹没了。再这样下去,谁都没法翻身。更何况,许小满还有被退赛的危险……"

薛雪儿说:"是我做的,我认,我愿意无条件帮助公司,还有……"她顿了一下,然后坚定地说,"还有许小满,我愿意帮她。"

荆京说:"嗯,到我们团结起来的时候了。"

荆京拿出手机里她和"许小满"抱头痛哭的照片说道:"那我们就从这张照片开始!"

北京十一月的夜,显得异常寒冷。一层带着煤渣味儿的薄雾笼罩在星火点点的城市上空,仿佛憋着一场大雨。荆京有些担心地望着窗外。

宠物医院,人都走空了。

只有许小满一个人穿着护士服,呆呆坐在电脑前,看着宠物搞笑视频,桌子上放满了零食和香槟,她把腿放肆地搭在桌子上。

她努力沉浸在这个无人打扰的世界里,在这里,她可以安心地做一会儿"许小院",她也真的把自己当作了许小院,因为许小院的世界是那么的简单和与世无争,她能够不去思考自己的前途,在这些不会伤害人类的小动物的陪伴下,度过稀松平常的每一天。

林豆子说:"许小院,你别喝了,从没看你喝过这么烈的酒。"

许小满说:"你觉得像我们这样每天一成不变的生活怎么样?"

许小满给林豆子倒上香槟,两人一起碰杯。

林豆子说:"我感觉每天来这里上班都很不一样啊,每天能见到不同的客户,不同的病例,不同的宠物,也许还会遇到从未有过的疑难杂症,但是我们会通过努力去治好小动物,然后帮它们输液,疗养,就像自己的孩子,有时候感觉非常有成就感。所以,我没有觉得一成不变,反而觉得每天都有很多新鲜的事情等着我去发现。"

许小满安慰自己说:"可能是视角不同,这样平凡的生活也挺好。"

林豆子一怔说:"我不觉得平凡,我觉得非常有意义。如果我今后有钱了,就要在老家开一间动物疗养院,把那些被弃养的小动物都收留起来，雇人照顾他们。"

许小满说："呵呵，也许等你有钱了，就不这么想了。你要知道，人很虚伪的，一旦有了钱，就会把持不住自己的欲望，就会忘了初心。"

林豆子辩解道："不可能的，俺没有什么大理想，也不需要很多钱，只要能和我喜欢的人一起生活就好。"

许小满说："挺好的。"

林豆子说："你呢？如果有了钱，会做啥？"

许小满说："以前希望多多赚钱，然后能够更自由地生活，后来发现哪里有什么自由，人活着就没有自由。所以，就希望做些突破自我，更有挑战的事情。比如，成为一名舞蹈艺术家之类的，然后给大家传播正能量，不过这些都是以前的想法啦！"

林豆子说："对哦，你之前给我看过那个'舞蹈皇后'的视频，你说你挺羡慕她的。"

许小满说："什么？'舞蹈皇后'Cindy吗？ C-I-N-D-Y？那个Cindy吗？"

林豆子点点头："是呀，你还把她的照片贴在笔记本里，当你的'偶像'膜拜呢！你说你特别希望有一天能像她一样站在舞台上，像她一样貌美如花又有才华，这些你都忘了？"

许小满一惊，然后装作想起来的样子说："哦哦哦，对，我想起来啦！"

原来，姐姐许小院一直把她当作自己的偶像和目标。突然，她的心头流过一阵暖流。这些年，纵然有很多追捧她的粉丝，但都比不上姐姐许小院这个头号粉丝。这一刻，她突然有了重新坚持下去的勇气。

林豆子说："你是不是遇到什么糟心事儿了？"

许小满说："养个狗狗麻烦吗？"

林豆子说:"狗狗需要每天遛弯,要悉心照顾,其他的就还好。怎么啦,想养只狗?"

许小满说:"突然很希望有一只宠物陪着我,最好是那种很忠诚的。"林豆子故意逗许小满,突然学狗"汪汪汪"叫了几声。

许小满突然笑了说:"好狗!谢谢你今天陪着我。"

许小满越喝越多,她看着林豆子的形象,在她眼前逐渐模糊起来,最终她趴在了桌子上。

许小满感觉,眼前这个简单可爱的男孩真的很像一条小忠犬,她觉得有这样一个贴心、忠实、温暖的男孩儿陪在自己身边也是件不错的事儿。

许小满突然抱住林豆子的头,冲他脑门儿献上了一口热吻。这一下,可把林豆子给亲傻了。

是夜,杜子藤将许小院送回别墅。

这次,他心有余悸,左顾右盼,才敢下车,生怕有人再把他们录下来。

杜子藤让许小院的手搭在自己肩膀上,半拖着许小院从地下停车库走到电梯口。

昏暗的停车库,四下无人,只有杜子藤的脚步声在回荡。

杜子藤十分警惕,他突然感觉到身后有人在跟踪他和许小院。他架着许小院,脚步放缓,努力听着后面尾随者的脚步声。

杜子藤心想,这一定就是之前录视频的那个坏蛋,于是他加快了脚步,来到转角处。他迅速脱下大衣,铺在地上,让站立不稳的许小院先坐下,然后腾出手应对危机。

杜子藤猫在墙角,他听到脚步声离自己越来越近,眼看就要冲自己过来了,于是一个箭步飞身而出,拿出自己打拳的劲头,给了"尾随者"一记狠狠的勾拳。

尾随者"哎哟"一声倒在了地上。

杜子藤一看，不是别人，自己打的人，正是许小满的爸爸——许军。

别墅内，杜子藤手忙脚乱地给许军包扎伤口，此时，许军的头上缠了三层纱布，显得有些滑稽和可笑。

杜子藤怎么也没想到，和自己可能的"未来岳父"见面竟然是在这种场合。杜子藤推了推许小院，给她端来一杯蜂蜜水，许小院喝了一口，继续倒在沙发上，没有醒过来的意思。杜子藤干脆给她盖上了毛毯。

许军指了指许小院说："喝多了？"

杜子藤点点头："是的，叔叔，这几天小满太累了，要处理很多事情，让她先睡会儿吧！"

许军挠了挠后脑勺，皱皱眉头，明显感觉有点麻烦，因为他是来要钱的。许小院和许小满的身体互换后，许小院由于自己性格的拖拉和懦弱，一直躲着许军，不敢去见他。更是因为从小到大自己在许军眼里什么都不是，她不想再次面对这样的情景。

然而，躲得了初一，躲不了十五，许军自己上门来要零花钱了。

许军搓搓手说："没事儿，没事儿，我就是来看看小满的，给她买了点她最爱吃的糖炒栗子，最近也和她联系不上，有点担心她。"

黄鼠狼给鸡拜年——没安好心。许军当着外人，自己说得都心虚，说起话来一直发抖。

杜子藤听许小满聊起过父亲许军的事儿，虽然不知道细节，但是知道她和父亲的关系并不好。

杜子藤说："要不您先回去，等她醒来，我再叫您来看她。"

许军笑呵呵地说："要不你回去吧，小杜，叔叔在这儿等她醒来。"许军一边儿说，一边儿两只贼眼仿佛X射线一样，扫描家里的每个角落。

他内心想：等这小子走了，就能在许小满的豪宅里好好搜罗一下有没有现金了，或者找到些值钱的宝贝拿走也不亏。

杜子藤看到许军贼眉鼠眼的目光与虚伪的笑容，脑海里浮现出许小满提起父亲时的表情。他虽然不知道许军来这儿的目的是啥，但他断定，这个爹或多或少有点儿问题。

杜子藤依旧坚持站好最后一班岗，他说："叔叔，这么晚了，那我去厨房煮个面，小满酒醒了也能吃一口，您要是不走，就留下来咱们一起吃消夜。"

屋外开始飘小雨了，打了几声闷雷。许军抬头看看窗外说道："哎哟，小杜，叔叔熬不了夜，明天还要早起看病呢，这夜宵就留给你们年轻人吃吧！"

杜子藤说："好嘞，那我送您。"

许军站在原地踌躇，没话找话说："叔叔啊，最近身体不好。"

杜子藤愣住，问："您怎么了？"

许军装腔作势道："唉，老毛病，关节炎、风湿病犯了，浑身不舒服，明天得去医院开药，还得买些其他用品。你知道现在药价多贵。唉，这小满每次都特别有孝心，虽然工作忙，但是钱还是会一分不少地给我啊，这样的孩子多难得！"杜子藤接话："是啊，小满是个非常优秀的女孩子。您很幸运，有她做您的女儿。"

许军说："你是不是喜欢我们小满呀？"

杜子藤脸红了一下，憨憨笑了笑说："以前是的。"

许军说："我看你现在也喜欢她，不然怎么和她喝酒还送她回家啊。我和你说，我挺喜欢你这小子的，回头叔叔给你在她面前说说好话啊！"

杜子藤摆手："这就大可不必了。"

许军继续："不行，我就觉得你适合当我女婿！但是有一个小忙，你能不能帮帮叔叔，先把明天看病的钱帮我垫上，等小满醒了，你再找她要，反正今后都是你们小两口的钱。"杜子藤突然明白了许军的用意，合着是奔着"钱"呀！

杜子藤说道："您要多少，我转给您。"

许军说："这样好，这样好，叔叔也加你个微信，这样今后更方便！"

杜子藤说："先转您一万吧，我估计看病买药都够了。"

许军心想，这次不亏，找了个准金龟婿。

许军连连夸赞："这小子，是个爷们儿，大气，像我们北方爷们儿！牛！"许军夸张地伸出了一个大拇哥，做出肯定的表示。

此时，沙发上的许小院醒了。

许军看到立刻笑脸相迎地走了过去，一把尴尬地抱住了许小院。要不是当着外人杜子藤，他几乎没有抱过女儿。当然，也是因为许小满不允许许军拥抱自己。

许军佯装自己很爱女儿，这样要钱才能理所应当，不被外人奚落。许军端着茶杯走了过来，略带指责地说："小满，你喝太多了！"

许小院看着许军，揉了揉眼睛，她从出生也没有见过这样和自己"亲热"的父亲，她显然被这个突如其来的拥抱吓傻了。

这些年来，许军明显苍老了，人一老，就更瘦，皮包骨头，眼窝因为瘦，显得更加深邃，眼皮耷拉了下来，眼角也有了四五道鱼尾纹。原本黑色的眉毛和头发，也掺杂了一半儿老人的灰白色。

许小院模模糊糊地从嘴边喊出一个"爸"字。

这个字，显得和她是那么的生疏。她已经很久没有喊过这个字了，换作以前，也只是直呼他全名，叫他"许军"罢了。

许军也诧异了，因为许小满也很少喊他"爸"。许军拍了拍女儿的脑袋说："我今天来看你，给你买了点儿你最爱吃的糖炒栗子，我在车上没事儿都给你剥开口了,你回头烤箱热一下吃,我觉得挺甜的。"

许军把栗子递到许小院嘴边,许小院不可置信地看着这样的画面,就像一场梦一样。

要知道,以前许军都是多么嫌弃她呀!如今他终于正眼看自己了,而且还给自己剥了栗子,这简直足够让许小院感动到天昏地暗了。

果然,许小院突然"哇"的一声哭了。

这次换许军尴尬了,许军拍了拍许小院的后背,悄悄地说:"你朋友小杜借了我一万块看病,回头你记得还给他,我先走了,家里你阿姨还等着我呢!"

许小院突然严肃地说道:"什么?"

许军以为是自己借钱借多了,连忙解释道:"我这次看病要开的药都比较贵,你也知道现在的物价……"

许小院说道:"我是说你得什么病了?是不是很严重啊?"

许军这才反应过来,合着不是责怪自己要钱呀,终于放下心了。

他一拍大腿说:"哎哟,老毛病,风湿病、关节炎,不严重不严重,但就是经常需要点儿小钱去看病。"

许小院完全忘记了许小满嘱咐她的话,被许军刚才的行为感动得昏了头。

许小院说:"要是不够,再和我说。"

许军明显愣了一下说道:"啊?好啊,好啊。"

他自言自语地嘟囔:"这丫头喝傻了,不对劲啊!"

许小院心想:这个许军,也没有许小满说的那么坏嘛!

窗外,突然刮起大风,一场疾风骤雨就这样猝不及防地来了。许军戏也演完了,钱也要到了,也懒得啰唆,拿起包就要走。杜子藤从厨房把做好的热汤面端上了餐桌。

许小院说:"外面雨太大了,爸,你晚点再走吧。"

许军突然感觉许小院像变了一个人,他也被这一声"爸"叫得神魂颠倒。毕竟,这么多年过去了,他也是很怀念这个称呼的。许军鬼使神差地就这样坐上了餐桌,和许小院面对面坐着。

乌云彻底遮住了圆月,一道闪电划过夜空,雷声震耳欲聋。

许小院感觉一阵头晕,许军正走过去给许小院递上热汤面,看到许小院趴在了桌子上。

而另一边的宠物医院里,喝多了的许小满也趴在桌子上,任凭林豆子怎么叫也叫不醒。

一道闪电划过夜空,将黑色的天空劈成两半儿,巨大的轰鸣声震耳欲聋。雨水倾盆而下,瞬间浸湿了大地,泥土的芬芳扑面而来。

许小满从别墅的饭桌上醒了过来,看到许军拿着面走过来。

许军说:"小满,趁热吃吧。"

许小满推开面碗,皱着眉头:"怎么又是你?"

而另一边,许小院抬起头来,看到林豆子脑门上的红唇印儿,吓了一跳。林豆子和自己的距离只有三厘米!显然超过了自己认为的安全距离!

而更令许小院震惊的是,林豆子突然脱掉白大褂,露出自己炽热的胸膛,嘟着嘴巴,正准备给自己一个笨拙且热烈的初吻!

就这样,天雷地火间,许小院和许小满互换回来了!

第十八章 第一次主动拥抱的滋味

许小院从桌上醒来,看到林豆子的"皓齿红唇"向自己吻了过来,下意识地推了林豆子一把,只见林豆子来了个大屁股蹲儿,在地板上滑出一米远。

许小院惊恐地抱住头说:"你要干嘛?"

这一推,把林豆子的心和面子都摔碎了,这可是林豆子的初吻呀!林豆子委屈地看着许小院,嘟囔道:"是你说你喜欢俺的……"

许小院反应过来,便立刻去搀扶林豆子,然而遭到拒绝的林豆子感觉丢了脸面,抱着头,飞也似的逃走了……

许小院愣在原地,她看着自己胖乎乎且粗糙的小手,捏了捏自己游泳圈一样的腰部肥肉,确信自己是变回了自己。

她看着周遭的环境,是她熟悉的工作场所。手机屏幕前的自己,还是那个身材浑圆的小胖子,她竟然发出了一声哀叹。

是的,她又回到了那个平凡、普通、一成不变的工作环境。

许小满的别墅里，一场世界大战即将爆发。

杜子藤一边清理着地上摔碎的碗筷，一边打着圆场。

许小满冷酷地对许军说："钱你也拿到了，少在这猫哭耗子了，再演奥斯卡也不会给你颁奖！"

突然变脸的许小满，宛如这倾盆而下的暴雨，说来就来。这架势，显然让还在戏里的许军措手不及。

许军干脆也不装了，说："变脸比变天还快！刚刚是你说外面雨大，要让我留在这儿的，现在又一副面孔，简直和你妈当年一模一样！"

许小满怼回去："要不是你每天好吃懒做，王花朵能变成这样吗？"

许军突然感到一丝奇怪：她什么时候帮她说话了？许小满也惊讶了一下自己的反应，按理说，她以前纵然不喜欢许军，也不会帮王花朵说话的。

许小满说："赶快走，别在我朋友面前丢人了。"许小满递给许军一把伞，推他出门。

许军抱怨道："外面这么大的雨，我怎么回去啊？"

许小满说："早给你叫好专车了，车号发你手机了，下楼就看到了。"

杜子藤打圆场说道："外面雨确实挺大的，要不让叔叔吃点儿东西再走？"

许小满一个能杀人的眼神递了过去："杜子藤，请你闭嘴。"

杜子藤看了一眼许军，耸了耸肩，表示无能为力。

许军走了，杜子藤把许小满的家收拾得整整齐齐。变身的这些日子里许小满很久没有回过自己的窝，突然感觉焕然一新。而且她看着杜子藤收拾家的样子，竟然让她恍惚觉得这就是十年后他们生活的日常，仿佛她和杜子藤在一起已经生活了好多年。

她真希望自己老了的时候，能有这么一个人陪在她身边，聊聊日常，收拾房屋，陪伴彼此。即使两人什么话都不说，共处一室也会十分自在。这大概就是幸福了吧！

这是她第一次看到自己的"男神"在自己家里，离她那么近。她不想打破这样的幸福感，纵然她知道这一切可能只是泡沫。许小满走到杜子藤身后，环抱住他。杜子藤松开许小满的手，走到她对面。

杜子藤说："不早了，你刚醒酒，早点休息。我也要回去了，爱玛还在等着我。"

杜子藤穿外衣要走，却被许小满喊住："杜子藤！"

杜子藤回眸，许小满顿了一下，拉住杜子藤的衣袖，抢过雨伞，然后假装平静地说道："外面雨还在下，今晚要不要住在我这里？"

时间好似突然静止了，许小满的心跳声回荡在整个房间里，小鹿乱撞的心情，让许小满仿佛回到了那个荷尔蒙弥漫着的少女怀春的十八岁。

这是她第一次邀请杜子藤留宿过夜。这样紧张的心情，就连她上台演出都不曾有过。如果说工作上的一切她都可以凭借自己的能力搞定，那么她唯一搞不定的也许就是感情。毕竟，她认为，事业上只要付出总会有回报，而情感无论付出多少，也可能竹篮打水——一场空。

杜子藤皱了皱眉，从许小满的手里再次抢过雨伞说道："雨小多了，不用担心，我走了。"

杜子藤明明知道，雨大雨小，只是她的借口而已。她只是单纯地想留他过夜，和他在一起，但他还是将计就计地拒绝了她。

许小满也企图维系着这个场面，即使被"男神"拒绝，"皇冠"也不能掉！

她努力笑了两下，假装看了看窗外，说道："是吧，雨好像是小了些，那你开车注意安全。"

话音刚落,窗外的雨却下得更大了。毕竟,她知道,如果一个男人真的决定了什么事儿,任凭你怎么试图挽回,都是徒劳。

许小满听着窗外的雨声,仿佛在和自己作对,就是故意要让自己出丑似的,雨突然下得更大了。她尴尬地笑了笑,耸了耸肩,一脸生无可恋的表情。这下也把杜子藤逗笑了,气氛缓和了下来。

许小满看着杜子藤走出家门,倾盆的大雨,肆虐的狂风,打湿了他一半的身体。许小满情不自禁地冲出屋外,递给杜子藤一件一次性雨衣。

杜子藤手里的雨伞掉落在地上,他骤然回身,猛然揽过许小满纤细且性感的腰身,用一枚浪漫的热吻回应了许小满。

大雨中,两人激情相拥。许小满的手紧紧缠住了杜子藤的腰身,而杜子藤的手,也托住了许小满精致的脸颊,唇齿之间的摩擦,万物生花。

等等,等等,这当然不是现实,而是许小满的想象。许小满冲出去,递给杜子藤一次性雨衣。

杜子藤给许小满披上雨衣,然后轻声说了一句:"许小满,我们分手了。"

许小满一个人愣在雨里,看着杜子藤消失在了茫茫大雨中。还没恋爱,就已经分手,这还是第一次。

原本她以为,通过许小院的努力,杜子藤已经爱上了"许小满",可是却没想到,她还没享受到和"男神"的恋爱,就"被分手"了!

她期待已久、一直备战的舞蹈比赛俨然已被踢出局;而情感上竟然也是"一地鸡毛"。不仅闹出和楷江川的绯闻,杜子藤也对她心灰意冷了。

她恨透了这个惹祸的许小院,要不是她,一切都不会这样!

"叮铃"，门铃响了。

许小满开门，以为是刚离开的杜子藤忘记了东西。然而，门外却是她最不想见到的人。许小院打着哆嗦站在门外，淋得像一只落汤鸡。

荆京和许小院一起来到别墅，他为许小院泡了一杯姜茶。

许小满满脸写着鄙夷，拿出女明星的架势说："有事儿快说，有屁快放。"许小院用一条高级法兰绒浴巾擦着自己湿漉漉的头发，哆哆嗦嗦地说："那天我去见了薛雪儿，她……"

许小满打断，气儿不打一处来，心想：终于来了个"出气筒"。

许小满说："你用我的身体，去见那个贱人做什么？这些龌龊的事儿都是她干的，你难道去求饶吗？我告诉你，我许小满的字典里从来没有'求饶'二字！"

一句不和，就要开战。

荆京打圆场，说道："是这样的，网络舆论的事态这几天我让公关已经控制下来了，公众视线已经转移到其他热搜上了。现在我们要想让下一次的演出得到网民的选票，只能进行拉票活动，来提升公众好感度，所以我们协商后想出一个办法。"

许小满眼睛瞪得大大的，猴急地问荆京："是啥？"

荆京看着许小院，意思是让她公布出来，而许小院摇摇头，努努嘴，意思是让荆京来讲。

许小满拍着桌子说道："别在这儿眉来眼去的，快点说行不行！"

荆京吐出几个字："你需要和薛雪儿来一次合体演出！"

许小满当场吐血，说道："什么？"

她的五官瞬间拧在了一起，就差骂出脏字了。许小满斩钉截铁地说："不可能！"

她站起来开始踱步，荆京知道许小满开始踱步，就证明她心里在犹豫，也就说明还有商量的余地。

荆京说："因为大家都知道作为舞蹈演员来讲，薛雪儿一直和你是竞争关系。这次如果你们能同台来一场世纪大和解的舞蹈演出，你们彼此的粉丝也能通过这次'联谊式'的演出融合在一起，一定会有意想不到的结果。"荆京顿了一下，说道："毕竟，在你谷底的时候，需要她和她的粉丝拉你一把。"

许小满步子踱得越来越快，然后突然指着许小院，瞪着充满血丝的眼睛，怒气冲冲地问道："你是怎么做到让薛雪儿同意的？是不是你去求了她？不然她那种又臭又硬的脾气是怎么肯答应的？"

许小院嘟囔着说："还不是和你一样，嘴硬心软。"

许小满像一头猛兽逼近许小院，质问道："你说什么？"

许小院吓得满头是汗，她又回想起初中时，妹妹许小满经常对她的暴力态度。许小院吓得都要哭了，她说："我也不知道她为什么会答应，那天我就是去找她聊了一次天，喝了一顿酒而已。后来，她就和我成为朋友了……"

许小满说："就这么简单？你没有用我的身体去求她？"

许小院连连摇头："没有！"

许小满剑一样的目光射向荆京，荆京保证道："我保证，确实没有。"许小满半信半疑，长叹一口气，仿佛终于确认了自己的"皇冠"没掉！

荆京说："如果没问题，那我就这么安排了。"

许小满有些怀疑地说："我还没同意呢！我和她同台，公司会怎么看我？一直以来，她都是我的死对头，这一定是她要害我设计的陷阱！她是不是设计好了在舞台上要让我出丑？你们不会被她骗了吧！"

许小院说："她自己主动承认了第一次的曝光，是她确实想害你，可第二次的陷害，真的不是她干的。"

许小满满脸问号："那还能是谁？"

荆京说："应该是公司的其他人，公司还在调查中，现在还不能确定。"

许小院说："其实我觉得你和薛雪儿挺像的，都属于嘴硬心软的那种。"

许小满不屑地说："鬼才和那个贱人像！"

许小院："其实她说她还挺欣赏你的，公司里她最佩服的人就是你！"

许小满问："是那个贱人说的？"

许小院配合发誓的手势说道："是薛雪儿亲口说的。"

许小满高冷地说："哼，那我也不同意！"

可转过头的刹那，许小满上扬的嘴角，却被许小院看到了。唉，嘴硬心软不过如此。

舞台上，薛雪儿和许小满虽然做着同样的舞蹈动作，但是两人的节奏和韵律明显都有着自己的风格，单看任何一个人都很完美，可是凑在一起却显得非常不协调。

欢快的音乐节奏里，许小满的表情明显非常抗拒，情感没有投入到舞蹈动作里。所以，她就像一个被迫运动的木偶，显得十分不合群。

台下，楷江川看完二人合体的舞蹈，皱了皱眉，什么也没说就离开了。薛雪儿也察觉到了二人的不和谐，就递给许小满一瓶"矿泉水"，但许小满拒绝了。

薛雪儿说："我也没想到有一天会和你一起站在舞台上。"许小满不说话。

薛雪儿说："喝点吧。"她悄悄地耳语："还是喝多了的你比较可爱。"薛雪儿煞有介事地摇了摇矿泉水瓶里的液体，原来里面装的是白酒！

薛雪儿喝了一大口，然后递给许小满。

许小满冷静地说："为什么会同意帮我？"

薛雪儿说："一致对外是我现在应该做的，我在帮公司挽回名誉，也是在帮楷江川。"

薛雪儿知道许小满是个心高气傲的女孩，所以特意没有强调是帮她，而是说在帮公司，当然这也是事实。

许小满咬着牙说了一句："哦，thank you。"她拿起水瓶，也喝了一口酒。

薛雪儿和许小满再次站在舞台上训练舞蹈。这次，许小满一边跳舞一边瞥着薛雪儿的动作，两人明显有了默契。能明显感觉到，薛雪儿的动作比许小满的更加柔美，而许小满的动作则充满了力量感。而这次，许小满在努力接近薛雪儿的感觉，试图做出更柔美的感觉。而薛雪儿也在努力向许小满的动作靠近，试图做得更加有力量感，柔美和力量的结合在一首曲目中展现出来，使这段舞蹈作品表现力十足，观赏性也极强，让强强联合的二人在乐曲中找到了自己的落脚点，发挥得淋漓尽致。

画面转到了演出拉票现场。

这是在一家大型购物中心的户外广场搭建的大型舞台，公司以许小满 Cindy 为名，举办了一场"全民健身"的公益活动，旨在鼓励现在的市民增强体质，多多运动，强身健体，呼吁更多人参与到"全民健身"的公益活动中，唤醒公众的健康意识。而这场公益演出的所有费用，都将捐给医疗保健公益基金。

舞台上，许小满和薛雪儿的合体表演十分成功，燃爆了全场。强强联合正是如此，两位舞皇的实力不可小觑，两人谢幕后，台下掌声如雷。许小满和薛雪儿各自的粉丝都举着灯牌，她们也拥抱在了一起，这场面竟让许小满十分感动。

这些年，许小满一直以来都是以 solo 独舞的形式享受着掌声、鲜花、荣誉。但没想到第一次双人舞秀还是和自己曾经最痛恨的"敌人"同台。此刻在台上，她突然觉得分享喜悦，分享成功的感觉如此美妙，就像一条涓涓暖流，不经意间流进了她的心房，温暖而满足。

这大概就是分享的快乐和幸福。

在台下观众的掌声中，许小满第一次尝试主动拥抱薛雪儿。她发自内心地说："谢啦，雪儿！"

第十九章 失去你，丢了世界又如何

傍晚时分，楷江川的公司已人去楼空。

这些日子，因为舆论给公司造成的影响，公司股票大幅下跌以至接近谷底，很多年轻员工主动辞职，他们不想在履历上留下这样的"黑历史"。楷江川在最后一次例会上，既尊重也鼓励员工辞职，毕竟公司目前无论名誉还是实力都不被市场看好，很多圈里人谴责楷江川太过"纵容"和包庇"女朋友"许小满，这样的行为虽然在外被宣传成"独宠女友"，但作为公司高层管理者，员工认为老板的做法非常不专业，压缩了自己的晋升空间，导致很多员工离他而去。

一时间，公司和楷江川的名誉受到很大影响，公司也少了很多员工，原本熙熙攘攘的大堂和办公区，现在只留下一些做着扫尾工作的老员工，任谁看了都感到惋惜。

进入冬季，五六点的光景，天色就已暗了下来，仿佛现在楷江川的内心。以前的这个时候，正是他奔赴一个又一个酒局应酬的时候，而现在,他却门庭冷落,独自在办公室撸铁健身。

这个圈子就是这么现实,人在低谷,最看得清人心,那些以前整天围着他拍马屁的人立刻溜走,曾经觥筹交错的生意伙伴也躲得远远的,生怕被舆论玷污了名誉。楷江川的饭局自然少了很多,偶尔会收到一些无关痛痒的"问候"。

"老楷,最近怎么样啊?需要什么帮助和哥们儿说,女人不就这样嘛!"

"楷总好啊,这几天咱哥儿几个聚聚,听说你的事儿了,谁还没有被'绿'的时候,没有什么是过不去的!"

……

楷江川是一个经过大风大浪的人,他知道这些问候的背后或多或少有着"看热闹"的心态,每个人都戴着友好的面具,打着关心的旗号,施舍敷衍了事的问候和关怀。大抵是想只有窥视别人内心深处的恐慌,才能感受到自己混得还算不错,这就是人的劣根性。

他心平气和地回复着这些问候,把它们当作鼓励自己的工具。

此刻,百叶窗外是一幅日薄西山的场景,楷江川在空荡荡的办公室听着音乐,挥汗如雨地健着身。

他去浴室洗了个澡,打开暖风浴霸,强烈的暖光照耀着他线条分明的身材,亲吻着他的每一寸肌肤。

好久没有这样的感觉了,这段时间公司业绩大幅下滑,网络舆论和媒体播报不仅影响了公司股价,而且还对公司形象造成了恶劣的影响,很多已经签约的合同,合作方纷纷提出解约,而楷江川在圈里的个人名誉也遭到了重创。

他擦干头发上细密的水珠,走出温暖的浴室。夕阳已经被黑暗吞噬,办公室显得格外苍凉和阴冷。他打开电灯和暖风,坐在办公椅上,拉开抽屉，拿出笔记本里的照片——

照片是七年前公司刚刚成立那天拍的，那时公司还不叫现在的名字，门脸很小，在一栋破旧的公寓楼里，狭窄的走廊前堆着几个大花篮。花篮前年轻气盛的楷江川和迈克并肩而立，眉眼间仿佛二人已心有默契，对未来的一切都胸有成竹。

这些年，两人作为合伙人，对彼此的一切都烂熟于心。大学的时候，迈克的成绩和相貌都比楷江川要好，毕业以后楷江川一直跟着迈克做金融行业。迈克由于头脑聪明，很快就给自己的创业公司融了第一轮资，楷江川作为副手一直在迈克公司料理事务，迈克是老大，他就是老二。那时候楷江川没地方住，就住在迈克的出租房里，两人通过一年的时间挣到了第一桶金，而后金融行业不堪重负，很多创业公司接连倒闭，迈克的公司也是如此。在这种环境下，楷江川不顾迈克劝阻，开始转移战场，向文化传媒行业发力。在薛雪儿的引荐下，做起了舞蹈经纪公司，而后来在金融行业混不下去的迈克只好投奔楷江川，作为楷江川公司的合伙人兼财务，帮楷江川做事。

然而，做惯了老板，一向自信甚至有些自负的迈克并不习惯被楷江川领导，在管理理念上与他产生过几次冲突，他妄图说服楷江川但均以失败告终。说到底，是两人的观念不一样，迈克一切以利益为先，但凡威胁到利益的，都要斩草除根，不留任何情面；而楷江川却更有人情味儿，将培养员工能力和人心作为公司的第一原则。迈克是激进的求新派，杀伐决断，快刀斩乱麻；而楷江川却是保守的温和主义，面对诱惑，见好就收，维系着公司人心的团结。说不清两人谁对谁错，换做前两年泡沫时期，迈克的管理可能更具优势，而这两年经济不景气带来的影响是很大的，楷江川的求稳体系就显出了巨大的优势。两人理念的不同，导致公司员工也开始纷纷站队，排除异己，分崩离析早已有了前兆。

迈克敲了敲门，推门进了楷江川的办公室。楷江川心里明白，换作以前称兄道弟的时候，是不需要敲门的。显然，越发礼貌的行为，就越代表着兄弟之间的疏离。

迈克拎着一瓶威士忌进屋，放到桌上。迈克说："这么晚，还没走？"

楷江川转过办公椅说："等你。"

楷江川拿出两人的合照，推到迈克面前说："那时候的我们，也曾是少年。"

迈克脸色变了一下，转而又恢复正常，说道："确实，那时候我们之间无话不谈，后来我们有了各自的生活，一起喝酒聊天的时间越来越少了。"

楷江川说："还是以前好！"

二人碰杯，楷江川一饮而尽，火辣的威士忌在他的喉咙里炸裂，一股热浪直冲头顶。

楷江川说："我们在这破地儿四年了吧？"

迈克说："对，四年，搬过来的那天正好是你的生日，四年零三个月。"

从之前破公寓楼的小公司搬到现在的大厦确实已经四年了，如果加上之前的小门脸儿就是七年。

楷江川说："这几年你觉得怎么样？"

迈克愣了一下："就那样呗。"

楷江川说："那样是哪样？"

迈克怂了："你知道的……"

楷江川说："我自己觉得都不够好，就像你现在看到公司的样子，一地鸡毛……"

迈克低着头，不敢直视楷江川："嗨，人生不如意事十有八九……"

楷江川直视着迈克说："不仅是公司的现状，而是我少了一个重要的伙伴。"

迈克顿了顿说："老楷，没什么过不去的坎儿……"

楷江川再次痛饮一杯威士忌，说："迈克，我真的很想和你一起继续经营公司，前段时间，其实我想离开这个行业一段时间，给自己放个假，顺便再充充电，我本来想让你接替我做这个公司的总裁。"

迈克愣住了，忍住满脸惊讶的神色说："老楷，你不干了？"

楷江川说："之前是这么打算的，但是你为什么就不能再等等，我们兄弟之间一定要这么做吗？"

迈克心虚地问："老楷，你，什么意思？"

楷江川拿出手机，打开一段视频，视频中是一个形象很宅的男孩儿，他亲口承认了，是迈克指使他把许小满和杜子藤的绯闻照发在网络上的，而网络上的 IP 地址和账号也完全符合。

迈克看看视频，突然露出一丝诡异的冷笑，他说道："楷江川，既然你知道了，我也不瞒你了，没错，这就是我策划的。"

楷江川质问："迈克，兄弟一场，你何必呢？"

迈克说："楷江川，你就不问问我这么做是为什么吗？"

楷江川说："你倒是说说看，为了什么？"

迈克语气坚定地回答："因为我看不下去了，我不想看你再在这家公司浪费时间了！你不适合管理公司，不会有好结果的！我们俩一起干，好不好？像以前在我公司一样，你做我的下属，我们会是绝配！"

楷江川沉住气说："这是我的公司，有没有好结果都是我说了算！你算老几？"

迈克说:"我自己做主做惯了,你该清楚我的个性,所以我擅自为你做了决定。"

楷江川说道:"迈克,你真是自负得可笑。"

迈克说:"是,我现在是混得不如你,但是这些年你太宠她了,公司的一切规章制度恨不得她都可以无视,你让底下的其他新人怎么想?而且,我早就说过,她除了舞蹈专业能力还可以外,她的性格、演技都被大多数人诟病!这样一个招黑体质,是无法成大器的!公司把她捧成一姐,早晚会被她毁掉!所有人都知道这个道理,但你却无视高层意见,一意孤行,全公司上下都交给她挑大梁,可她是怎么对你的?"

楷江川说:"你根本不了解她,凭什么去这样评判。"

迈克起身,来回踱步,他为楷江川伤透了脑筋,只见他着急地说:"你经营的是一家公司,不是在谈恋爱,我不觉得薛雪儿比她差,可为什么你要区别对待?"

楷江川斩钉截铁地说:"我认为她好,所以我会捧她,也一直会这样下去。"

迈克两手一摊说:"我真不知道你什么时候开始变得这么固执了,在她的问题上,你总是这么一根筋!"

楷江川平静下来,长叹一口气,幽幽地说道:"你被开除了。"

迈克显然没有想到,反问:"什么?"

楷江川不再说话。

迈克说:"楷江川,算你狠!为了一个女人,至于吗?"迈克扔下酒杯,离开了现场。

琥珀色的液体洒在白色的地毯上,瞬间晕染开,斑驳了一大块。

楷江川一个人坐在房间里,双手扶额,显然这两天的破烂事儿把他折磨得够呛,一脸疲惫。

楷江川的眼睛红了。

天色暗下来,楷江川一个人坐在办公室的沙发上,点上一根寂寞的雪茄。雪茄星星闪烁的光很快熄灭了,楷江川狠狠嘬了一口,口吐白烟。

这些年,他变了。说是变化,也是成长,不分好坏。他自己做的公司,自己做的决定,当然也要自己承担后果。迈克说的话,不时在他脑海里反复回响。有些话,如鲠在喉,那么扎心。但也许恰恰因为说得对,才会这样吧!

这一天,对楷江川来讲无疑是双重打击的第一天。他失去了更多签约项目的机会,失去了公司员工,失去了人心,失了自己的名誉,还有一个相处了二十年知根知底的兄弟。

他安慰自己,这些才是生活的常态。但他也是人,需要时间去接受。此刻,他开始思考是否像他认为的那样每一步都是正确的决定。

很快,迈克被开除的消息传遍了公司工作群。荆京、许小院、许小满正在庆祝演出拉票成功,许小满和薛雪儿上演的"世纪大和解"拉票演唱会,显然让她获得了大量好感,很多薛雪儿的粉丝也加入了许小满的粉丝阵营。就这样,许小满在《这就是舞蹈》比赛中晋级了,保住了下一轮参赛的名额。

不知是谁,在公司工作群里发了一张楷江川在办公室买醉的照片。员工们都在纷纷议论——

"楷总这次是熬不过去了。"

"他许诺给我们的项目年终奖怎么办呀?"

"公司该倒闭了吧!"

"平时一副高高在上的样子,原来他也会喝多,谁让他一直宠着那个女人！"

"同志们，我辞职了，退群了！这个公司不值得留恋！"

"垃圾公司，垃圾老板，我也退群了！"

许小院抢过手机，也看到了群里的这些留言。

许小院说："现在除了庆祝我们成功进入下一阶段比赛，是不是你们应该陪陪你们的领导楷江川？"

荆京感叹："我也是第一次见到老板这样。"

许小满说："是的，我一直以来都觉得他像个哆啦A梦，好像有个任意门，对于很多问题他都能迎刃而解，给出答案，可这次没想到会给他造成这么大的打击！"

许小院说："你去看看他吧，现在他一定很想见到你。"

许小满指了指自己，满脸疑惑地说道："不合适吧？"

荆京说："确实，现在这种情况下如果再被有心人拍下来两人共处一室，很可能会再次把舆论推上风口浪尖，恶评'死灰复燃'，那时对Cindy姐，对公司，对楷总都不好。"

许小院突然拉住许小满的手，就连许小满都吓了一跳。要知道，姐姐是很少拉她的手的。

许小院用近乎恳求的语气说："人在低谷的时候最需要其他人的理解和鼓励，他现在一定非常需要你的支持，我能感觉到他的脆弱。"

许小满和荆京对看了一眼。

荆京满脸无奈地说："小院，我们这行就是这样，很多时候Cindy姐也是这么坚持过来的。我很理解楷总，也很想去关心他。可是，现在这个时机，让Cindy姐贸然过去，真的不太合适。"

许小院的心头，写满了担心。

深夜，公司的人都走空了，一辆电动摩托车的车灯划过夜空。

一个"外卖员"将电动车停在门口，拎着饭菜大摇大摆走进公司。传达室的老大爷抬头看了一眼，继续低头刷抖音。这个鬼鬼祟祟的外卖员，不是别人，正是许小院。她假扮外卖员来到楷江川的公司，只为多看他一眼。然而这一次，是她变回自己肥胖的身体后，第一次和楷江川相见。

第二十章 三人行的爱情

深夜,楼道空无一人,只有几盏射灯亮着充足且强劲的光。许小院蹑手蹑脚地来到楷江川的办公室。她探了探头,发现楷江川已经倒卧在了沙发上,红酒瓶子倒在他的白衬衫上,留下暗红色的痕迹,显然,楷江川刚刚对着红酒瓶吹来着。

许小院把楷江川搀扶起来,楷江川翕动着嘴,却睁不开眼。他说:"小满?"

许小院清了清嗓子说道:"我是送外卖的。"

楷江川意识到不是自己想要的答案,于是继续醉了过去。许小院明知道结果会如此,可心还是凉了半截。

许小院发现红酒已经浸湿了他的衬衫,怕他着凉,于是将他的衬衣脱了下来。她从浴室找了一件浴袍给楷江川披上,喝多了的楷江川像个顽童,他故意甩开,露出了十分性感和诱惑的身体。

许小院第一次触摸到楷江川的身体,硬朗的肌肉线条,紧实的皮肤,还有温热的胸膛,这一切都足以让许小院眷恋和留恋。

她看到浴室马桶上附着的脏脏的痕迹,就知道他刚吐过,便把污迹处理干净。楷江川醉醺醺地说道:"我不记得我点了外卖,是谁让你来的……所有人都走了,你也走吧……都给我离开!"

许小院把自己熬好的海参小米粥从保温杯里拿了出来,然后给楷江川倒在小碗里,试图喂楷江川喝下,却被他打翻。

楷江川没头没尾地说:"离我远点!"

许小院说:"这样会着凉的。"她强迫他穿好浴袍。

楷江川醉醺醺地发问:"你说,如果我退出这个圈子,她会不会和我在一起?"

许小院嘟囔:"谁让你看上她呢!"

只见楷江川继续伸手拿酒,给自己灌了一口。许小院抢过来说:"不可以再喝了。"

楷江川不理睬,硬夺。

许小院也不甘示弱,又抢了回来。

楷江川呵斥道:"你算老几,少管我!"

许小院干脆抱住酒瓶子,楷江川还在抢夺,许小院干脆把酒全部灌入自己的喉咙,几声过后,酒瓶空了。

楷江川揉着双眼,指着许小院:"你是谁,为什么喝我的酒?"

只见楷江川一起身,他的浴袍绑带开了。许小院不忍直视他迷人的胸肌,于是她闭着眼,试图将他的浴袍系好。

楷江川却突然擒住许小院的手,抽出浴袍绑带,将许小院套在里面,然后把她捆在里面。

这下,让许小院无处可躲,她紧贴着他温热的胸膛,心好似跳到了嗓子眼。如果可以,许小院此刻真想按下暂停键,让时间停在这一秒!

然而，楷江川突然觉得不对劲，他仔细对着许小院看了看，把她看得毛骨悚然。

楷江川失望地说："你不是小满，但为什么你的感觉又似曾相识？"

许小院被楷江川一把推开，只见他突然想起什么似的，来到办公桌前，他把桌子上、书架上的各种合同文件，纷纷撕碎扔进垃圾桶，然后把自己桌子上的用品全部丢进纸箱。

许小院说："你要做什么？"

楷江川说："离开这里。"

许小院说："这就把你打倒了？"

楷江川说："早就想休息一阵子，该喘口气了。"

许小院阻止说："这是我认识的楷江川吗？"

楷江川一把推开许小院，却因为喝了酒力气太大，把她推倒了。

楷江川头也不抬，冷漠地说："我不认识你，也不认识我自己，赶快滚吧。"

许小院突然委屈地看着他，不知如何是好。巨大的无力感向她袭来，让她来不及躲藏就把她浇得彻底，全身上下冰冷得透彻。这种感觉一直贯穿于她从出生到现在的人生里，很多事情是她无力挽回的，即使她知道怎样做是对的，是好的，但是因为她是她，所以这个假设并不成立。而作为许小满的这一段时间里，才让她意识到原来人生还有那么多机会，有那么多没有感受过的情感，有那么多没有体会过的事情，还有那么多没有经历过的有趣的经历，她就像突然打开了一扇任意门，走到了人生的另一面，原来在那个空间里，还有那么多值得留恋的事情。

而作为许小院自己，此刻，她看着眼前心爱的男人自暴自弃，甚至对她大声嚷嚷，她却没有办法安抚心爱的人，让他变得好起来，这才是她最痛苦的事情。

突然,一阵脚步声从远处逼近,许小满走了进来。

她看到现场狼狈的场景,还有坐在地上、穿着外卖服、极其委屈的许小院,就知道发生了什么。

她先走到许小院面前,将她从地上扶起来,让她坐下。许小满胸有成竹地说:"交给我吧!"

语毕,她走到楷江川面前,扯过他手里的合同,替他撕碎,然后扔得满天都是。这下,楷江川也傻眼了。

许小满目光坚定地看着他说:"够了吗?"楷江川仿佛不相信眼前的人就是自己心心念念的那个女人。

楷江川不可置信地说:"小满,是你吗?"

许小满像拍小狗一样,抱住楷江川,轻抚他的脊背。

楷江川狠狠地抱住许小满,他的手指关节都快要嵌入许小满的身体里了,还不想松手。

楷江川整个人都放松了下来,瘫在了许小满的怀里,好像此刻,他终于找到了一个归宿。

许小满对许小院说:"把他衣柜里第三层的运动服拿出来,然后再把衣柜最下面的拖鞋拿出来。"许小院麻溜地过去找。

如果不是许小满来了,她真不知道今晚应该怎么办!她心里清楚,最了解楷江川的人可能永远只会是许小满!

这么多年,两人即使不是情侣关系,也会是最熟悉彼此的那个人。难怪楷江川一直忘不掉许小满,因为有她在身边,已经成为一种习惯,而习惯,是最难戒掉的一种感情。

许小满把楷江川安置在沙发床上,此时,他已经换好一身干净的运动服,昏睡在沙发上,许小院熟练地用冰毛巾敷着他的额头,关切地看着楷江川。

许小满揶揄:"没啥大事儿,都是成年人,买醉的事儿干了也不是一两次了。"两人一阵沉默,空气中弥漫着尴尬的气氛。

许小院打破平静:"你怎么来了?"

许小满说:"担心你。"

许小院不依不饶:"担心我?还是担心他?"

许小满说:"我说都担心,是不是便宜你了?"

许小院气鼓鼓地说:"你不是说你不喜欢他吗?还不承认?"

许小满顿了一下,有些犹豫,但最终还是说道:"许小院,你难道真的觉得我是因为他才来的吗?"许小满指着沙发上睡成死猪的楷江川。

许小院瞪着铜铃般的大眼睛:"难道不是?"

许小满深吸了一口气,然后豁然又呼了出来,说道:"算了,懒得跟笨猪较劲。走,我开车了,把他抬到车上,然后送你们回家。"

许小满说话有个特点,就是一般以祈使句开头,不给对方任何谈判和迂回的余地,所以,每次都像是在发号施令。许小院有些不明所以,但还是跟着妹妹上了车。

凌晨五点,夜很静。十一月的北方气温骤降,已经零摄氏度。太阳的睡眠时间也变长了,此刻还躲在东边不肯露脸。

黑暗中,两人抬着楷江川,好不容易将他放在了轿车的后座上。由于耗费了很大的体力,两人不自觉地同时大口喘着气,口中白色的雾气呼出来,在黑夜中交互在了一起。这场面,显然两人也是第一次经历。

她们看着彼此呼哧带喘的样子,许小满开始不断哈气,试图将其吐成一个闭环,然后看它发散得越来越大,最终消失在夜空中。她像个孩子一样玩耍起来,而许小院也跟着妹妹开始哈气。安静的夜里,两人不断发出小狗一样呼气的声音,着实有些滑稽可笑。她们看着彼此,不约而同地笑了。

小时候,六七岁的光景,隆冬腊月的护城河上银装素裹,很多小朋友在冰上滑冰车,堆雪人。

小小满和小小院也在冰上玩耍,两人在比赛堆雪人。显然,小小院的雪人更加完整,小小满的雪人却歪七扭八。

一个滑着冰车的小男孩走过来,用手指着小小满的雪人大喊:"丑八怪!"

小小满气得攒成一个雪球,朝小男孩扔了过去,正中他后脑勺。小男孩跑过来,把小小满的雪人给踢碎了。而小小满的心,也跟着碎了。

小小院走过来,发现小小满的手套破了个窟窿,便把自己的手套给她戴上。小小院安慰:"我俩一起,做一个大雪人吧!"

小小满委屈地说:"我要刚才我的雪人!"

小小院把自己的雪人也一脚踢碎,然后组成新的雪球,填充到小小满的雪人上,她还用两个扫帚做了翅膀。小小满的雪人立刻变得完整起来,成了一个全新的作品。

小小满说:"你看,她像不像天使?"

小小院说:"天使头上有光环,她没有。"

小小满灵机一动,走到雪人旁边,不断地哈气。白色的哈气飘到雪人头顶,形成一个闭环,越飘越高。小小院也对着雪人头顶哈气,姐妹俩的呼气汇聚在中央,在雪人头顶聚成一个大环,升到空中,直到消失不见。

小小满的表情从阴转晴,露出笑容说:"现在她是个天使宝宝了!"小小院看到小小满笑了,自己也傻呵呵地笑了起来。

不一会儿,她停了下来。

小小院皱着眉，突然坐到地上说："不行了，我有点儿头晕。"

小小满捧腹大笑说："你那么胖，体力还不如我呢！哈哈哈哈哈！"这次换小小院眼红了，小小满却在一旁笑个不停。

许小满坐在司机的位置上，后座是酒醉的楷江川。

许小满对许小院说："上车啊。"

许小院犹豫："我打车走吧。"

许小满不由分说地命令道："上车！"许小院乖乖上车了。

车里，许小满说："先送你回家。"

许小院没有接话，她心里暗想着许小满会把喝多了的楷江川送到哪里，是回她家，还是回楷江川的家？她会不会跟着楷江川一起上楼，一起在一张床上睡下？喝多了的楷江川会不会直接把许小满按在墙上或床上，上演一出霸道总裁壁咚的大型撒糖场面？又或者她是不是应该告诉许小满，楷江川刚刚在办公室说出的醉话，他愿意为她辞去工作，退出这个圈子，又或者……

反正不管怎么样，画面中都不会有她这个小透明。说实话，如果此刻，她能拥有许小满的身体，或许她会开心些。哪怕这个男人爱的是别人，但这样的"恩宠"对于许小院来说却已足够。

许小院的想入非非令她十分尴尬，紧张的时候她就会抠手，这样的细节被许小满注意到了。

许小满为了缓解气氛打开了收音机，却忘了现在是凌晨五点，根本没有电台。索性，她开始放手机里的歌曲。

有了音乐调节车内气氛，许小院仿佛安心了些。她思虑很久，终于还是开口轻声说："你带他……回你家……吧？"

显然，她知道这不是她该管的事儿，她的工作已经做完了，并且做得并不理想。本来，她是来安慰楷江川不要酗酒的，但显然以她的能力或魅力管不了楷江川，也管不了任何人。

许小满"噗"的一声笑了，她决定逗逗这个傻蛋，故意刁钻地说："你想让我把他送到哪里呀？要不要把他送到你家？"

许小院竟然带了些娇嗔："你真烦。"然后，把头偏向了窗外。

气到了许小院，效果不错，这令许小满很满意。许小满知道姐姐在担心什么。她说："我把他在他家安置好，我就会走的。"

许小院说："哦。"

许小院一副吃醋加不放心的模样，于是许小满改口道："这样吧，我们先送他回家，不然我一个人也扛不动这个死气沉沉的大男人，怎么样？"

许小院假装什么也没发生，应声附和："好。"

只见她不再抠手了，头也从窗外转过来，开始摆弄收音机。许小满笑了笑，她知道，这下许小院算放心了。

两人把楷江川放到家里安顿好，一起下楼。此时，天已经亮了，太阳从东方探出了小脑袋。这时候的大地，既神秘又充满生机。

许小满突然叫住许小院："许小院，你知道我今天为什么来吗？"

许小院说："不是因为楷江川喝多了吗？"

许小满说："我来，是因为我第一次看到你那么在乎一个人，或者说你那么爱一个人，我不想看你这么担心他，想让你好过，但我又知道你搞不定这样的局面，所以我才来找你了。"

许小院很是惊讶："你是因为我才来的？不是因为楷江川？"

许小满点点头："也不知道为什么，现在偶尔脑海里就冒出来你，可能有些担心，我也不知道，反正说不太清！"

许小院满脸震惊，这算是妹妹许小满她的表白吗？这样的表白竟然也能让她心惊肉跳,小鹿乱撞!许小院内心突然一阵喜悦,但脸上装作什么也没有发生,她拉开车门,坐上了许小满的车。

许小满也意识到自己可能说多了,于是她咳了咳,说道:"天亮了,你打车走吧,一夜没睡,我也该回家休息了。"

就这样,许小满一骑绝尘,开车先溜了。许小院突然发自内心地笑了出来。

此刻,旭日东升,许小院的心情却突然非常的好。新的一天开始了。

第二十一章 我这该死的面子

许小满揉了揉惺忪睡眼，看了一眼手机，还好只是上午十点，但微信未读消息和未接电话已经溢满了屏幕。

仿佛有什么好消息，她条件反射地坐了起来。然后她点开电邮，瞪大了眼睛，冲出卧室门，看到荆京也手舞足蹈地举着一纸合同飞奔过来，他抱住了许小满。

荆京激动地说："我们终于有戏约了！而且还是一部头部剧！你终于要成为一名演员啦！"

商务车上，许小满喝着代餐奶昔，另一只手用水晶刮痧板刮着自己素颜的脸庞，消除水肿。虽然许小满的脸粉黛未施，但依旧晶莹剔透，光泽无瑕。

荆京："等了这么多年，我们终于演上了头部大戏，虽然是个配角，但在这种市场低迷的情况下，能有头部大戏找到我们已经很好了。"

许小满嘴角上扬四十五度，自信且深邃地微笑着，显然，曾经的那朵"霸王花"又回来了。

荆京拿出给许小满准备的各种保养品,还有在剧组的必需品,大大小小的瓶瓶罐罐塞满了五个行李箱。

荆京说:"贵妇面膜是你打点剧组其他人的,海参燕窝我会找厨师炖好每天送给你,还有家里的按摩椅我也给你放到剧组了,以备不时之需。"

许小满此时已经化好了精致的妆容,她对荆京说:"虽然昨天只睡了三个小时,但是现在的我却异常兴奋和期待,好期待我的第一部大戏。"

荆京说:"我也是!"

许小满说:"给我黑色棒球帽,还有墨镜、口罩,这是我风波过后第一次在公众面前亮相,肯定很多媒体跃跃欲试争相报道,到时候不定又会闹出什么'招黑'的八卦,我还是做好防护准备吧!"

荆京点点头,拿起黑色遮阳伞说:"我都想到啦!下车后,我走在你前面帮你撑伞。"

商务车停在剧组外面,两人傻了眼。剧组每一个人都在自顾自地忙碌,丝毫没有人搭理许小满和荆京二人,仿佛他们是空气,更不存在什么媒体记者。

一名灯光师走到荆京面前,荆京以为是给他们提行李的人,没想到对方却只是看了他们一眼。

荆京问:"请问导演在哪儿?"

灯光师打量了二人一番,指了指里面,话都懒得说,然后嫌弃地走掉了。许小满内心的期待已经降至冰点,略显尴尬。她环顾四周,的确,大家确确实实看到了她,只是每个人都把她当作空气,没有一个人在乎她。

事实证明，经历了舆论危机之后，她不再有以前的热度。而对于一个艺人来讲，最残忍的局面莫过于既不黑也不红，像个小透明一样转眼被人遗忘或不再被搭理。

荆京一个人拎了五个行李箱，像一头即将累死的骆驼，艰难地前行。许小满这才明白，这次来到剧组要学习的是什么。

许小满接过荆京手里比她还要大的行李箱说道："我来帮你。"

她瘦弱的身躯拉着两个沉重的箱子，和她的身材、身份有着极度不匹配的感觉。

经历变身事件后，这次，许小满开始尝试改变。她终于愿意尝试踏出这一步，哪怕等待她的是万劫不复，但依旧要用一颗平常心去接受。

许小满一抬头，看到薛雪儿众星捧月般在助理的簇拥下出场，她的新助理给她打着阳伞，拎着高跟鞋，薛雪儿俨然刚刚走完戏，穿着戏服和拖鞋喝着热咖啡款款走来，宛如当年的许小满。

薛雪儿是这次大戏的女一号，现在她和薛雪儿的地位彻底互换了。由于上次二人联袂出演，薛雪儿趁着许小满走背字儿，将她目前所有的资源都抢了过来。曾经公司的"一姐"Cindy早已陨落，只是江湖上还流传着她的传说。

薛雪儿经过这次和许小满联手，迎来了一大波好感，在舞蹈圈中的地位也直线上升，又因为许小满的这次危机，公司和赞助商自然开始把影视上的资源给她。此刻，说薛雪儿是公司"一姐"也不为过。

许小满低头看了看自己，才发现此刻的自己异常落魄。刚刚打扮得越精致，现在打脸就越狠。

薛雪儿走过来，主动帮许小满拿行李："小满，行李我帮你拿回房间。"

薛雪儿的助理看到主子的意图，立刻伸手抢活儿说道："雪儿姐，我来拿！"这时候，围在雪儿身边的剧组员工纷纷会意，七嘴八舌道："没事儿，我一会儿让组里的司机帮着搬吧，你们都不用管啦。"

剧组就像一个小社会，既现实又残酷，冷暖自知。

许小满喊住大家："停，我自己来！"她拨开人群，自己拉着两个箱子，艰难地往前走。

大家都惊诧了，因为他们从没见过曾经的"一姐"许小满自己拿过行李。此刻，他们都对这奇迹般的画面感到惊讶！

而大众的心理就是这样，他们更愿意看到一个从天而降，曾经辉煌，但现在大势已去的女艺人的一举一动，这种事件本身就更具有吸引力。

剧组的场务突然和薛雪儿助理低声说了一句什么，助理跑到薛雪儿身旁低声耳语。薛雪儿和助理有些红脸，显然不是什么好事儿。

荆京问："怎么了？"

薛雪儿助理说："小满姐的房间被剧组安排在了另外的区域，貌似在另一边……"

顺着她指的方向，她们看到是剧组住的三星级宾馆，而薛雪儿住的却是五星豪华酒店。

薛雪儿说："要不上我那儿吧，我再让助理给你开一间房。"薛雪儿的助理说："我这就去办。"

许小满沉住气，斩钉截铁地说："不用了，我住剧组宾馆没问题。"许小满独自拉着行李，像一匹驮着重物的老马，向反方向走去。

几个场记偷笑着看着现在惨兮兮的许小满，此时的她光环已逝，不再是曾经举手投足都那么高贵的"一姐"，没有了身边人的簇拥，她显得十分孤独孱弱。

她们交头接耳。

场记小妹A："曾经她在剧组对我可凶了，总是指示别人干这个干那个,现在她终于吃到苦头了。"

场记小妹B:"是呀,没想到这个许小满还有今天这副落魄样儿,真是大快人心!"

小工们指指点点的样子被薛雪儿抓到现行。薛雪儿走到两个场记面前不屑地看了她们一眼,然后她的助理轻描淡写地说道:"你们被开除了。"

说罢,薛雪儿和助理趾高气昂地从她们身边带着大部队浩浩荡荡地离开了。

杜子藤这几天被"禁足"了,被迫和母亲大人待在一起。

杜妈妈得知杜子藤被女人"戴了绿帽子",连夜从国外赶回国内,生怕儿子受欺负。从小到大,她给儿子做主做惯了,而且每个决定绝对不会提前和杜子藤商量,因为她认为她的决定就是最好的决定。

杜妈妈有着女企业家的强势和精明,她坚决反对儿子和许小满谈恋爱,她从心眼儿里认为艺术圈的女孩儿都不靠谱。杜妈妈虽然在国外很久,但思想上却很传统,她希望儿子能找一个能相夫教子、贤良淑德的女孩,然后尽快结婚生子。显然,许小满并不符合这些条件。

这几日,杜子藤的爱玛生了一只小犬。杜妈妈得知后,认为儿子工作极其繁忙,打理餐厅本就需要花费很多时间,根本无暇照顾幼崽,唯一的办法就是丢给阿姨照看,但这样一只幼崽,从小缺少主人的陪伴显然对小狗的成长极为不利。杜妈妈坚决不让杜子藤留下幼崽,私自决定将这只名贵的小犬以拍卖的形式卖掉,而将得到的钱捐助给宠物流浪协会。

这样一来,不仅能够帮儿子的餐饮业提高声望,树立企业品牌形象,也能将这只小狗卖给一个有能力养育它的好心人。这在杜妈妈看来简直是一举两得的手段,还省了一大笔餐厅宣传费。

杜子藤心里知道母亲说的是对的,现在正是他冲事业的时候,一只爱玛已经让他心力交瘁了,根本无暇顾及幼崽。而宠物除了吃喝拉撒需要人照顾,最重要的是情感上的陪伴,他知道自己无法给予,这对小动物的确不公平。但他希望能够将幼崽给到一个自己熟悉的人,这样就可以经常带着爱玛见到她的宝宝了。杜子藤第一个想到的人就是许小满。

凌晨一点,许小满终于拍完了今天的戏份,可以休工了。

在导演喊"停"的一刹那,所有助理都围着女一号薛雪儿嘘寒问暖,暖水袋、小太阳、各种保温休闲装备第一时间递到了她的面前。

而许小满这边却只有荆京拿着暖水壶和羽绒服,给刚刚从冰冷的河里走上来的许小满披上外衣。

许小满面无表情,自己擦干头发和身体。在这十二月的北方,气温早已降至零摄氏度以下,湿漉漉的头发如果不及时擦干,很快就会冻成冰碴。

而比身体还要冷的,是人心。许小满早已习惯了这世间的冷暖,在她成为大众瞩目的"舞皇一姐"时,她就料到自己会有跌下神坛的一天,只是没想到会跌落得这么快!

换作以前,她一定会让杜子藤在餐厅等上一个小时,自己回去先梳洗一番,化个精致的妆容,然后再换套优雅又不失性感的衣服去赴会。

而现在的她,早已耗尽一天的精力,疲惫不堪。更重要的是,许小满自己觉得她已经是在谷底,此时不必再虚伪地掩饰自己,把自己包装成一个外表毫无破绽的完美女性,因为那不是此刻真正的自己。

能让她袒露心扉,赤诚相见的人不多,杜子藤是其中的一个。危难时期,有这样的人在身边就越发显得宝贵。她更愿意让她信任的人看到一个更加真实的自己,哪怕现在的她夹杂着不堪和败落,但这才是完整的许小满。这也足以说明千帆过后,她的心怀依旧足够坦荡。

许小满熟练地把头发在后脑勺绾成一个发髻,刚刚没来得及卸妆,头发被发胶粘得一坨一坨的,和以往色彩鲜艳、风格夸张的服饰不同,这次她只穿了一件黑色的开领卫衣,一条简单的破洞牛仔裤和一双脏兮兮的球鞋,迈着自信且爽朗的步伐,走进了烤串店。

杜子藤早已等候多时,他对于许小满的约会一般都会早到,并且已经点好了许小满爱吃的。

杜子藤说:"我点了你爱吃的烤腰子。"

许小满一惊,显然这种内脏是她平生没有吃过的。像这样接地气儿的食物,一定是许小院爱吃的。她猜想,这应该是之前变身的时候,许小院瞒着她和杜子藤一起偷吃过的食物!

杜子藤递给许小满,许小满闻着腰子味就反胃,脸上泛起嫌弃的表情。许小满嫌弃地推辞:"刚收工,我……今天没啥胃口。"

杜子藤说:"前段时间,你说你最爱吃烤腰子,每天晚上都要让我给你点这家的作为夜宵,没想到这么快你口味就变了。"

杜子藤这话说的,尤其是"口味变了"这四个字,简直一语双关。许小满说:"子藤,我不是那个意思!"

许小满想到,说到底,还是自己的事儿给杜子藤徒增了烦恼,而且影响到了他的正常生活。这么一想,许小满确实十分汗颜。而她与许小院变身的事情,更是无法对他人说出口的秘密。为了不穿帮,她也只好如此!

杜子藤说:"那你尝尝吧,给我个面子,把它吃了!"

只见许小满长叹一口气,无力解释,化悲愤为力量,只好稳住鼻息,打开"任督二脉",拿起盘里的烤腰子,一口咬了下去。

爆浆的瞬间,内脏的气味在她嘴里蔓延,直冲脑顶,满口的肥油从她嘴角流了出来,她只觉得腰子的骚味儿直冲天灵盖儿。

许小满一阵眩晕,表情五味杂陈,但碍于杜子藤的面子,她努力控制着面部表情,缓缓伸出一个大拇指,气若游丝地说道:"真……好……吃……"

此刻,她恨透了许小院那个窝囊废,更是奇怪,怎么同样的父母,生出的孩子的口味差别竟如此之大!杜子藤看她吃得那么大口,心里舒服多了。

杜子藤从外带包里抱出小魏玛犬,他说:"爱玛生宝宝了,我有了一只小魏玛犬。"

许小满接过小魏玛犬,然而,小魏玛犬却一点儿也不喜欢许小满,从她怀里跳了出来,跑到了杜子藤身边。

杜子藤问:"可爱吧!"

许小满发现,自己衣服上多了一摊狗屎。她自己清理掉,没和杜子藤抱怨。大概人在倒霉的时候喝凉白开都会塞牙,腰子骚和狗屎没想到有一天也能轻而易举地将她击溃。

许小满咬着牙说:"蛮可爱的。"

杜子藤说:"我希望你能帮我照顾它一段时间,虽然我不确定多久,但我一定会想办法把它留下来,因为我妈妈回来了,她想把它拍卖掉。"

许小满并不是不想照顾,而是有心无力。首先,她现在已经不是曾经的"一姐"了,她在剧组所处的环境非常恶劣,换作以前,她都会住五星级套房,养一条狗没问题,而现在她的宾馆只有一张床的空间,怎么能容得下一条狗呢;其次,这样的贵族犬,生性娇贵,她更是不忍心因为自己生活水准的降低而影响到一只本该拥有雍容华贵生活的幼崽。

杜子藤继续说道:"我知道你对狗狗有些过敏,但交给其他人我真的不放心。比如餐厅那些人，他们自己都养不活自己，我实在不放心把这样名贵的幼恩放在他们那里。你放心，只要你同意让它住在你这儿，我会让阿姨帮你一起照顾它的。"

她看着面前杜子藤委屈的样子，是非常想帮他的，她也知道一定是他无路可走才来找她的。杜妈妈管教杜子藤的事她早有耳闻，杜子藤在创业初期，由于经济上捉襟见肘，一直是他妈妈提供资助，才让他有了现在的成绩。而作为交换条件，便是杜子藤毫无条件的顺从，杜妈妈不允许的事情，杜子藤不可能忤逆。

杜子藤看到许小满的沉默，继续说道："希望你能考虑一下……"

许小满一向以义薄云天闻名，她怎么也看不得"男神"在她面前委屈。就这样，她思来想去，借着刚才的眩晕，最终一拍桌子，尘埃落定，答道："没问题！我帮你照顾！"

侠骨柔肠，百转千回，英雄不问出处。许小满刚说完，自己都后悔，她心想：我靠，我这该死的面子！

【彩蛋】

古装扮相的许小满饰演一名小宫女，正在和宫里的太监、宫女给主子祝寿，一群人欢呼雀跃，拥抱在一起，把酒言欢，好不快乐！

而就在此时，一个扮演太监的演员趁机搂住许小满，然后狠狠地在她屁股上捏了一把。许小满眉头一皱，但是因为导演并没喊停，她只能继续。

这一幕，被荆京看到了。片场休息的间隙，许小满坐在导演的监视器旁边。许小满说："导演，刚刚那场戏有个群演有些问题。"

导演看也没看许小满，他指着监视器说："许小满，你这个突然皱眉的表情，是几个意思？"

许小满解释："刚刚有突发状况！您可以从 B 机位看到，那个'太监'耍流氓！"

导演说："我不管什么情况，你出现在镜头前的表情是不对的，刚刚可是给了你特写镜头的！你到底能不能演？不能演立刻换人！"

荆京刚要过来帮着解释，许小满拦住荆京，然后化愤怒为平静。许小满压下怒火说道："知道了，导演，不会有下次了。"

许小满冲荆京摇了摇头，示意他不要冲动。万箭穿心，习惯就好。

第二十二章

断臂天使 跌落神坛

杜子藤开车送许小满回酒店,他停在了五星级酒店门口,殊不知许小满如今的身份,已经不配住在这金碧堂皇的五星级酒店了。

杜子藤把小魏玛犬的外带箱递给许小满,说道:"一起走吧,我帮你拎到房间。"

许小满尴尬地摆摆手说:"被剧组同事看到不好,我自己上去就行了。"

杜子藤隔着笼子,摸了摸小魏玛犬的头。小魏玛犬发出委屈的呜咽声,好像对要跟许小满生活的决定表示抗议和不满。

当外带箱交到许小满手里时,小魏玛犬依依不舍地冲杜子藤"汪汪"了两声,这是对于他的决定的抗议。

许小满打开笼子抱了抱它,低声道:"虽然我第一次养宠物,但我会好好照顾你的,小家伙。"

小魏玛犬出乎意料地舔了许小满一下,这是许小满第一次感受到小动物对她的爱,竟然有一股暖流,悄悄流入了许小满的心房。

许小满想起许小院曾经说:"小动物都是有魔力的。虽然人类和动物无法在语言上进行沟通,但是它们会通过人类的声音、语调、情绪等一系列的磁场来感受人类的情绪。所以,当感受到爱时,它们也会有所反馈。"

许小满说:"赶快回去吧!"

她抱着小魏玛犬朝酒店大堂走去,不时回头,冲杜子藤挥挥手,示意他可以回去了。

正当杜子藤启动车子,打道回府时,他看到荆京抱着一兜子日用品朝工地旁的快捷招待所走了过去。

杜子藤摇下车窗,喊道:"荆京!你去哪儿?"

荆京说:"我去小满姐那儿看一眼,你来了?我叫她下来。"

杜子藤若有所思地看了看破败不堪的剧组宾馆,问道:"许小满住这儿?"

荆京打趣道:"嗨,暂时的,响应号召,接接地气儿。"荆京露出一个勉强的微笑。

杜子藤开回五星级酒店门口,果然,他看到穿着单衣瑟瑟发抖的许小满正偷偷摸摸地走出不属于她的酒店。她抱着小魏玛犬走在寒风中,还用自己单薄的夹克罩着外带箱。

杜子藤按了按喇叭,车的夜视灯晃到许小满的脸上,格外刺目,许小满下意识地挡住了眼睛。

晴天霹雳,许小满只想找个地缝钻进去。车上,死一般的沉静。杜子藤打破沉默,装作若无其事、故作轻松的姿态说道:"巧了,我这回去说见个人,没想到你这么晚还出去,见朋友对吧?也是,你这刚复出,肯定很多人都想见你呢!你去哪栋楼,我送你。"

俗话说,"事出反常必有妖",杜子藤很少筒子倒豆子地说话,许小满感受到了不正常。

许小满干脆撂下话:"刚刚骗了你,其实,我住在前面的剧组宾馆。"杜子藤说:"嗯……"最怕空气又突然安静。

许小满伸出一根手指打断道:"千万别说什么表示痛心疾首安慰我,关心我的话,那会令我更加感到心里不适。"

杜子藤说:"我只是想说,后备箱有两袋皇家狗粮,下车记得拿上。"

许小满看到车窗外,薛雪儿和导演一前一后走在木栈道上。薛雪儿拿着剧本,笑得花枝乱颤,导演在旁边频频点头,相谈甚欢。

导演身后的助理牵着薛雪儿的两只小泰迪跟在后面,两只小泰迪穿着狗狗专属毛线衣和小棉鞋,昂首挺胸地走在主人身后。

许小满看了看怀里的小魏玛犬,亲昵地摸了摸它的头,在它耳边低语,狗狗仿佛心领神会,失望地看着许小满。

杜子藤问:"你在和它说啥?"

许小满说:"有个宠物医院的小护士和我说过,狗狗是听得懂人类语言的,我在尝试和它告别。"

杜子藤说:"告别?"许小满十分不舍地把小魏玛犬交还给了杜子藤。

许小满说:"我决定还是不带走它了,因为我已经不是曾经的许小满了,它不应该和我一起受苦。"

许小满说完甩下车门,独自离开了。她仿佛又回到了从前那个绝不拖泥带水、英姿飒爽的状态。只是这次,头上没有了皇冠和光环。

杜子藤推开车门,喊住许小满:"如果你过腻了这样的生活,可以和我一起开餐厅!"

许小满笑了笑,大喊:"可我还留恋这里!"

一阵北风吹过,声音烟消云散,不知道杜子藤听没听到。许小满消瘦的身影消失在了夜幕的寒风中。

许小满回到剧组宾馆,来到不足三平米的小厕所,打开花洒,这个地方,就连热水来的都比其他地方慢了很多,水温不是过冷就是过热,那被水垢堵住的花洒,好像一条枯竭的小溪,只能凑合着来。

许小满刚刚湿了头发,却听到有人按门铃。她只好擦干冒着水汽的头发,走出厕所。身上原本就不热的水珠迅速蒸发,使她感到更加寒冷。

门外,朱美丫站在门口。朱美丫是许小满的小妈,许军的第二任妻子。曾经是国际舞蹈团首席,但因为一次演出过度劳累而晕倒导致演出失误,而这次事故,更是导致她腹中的胎儿流产,许军早就劝她安心养胎,可她偏偏为了事业不听劝阻。这次流产事件,许军和她离婚,而她也决定离开国际舞蹈团,放弃自己的舞蹈事业。她反思自己这些年的舞蹈生涯,因为太过热爱和激进,反而失去了很多其他的体验。于是,她决定好好生活,很多节目邀请她做讲师,她都予以了拒绝。她自己开了一家舞蹈培训工作室,做了一名普通的舞蹈老师。她看着前来学舞的各种学生,看到她们眼神里流露出对舞蹈单纯的喜爱和执着,让她感到愉悦,在每一次的教学中,她仿佛都能找回年轻时候的自己。

许小满出国前在朱美丫的舞蹈培训班上过课。一次,许军接许小满下课,才有机会和朱美丫认识。许军凭着三寸不烂之舌把朱美丫追到了手,她温柔,独立,贤惠,亲切,把许小满当作了年轻时的自己,那种对于舞蹈不服输的劲头,很像曾经的自己,所以朱美丫是支持许小满在舞蹈行业一直闯下去的,也希望她能替自己完成未完成的心愿。所以,当许军向她示好的时候,她最先考虑的就是孩子许小满的感受,她认为没有什么比这个更重要。她愿意给予许小满一切她需要的东西：关爱、理解、照顾、母爱，尽管许小满一直不领情，但是她也从不强迫她接受。在家，她愿意像个保姆一样照顾许军和许小满两人，当然更多地是帮父女俩调节矛盾。她佛系且乐观，这些烟火气，让她感受到了生活的真实。

许小满不耐烦地说："是你？许军派你来要钱的？"显然，许小满懒得啰唆，单刀直入。

许小满本来想起身找一个茶杯，却发现简陋的屋里只有一个一次性纸杯，一倒热水，底儿还漏了。

朱美丫一边拿出自己做好的热乎乎的便当一边说："是你爸念叨着让我来看看你，说你复出后首次拍戏，怕你累着。"

许小满"切"了一声："别编了，二十多年我也没听许军说过这样的话！说吧，他打牌又输了多少钱？"

朱美丫说："是真的，这两天你爸身体不太舒服，嘴里总念叨着你。我特地做了些可口的饭菜，都是你爱吃的。"

这些年，唯一让许小满经常回家的理由就是朱美丫的厨艺了。翡翠虾仁、珍珠圆子、萝卜丝饼、西湖糖醋鱼，菜肴的香气传到许小满的鼻子里，许小满假装不经意地瞥了一眼，嘴里却分泌着唾液。嘴上不承认，身体却很诚实，饥肠辘辘的许小满果断拿起筷子。许小满这一吃，把家的味道给吃出来了。

许小满下意识地说："他身体什么情况，严重吗？"

朱美丫说："不服老不行，虽说他身子骨硬朗，但也禁不住天天熬夜……"

许小满打断："让那个老东西别老熬夜打牌了！"

朱美丫心领神会，这丫头就是嘴硬心软。她回应："行，知道了。

有时候，还是你劝最管用，你们爷儿俩太像了，嘴上不饶人，其实心里都记挂着彼此呢！"

十分钟的功夫，风卷残云般，许小满把桌上的菜都吃光了。而这十分钟里，心灵手巧的朱美丫用矿泉水瓶做成了几个花瓶，把几只鲜花插在瓶里，搁在陋室的角落，平添了不少温馨和生气。

许小满抹抹嘴巴，说道："还有什么事儿吗？没事儿赶快走吧！"朱美丫把一个鼓囊囊的信封交给许小满说："拿着。"

许小满摸了摸信封，厚厚一摞，她立刻做了一个摆手的手势："打住！我还没到外人施舍我的地步！"

许小满把信封退还，朱美丫浅笑一下，最终还是把信封留给了许小满，然后离开了。

许小满看也不看，把信封扔在了床头柜上。

深夜，北风从窗户的缝隙中透出来，窸窸窣窣的，像一首走调的二胡曲。

许小满打开手机直播软件，看到许小院又开始带着面具直播唱歌了，粉丝接连不断地刷着礼物。滚动的留言上，写的都是粉丝一天中各种糟糕的心情和抱怨，许小院的直播间，是他们的深夜交流室。

许小满心想：没想到这里人气这么火爆，这傻丫头还真有两下子！许小满作为一名匿名粉丝也把自己的心情打在了上面——

疲惫的一天终于过去了，我终于可以卸下防备和面具安心躺在自己的床上了。床板很硬，屋里很冷，但是有一种坦然和轻松。今天我第一次那么舍不得一只小狗，想起它在我怀里的感觉，我觉得很踏实。大概这就是爱的传递吧！我能感受到它对我的依赖，只是我还没有能力对它负责，给它最好的生活，我不想它和我一起受苦，所以我还是还给了我的朋友。但是，这令我感觉很无力……如果这里有好心人愿意领养贵族犬，请在这个平台填写申请表。

许小满按下了发送，屏幕滚动，几秒钟的功夫，很多粉丝询问是什么类型的犬？在哪里领养？许小满把网址发到了直播间。

许小满感觉舒心多了，仿佛一天的疲惫都找到了端口倾泻而出。

她翻开手机相册看着今天给小魏玛犬拍的照片，她第一次那么渴望成为一个小动物的妈妈，她开始希望身边有个简单纯洁的小生命来陪伴自己，或许是相互的陪伴。她开始回想起杜子藤临走时说的话，她不是没考虑过自己转行或嫁人，凭借自己现在的粉丝基础，做点电商带货总是没问题的，或者干脆躺平一段时间，出国留学或了解其他行业，这些她都想过，只不过她想了又想，总觉得对舞蹈艺术这一领域她还留恋着什么，坚持着什么。

她拿起床头柜上朱美丫给的信封，里面塞着厚厚一摞东西。她打开后才发现，里面不是钞票，而是自己在舞蹈培训班练舞时的照片！

有参加舞蹈比赛得一等奖举着金奖杯的，有压腿劈叉训练的，有伴舞时期的，有站在 C 位领舞的，有自信高兴的，也有在台上紧张怕出错的……

这些不同的"许小满"汇聚在她眼前，脑海里曾经的画面像胶片一样滚动播放着。

照片后面的便签纸上只写了四个字——不忘初心。

这是朱美丫给她的鼓励，没有什么比曾经的初心更能令人动容的了，许小满的眼睛红了。

就这样，她抱着这些照片安稳地入睡了。

日上三竿，许小院洗漱完毕，准备上班。王花朵张罗许小院吃完早餐再去，饭盒里装给她两个鸡蛋，十个小包子。

许小院刚换好衣服，突然想起什么似的，从包里掏出一张购物卡递给王花朵说："几个月前单位中秋节发的购物卡，给你吧。"

王花朵一边熟练地用抹布擦着桌子，一边收拾碗筷，头也不抬："你留着用吧！"

许小院抢过抹布说："妈，有个事儿……"

王花朵指了指许小院的鞋，意思是让她换上拖鞋，不要踩脏了地板。许小院只好又换上拖鞋，帮着王花朵收拾残羹剩饭。

王花朵说："啥事儿？"

许小院怯怯地问："妈，你还有钱吗？我想借点儿。"

王花朵三角眼一怔说："借多少？干吗用？"

许小院思考了几秒说："就算做慈善吧。"

王花朵说："慈善？我最好的慈善就是直到现在还养着你！这就是我做过的最大的慈善。"

许小院低着头说："我很少和你借钱的，但这次是真的有用，我想买个东西。"

王花朵说："要买啥？妈给你买！"

许小院瞪着大眼睛说："狗。"

这次换王花朵瞪大眼睛了，甩下两个字："做梦！"

王花朵从小就害怕带毛的动物，因为她小时候被带毛的动物吓到过：小时候的王花朵住的是平房，那时候的冬天，小孩子都喜欢趴在窗棂上看玻璃上的冰窗花，而就在王花朵贴近窗户，对着玻璃哈气的时候，一只花猫以迅雷不及掩耳之势，不偏不倚地跳上窗棂，同样对着王花朵龇牙咧嘴地露出尖牙打了个哈欠。这一下，造成了王花朵一辈子对带毛动物的恐惧。

可是，许小院喜欢动物，从小她就想像其他小朋友一样养个猫猫狗狗，却都被王花朵拒绝了。

王花朵开出条件："只要你住在我家，就别想养小动物，除非有一天你有能力搬出去住。"

当然，"独立"对于许小院来说还比较遥远。所以，这场"宠物保卫战"可以说还没开战，就已分胜负，因为许小院从没赢过。

许小院昨天看到粉丝对于领养小魏玛犬的各种留言，她按图索骥发现了一个神秘账号，那是许小满看直播的小小号。

她从这个号的 IP 地址、购买记录，以及观看自己直播的时间和次数等各种蛛丝马迹中，判断出这个号的主人不是别人，正是妹妹许小满。

而她昨天的留言，她也看到了。她第一次看到了妹妹的脆弱，她知道她这几天过得不算好。落井下石的报复性暗爽后，便是几分心酸的感觉。所以，良知告诉许小院，作为一名动物爱好者，她觉得自己有责任把这只名贵的小魏玛犬收养下来。

她告诉自己：不是为了许小满，而是为了她自己。

在和王花朵谈判失败后，她蹑手蹑脚跑进王花朵的房间，从抽屉里拿出祖传的玉佩揣进兜里，随后来到了典当行……

许小院来到银行 ATM 机前，她查询了一下余额，还剩十多万块钱，然后把包里的几万块也存进了银行卡里。

她翻出手机上领养贵族犬的那个微信公众账号，点开了魏玛犬宝宝的头像，随后将钱汇给了卖家。

她也分不清自己是母爱发作喜欢这只可怜的小狗，还是想帮妹妹许小满完成她的心愿。

但她想到昨晚妹妹的留言，就有一股力量驱使她一定要这么做。

哪怕之后身无分文,她也要把自己想要的拿回来。

这是许小院第一次有这么强烈的自主意识,因为这么久以来,她一直把王花朵作为自己的主心骨,她是"温室的花朵",很少有自己的想法和意愿。而在变身后,她某些思想仿佛在改变,她学会了反抗,学会了坚持自我。

因为把小魏玛犬送走了,爱玛这几天在家不吃不喝,还经常掀翻饭盆,这可把杜子藤急坏了,于是决定带着爱玛去宠物医院。

宠物医院里,林豆子正在和小魏玛犬玩耍。

林豆子说:"小院,这狗的品种一看就是贵族血统,你是怎么想的,一定要领养它?"

许小院默默地说:"是我一个粉丝的心愿,我帮她实现。"

林豆子说:"你还有粉丝?"

许小院意识到自己说多了,因为自己是百万粉丝网红的事儿,她从没和林豆子说过。

许小院说:"没事儿,我瞎说的。"

林豆子和小魏玛犬玩得不亦乐乎,小魏玛犬也很喜欢林豆子。

林豆子走到许小院旁边说:"我借你的钱,你就是买它去了吧?"许小院不说话。

林豆子拍拍胸脯,义正词严地说:"放心吧,这是我们的秘密,我不会和你妈妈讲的。"

许小院点点头:"你明白就好。"

林豆子兴冲冲地说:"我们给它取个名字吧,它是个女孩,还是我们买回来的。"

许小院气哼哼地想:真应该叫它"小满",此刻的它,孤独且高贵,不正是许小满的现状吗!

许小院装作没啥兴致地说:"我没啥好想法,你定吧。"

林豆子说:"那就叫它'小飞猪'吧!因为我最喜欢的女网红的网名就叫'一只会飞的猪',每天晚上我都会躲在被子里听她直播唱歌呢!"

"一只会飞的猪"正是许小院的直播网名。许小院掩饰住自己的兴奋,原来林豆子还是自己的粉丝呢!

许小院突然好奇地问:"你喜欢她什么?"

林豆子一脸迷弟状说:"接地气儿,真实,而且神秘,她总带着面具唱歌,我很想知道真实生活里的她是什么样子的,是不是和她的声音一样甜美。"

许小院继续:"如果真实生活中的她很丑,很邋遢,很失败,你还会喜欢她吗?"

林豆子信誓旦旦地看着许小院说:"当然了,让我偶像开心是我的使命。如果在真实生活中遇到这样的她,我依旧会喜欢她。"

林豆子有一种不经雕琢的质朴的少年气,说出的每句话都像是誓言,只不过还未经时间的考验,但这足以让许小院感到些许宽慰。

门铃响了,杜子藤牵着爱玛走了进来。杜子藤看了一眼许小院,并没搭理她。

只见他对着屋里喊:"有人吗?快帮我看看爱玛怎么了,这几天不吃不喝,精神也有些萎靡。"

许小院刚一起身,却突然感到一阵眩晕,她一个没站稳就坐了个屁股蹲儿。

杜子藤扶住许小院说:"你没事吧?"

许小院说:"没事儿,突然一阵头晕。"

而另一边,许小满在杀青晚宴上正一个人喝着闷酒,其他演员都围着导演和制片人努力开展社交,没人理睬她。

许小满对这些拼命灌酒的十八线演员嗤之以鼻,冷哼道:"呵呵,这些都是姐玩剩下的。"

许小满整场晚宴都心不在焉,因为她不再是"宇宙的中心",桌上精美的食物,人们嘈杂的交谈声,仿佛都离她很远。

"小满,一起来合影吧!"

薛雪儿走过来叫许小满一起照杀青合影,她把C位留给了许小满,导演却把薛雪儿拽到C位,许小满干脆拎着酒瓶子站在了最边上。

相机"咔嚓"一声,正好把她拎着酒的形象记录了下来。许小满突然感觉头昏眼花、耳鸣目眩,她揉了揉太阳穴。

窗外飘起雪花,许小满的耳畔突然听到了许小院的声音。许小满心想:靠!不会吧?又来?

窗外风雪交加,北风呼啸的夜晚,飘下大朵大朵的雪花。这是今年的第一场雪。

第二十三章

确认过眼神，是我家的人

原来，只是虚惊一场。

杜子藤扶住俨然要晕倒的许小院。这时，门店的门铃响了，一位戴着 PRADA 墨镜，拎着 Hermès 鳄鱼皮手袋，耳朵上戴着一双夸张的纯金水滴状耳饰的中年女人走了进来，只听她咳嗽了两声。

她在地垫上蹭了蹭沾满雪的带着 FENDI logo 的麂皮高靴，鞋尖儿尖得仿佛一把镰刀，许小院甚至不敢接近，生怕被她踹一脚就一命呜呼。雪花在室内立刻融化，鞋的根部被雪水打湿，但她并不在意。

杜子藤立刻把搀扶着许小院的手缩了回去，不知道怎么的，杜子藤有一种做贼心虚的感觉，但其实什么也没发生，只是潜意识里母亲大人的每次出现都带着一股莫大的压力而已。

杜子藤说："您怎么跟来了？"

顾兰走到许小院面前，环顾她一周，随后看着杜子藤说："这样才能知道这几年你在国内每天去哪儿，做些什么，见些什么人。"

顾兰特意强调了"见些什么人"这几个字,她是说给许小院听的。许小院给顾兰端了一杯水,请她在休息区稍事休息。

随后许小院走到爱玛面前,问杜子藤:"爱玛怎么了?"

杜子藤看了一眼许小院,明显的不信任,他说:"没事儿,我让其他医生帮它看病。"

显然,许小满对宠物的嫌弃让杜子藤记忆犹新。只不过,他并不知道当时的实情,那时的人并不是此时的许小院。

林豆子瞥了一眼杜子藤,替许小院不值,嘟囔:"真是有眼不识泰山。"

他站起来挡在许小院面前,对杜子藤说:"她是我们这里最棒的宠物医生!"

许小院冲林豆子摇了摇头,眨眨眼睛,示意他不必说太多,林豆子只好不忿儿地乖乖坐下。

许小院蹲在地上,拿出兜里的玩具,冲爱玛做出一个拥抱的姿势。爱玛像见到亲人一样,甩掉杜子藤手里的牵引绳,乖巧地跑到了许小院的怀里。

许小院抱着爱玛蹭蹭,冲它耳语。爱玛伸出舌头舔了舔许小院,随后轻咬着她的手,示意和她友好亲近。

许小院看着杜子藤说:"这下,我可以给她看病了吗?"杜子藤一脸惊讶,只好点了点头。

杜子藤依旧不放心许小院,他焦急地说:"算了,我还是跟你一起吧!"杜子藤屁颠儿屁颠儿跟着许小院走进了治疗室。

休息区,顾兰假装看着《财经时报》,实际上她透过墨镜,早已像 CT 一样把许小院扫视十几遍了。

杜子藤看了一眼休息区的顾兰,随后冲她指了指治疗室。顾兰看到儿子跟着许小院进了另一间房，不禁皱起了眉头，然后继续看报。

治疗室里，许小院趁杜子藤不注意，把小魏玛犬"小飞猪"藏了起来。她不想让他知道，是她花掉身上所有钱买下了这只昂贵的小狗，因为她懒得向杜子藤解释自己为什么会这样做。

内心里，她只是想为妹妹做些什么，完成许小满的心愿，但她并不需要任何人知道，不需要任何人夸奖她，或者向谁炫耀，抑或让别人感激涕零，包括许小满本人在内，更何况是眼前和她并不相关的杜子藤。

如果不是意外和许小满互换了身体，她是绝对不会接触到杜子藤这样的男孩儿的。在这样优秀的男孩面前，她有着强烈的自卑感。

爱玛在诊疗台上乖巧地听从着许小院的每一个指令和安排，许小院不断和爱玛沟通，跟它耳语交流，不一会儿就诊治完了。最后，爱玛还冲许小院"呜呜"地叫了叫，仿佛在表示感谢。

许小院对杜子藤说："放心吧，爱玛没有任何疾病，只是精神状态不好。我给它开两包电解质，每晚冲服，会让它情绪稳定一些。"

许小院仿佛有一种魔法，她就像所有小动物的首领，与它们平等互爱，也能让它们快乐地听从于她。

爱玛此刻的眼睛变得明亮有神，明显又活泼起来，它的心情好了很多。杜子藤看着许小院，有些不可置信。

杜子藤说："对不起，刚刚进来的时候对你的专业能力产生了怀疑，真的没想到你的专业技术提升得这么快。"

许小院不敢直视杜子藤的双眸，说道："没事儿，应该的。"

杜子藤回忆起曾经，他说："我还记得第一次带着爱玛见你的时候，你总是手忙脚乱，不太能控制宠物……没想到现在你变成了技术大拿，能让爱玛这么喜欢你，果然是厉害的兽医！"

许小院尴尬地笑了笑，怯怯地说："没事的话，你们可以走了。"

杜子藤真诚地说："我加你一个微信吧，下次爱玛再有什么病症我可以找你，这样我更放心。"

许小院犹犹豫豫，毕竟这是许小满的朋友，既然已经换回身体，那妹妹的朋友与自己也就没有任何关系了。

她自己又是个社恐，何必如此麻烦。正在许小院打算拒绝的时候，身后的纸箱子发出奇怪的声音，许小院和杜子藤都愣住了。

许小院心知肚明，于是紧张地说："走吧，咱们先出去吧。"

然而，爱玛却突然逃脱许小院的拥抱，冲着纸箱子飞奔而去，并且大声狂吠，杜子藤也跟着走了过去。

只见爱玛急切地咬开纸箱的盖子，把箱子扑倒，小魏玛犬躲在箱子的角落，爱玛兴奋地扑了上去，它终于又见到了自己的宝宝！

杜子藤不可置信地看着许小院说："是你买下了它？"

还没等许小院回答，杜子藤突然狠狠地抱住了许小院！许小院第一次让自己的身体被一个异性男人拥抱，突然心跳加速，身体的毛孔全部张开，汗腺也变得异常发达，她并不是脸红心跳的小鹿乱撞，而是心惊胆战的害怕与紧张。

杜子藤说："真的谢谢你！爱玛的宝宝能在你这儿，我很放心。"

治疗室外，一副"墨镜"从门缝里偷窥着这一切。

顾兰在门外监视着儿子的一举一动，她用手机拍下了杜子藤和许小院拥抱的画面。

林豆子从茶水间出来，端着一杯滚烫的热水，看到顾兰在治疗室门外奇怪的背影，轻声询问道："阿姨，您要不要喝点热茶？"

顾兰猛然回头，看到林豆子无辜的大脸，吓了一大跳，一个踉跄打翻了热水杯。

治疗室的门突然被撞开，许小院下意识地一把推开杜子藤，强壮结实的许小院不小心把瘦弱的杜子藤推倒在地。

杜子藤在地上，看到门外的母亲顾兰也是一个趔趄。杜子藤惊讶道："妈？"

顾兰慌忙之下解释道："儿子，我真没偷窥！"下一秒，顾兰就意识到自己说错话了。

"不打自招"四个字，被她诠释得天衣无缝。杜子藤无奈地摇摇头，许小院更是意识到了自己下意识的"粗鲁"，害臊地捂住了脸。

休息区，由于顾兰被热茶水洒湿了衣服还轻微地烫伤了手臂和手指，许小院只能把自己的羽绒服给顾兰披上，并送上一杯热咖啡，还给她上药膏。

许小院细心地给顾兰抹药，不时看看顾兰这个"慈禧太后"的表情是不是显得很痛。

然后，她轻轻地吹着皮肤表面，仿佛把她当作了一只受伤的小猫咪。

顾兰和杜子藤并排而坐，许小院在母子俩面前深深鞠了一躬。许小院低着头吐出三个字："对不起……"

不仅是不小心推倒了杜子藤，而且还让顾兰受伤。许小院不知所措地站在二人面前，紧张地抠起大拇指。

顾兰搅拌着咖啡，阴阳怪气："坐下，别弄得跟我们欺负你一样。"

许小院坐在顾兰对面，瞬间感受到莫大的压力，她下意识地挪到杜子藤对面。顾兰泰山压顶般的气场，让她感觉随时要把自己吞掉一样，但表面又是那样不动声色和滴水不漏。

顾兰继续搅拌着咖啡说道："刚刚在门外，你们的对话，我都听到了。"

杜子藤接下茬，小声说："不是听到，是看到……"

顾兰一不做二不休，说："对，是看到了。"她突然提高声调说道："杜子藤，我真的没有想到你竟然会……"

杜子藤打断："妈，真不是你想的那样！"

顾兰打断他："住嘴。"

杜子藤解释："妈，我真的和她连朋友都不算，今天刚加微信，我们是 24K 纯医患关系！"

顾兰从墨镜下面露出深邃的眼睛看向许小院，那是一种饱经风霜的眼神。由于年纪的原因，双眼皮已经变成了三层褶皱，但依旧能看出年轻时，这个女人的魅力和气魄。

许小院立刻解释："阿姨，是真的，我和杜子藤……其实一点儿也不熟。"许小院说到"不熟"的时候声音突然变小了。毕竟，她在许小满的身体里时，还是和杜子藤亲密接触过的。就凭这一点"破绽"，让敏感的顾兰起了"疑心"。

顾兰说："我观察你很久了。首先，你给我的是咖啡，但是你给杜子藤的是红茶，说明你早就知道杜子藤对咖啡过敏，并且最喜欢红茶。"杜子藤看了看自己茶杯里的茶，还真是红茶。

他解释道："妈，这只是凑巧，一个护士怎么可能知道我爱喝的是什么！"

许小院被戳破，她心里知道，这可不是凑巧，是之前和杜子藤接触时她潜意识里记住的。

顾兰继续说："你非常喜欢宠物，也能被宠物信任，并且你作为一个兽医能买下爱玛的孩子，这只价值不菲的小狗，说明你是个善良有爱心的女孩；你在道歉的时候一边给我上药一边观察我的表情，说明你很在乎别人的感受，并且勇于承担责任；最重要的是，我在羽绒服里发现了你的笔记本。"

顾兰掏出许小院羽绒服里的记事本，可怜的笔记本在顾兰的手里也逃不过被"斩首示众"的命运了。

顾兰说："你记录了每一个品种的犬类的习惯和特征，说明你对于工作非常敬业和上心。最重要的是——"只见，顾兰把笔记本翻到最后一页，指着上面密密麻麻的文字说："上面记录了我儿子所有的优缺点！这令我非常感动！"

杜子藤仿佛晴天霹雳，他抢过笔记本，看到上面密密麻麻记录的都是自己的性格特点、生活习惯及日常细节……

杜子藤放大了瞳孔，看着许小院，张了张嘴，过了三秒，喉咙才发出声说："你、喜、欢、我？"

没错，这些杜子藤的性格特点，是当初互换身体以后，许小满对许小院的各种"叮嘱"——关于杜子藤的性格特点，她是逼着许小院死记硬背下来的，因为她不允许许小院在自己的"男神"面前有半点差错。所以，直到现在，许小院早把杜子藤的个人偏好和习惯烂熟于心了。

顾兰说："我刚刚想说，你们微信加得真是太晚了。杜子藤，这么好的女孩子，你应该早点带给我认识。"

顾兰拉住许小院胖乎乎的小手，放到自己两只手中间，仿佛是一种上级对下级的慰问和认可，她说，"我今天就宣布，你就是我们家的准儿媳了！"

许小院和杜子藤默契地互看一眼，同时惊呼："啥？"

许小院第一次来到杜子藤母亲的家，和她想象中的完全不一样。她本来以为，顾兰的家里会充满商人的铜臭味，那种金碧辉煌的艳俗；又或者是那种现代有钱人追求的低调极简主义风格，看似简单流线的家具，却是难以想象的天文数字。许小院想了千万种风格，却没想到每一种都没猜对。

顾兰的家不是别墅，而是一栋精致高档板楼里的大平层。一进门便是满眼的绿色，与其说这是一栋住宅，不如说更像一片让人浮想联翩的热带雨林。

顾兰随意按了墙上的几个按钮，家里的灯便从暗到亮，调整到了一个舒适的光照度，硕大的加湿器源源不断地喷着湿润的水雾，让家里的湿度和温度相得益彰。屋内大大小小的绿植错落有致地被安放在每一个适合它们的角落，郁郁葱葱，绿盖如荫，热带和亚热带的植物有个共同的特点，就是枝繁叶茂，根部粗壮，叶片厚且大，这在北方是很难做到的。然而，顾兰家里却能把这些绿植照顾得如此妥帖，想必是费尽了心血，或者有专人打理，足以看出她对这些植物的重视程度。

许小院走进客厅才发现，在厚大的绿叶下，隐藏着几个"明亮的盒子"，仔细看才发现，是几个精致的人工造景的恒温箱，里面分别生活着鬃狮蜥和黑白王蛇等异宠类爬行动物。这些恒温箱看起来非常舒适，人造日光灯为它们制造着源源不断的充足的"阳光"，还有固定的加湿器给它们提供足够的湿度，鬃狮蜥的造景箱里还放着石质躲避屋、热带绿植被、石碌洗浴池，箱底还铺满了带有绿苔藓的碎石子和木屑，这样的生活条件，让许小院看了都羡慕得想钻进去生活。恒温箱里的鬃狮蜥正在药浴池泡澡，看到陌生的许小院的大脸贴着玻璃，立刻像哥斯拉一样冲着许小院打了个哈欠，许小院胖嘟嘟的脸颊贴着一尘不染的玻璃和它打了个招呼，玻璃上留下了许小院脸上的一片油渍，许小院趁人不注意哈了一口气，赶紧用袖子抹掉。

杜子藤说："这些爬行动物很温柔的，没想到吧，其实我妈妈一直很喜欢这些，是不是平时看不出来？"杜子藤笑了笑。

许小院点点头："没想到阿姨是佛系自然派，和平时女企业家的人设也太不一样了！"

杜子藤说："这次她回国，确实和以前不太一样了。她说要想做成事儿，必须得有'油盐不进'的一面，所以工作时的她和生活中的她是完全不一样的两个人，这些花花草草平时都是她自己照顾，这些小动物也是。一开始，我并不喜欢这些'冷血动物'，后来才知道其实它们一点都不冷，就跟我妈一样。"

许小院问："怎么讲？"

杜子藤指着恒温箱里的两条小蛇说："这两条小蛇是墨西哥的黑白王蛇，自然界中，'王'蛇之所以称'王'，是因为它们本身无毒，却主要以其他有毒的蛇为食。它们本身具有一种免疫系统，能够将毒素分解成养分。它们其实非常温柔，'人不犯我，我不犯人'，只要没人威胁到它们，它们便以鼠类、毒蛇类为食，自由自在地生活。可是一旦受到敌人侵犯，它们便会不顾一切地把对方勒死，然后大口将敌人吞掉。"

许小院看着那条白色的小蛇，眼睛是晶莹剔透的粉红色，也只有小拇指那么粗，她甚至想不出它们"杀"掉猎物时的样子。

杜子藤一边熟练地捡起箱子里的蛇皮，一边继续解释："你看，这就是蛇皮，幼崽时期它们每一两个月就蜕一次皮，每蜕一层皮，它们就会长大一点儿。年老后，当它们不能成功完成蜕皮的过程时就会死亡。在蜕皮前它们不吃不喝，那个过程看上去异常艰难痛苦，但它们始终在努力成长。"

许小院第一次抚摸蛇皮，薄如蝉翼的一层壳，比想象中的柔软，那是它们成长的痕迹。其实，人不也一样吗？每次在泥淖中翻滚后，咬碎牙往肚里咽，母亲告诉她，世上不如意事十有八九，偶尔含羞忍耻，才能成大器。

许小院看了看眼前的顾兰，大概明白了顾兰喜欢这些冷血动物的意义。商场如战场，每个人都需要武装好自己，弱肉强食，胜者为王。那些世俗的武装，不过是我们面对世界的另一张"脸"而已。回到家中卸下武装和疲惫后，才能和真实的自己来一场面对面的独处。

此时，她已经丢掉了耀眼的名牌皮包和金色首饰，换上了素色条纹家居服，她将卷曲的长发在脑后盘成一个发髻，微胖的体型，突出的肚腩，还有脸上的皱纹，都暴露出中年妇女的痕迹。洗尽铅华后的顾兰更加朴实、真挚、让人亲近。

不知何时，顾兰已经炖好了雪梨银耳莲子羹，家里并没有常住保姆，显然，顾兰是一位上得厅堂，下得厨房的厉害角色。此刻，她端着冒着热气的炖盅朝杜子藤走来。

杜子藤立刻摆摆手说道："妈，我都多大了，想吃自己去厨房舀就可以！"没想到顾兰将杜子藤视为空气，径直跨过他，端着炖盅来到许小院面前。

顾兰掀开炖盅的盖子，吹了吹热气，用勺子搅拌两下，递给许小院："院儿，趁热喝。"

叫她"院儿"的，除了王花朵以外，顾兰是第一个。

许小院的妈妈王花朵和顾兰完全是两个世界的人，就好像她和杜子藤，如果不是互换身体，她和杜子藤大概就会像两道平行线，在任何一个时空都不会相交。顾兰和王花朵都有一种对孩子的控制欲，但是看待困难的方式却是完全相反的。

王花朵一直以来是以保守和隐忍式的方式，对许小院进行包办代替式的"温室型"教育，她把困难当作灾难，提前用自己的能力把这些困难纷纷替许小院挡掉，才让许小院这些年没有任何欲望、困扰，安全平稳地成长，但一旦碰到挫折却会异常脆弱；顾兰则是白手起家，自己打拼出一条血路，她激进，执着，不畏困难，把困难和险阻当作成功的垫脚石，她相信自己经历了越多磨炼，得到的就会越多。她手握家里的经济命脉，用权力掌控着儿子，也用权力保护着儿子，希望为他挡风遮雨。

这些年习惯了温室成长的许小院，在遇到顾兰之后，内心突然感到某些东西在不断变化，宛如一颗种子，一经灌溉，便破土而出，生根发芽，开始悄无声息地生长。

如果说王花朵是1.0代的母亲，那么顾兰则更像进化后2.0代的母亲。既有相似又有差别，这让许小院感觉很亲切。

顾兰在女强人和贤妻良母的人设之间的切换，让许小院觉得这个女人十分有魅力，尤其当她对自己表示认可的时候，许小院内心有一股力量，让她感觉自豪，那是一种对成年女性的崇拜，也是一种被优秀成年女性认可的骄傲。在顾兰的感召下，她突然有了一种对成长的渴望，对自我强大的追求。

许小院接过炖盅，她第一次直视顾兰的眼睛，那眼神里有一种沧桑和温柔的力量。

许小院小声说："谢谢，阿姨。"

顾兰平静地说："今后叫妈。"

许小院接过炖盅，心里竟感觉这是一种女性力量的传承。于是，鬼使神差般沉默了两秒，许小院像被施了咒，竟然下意识地轻轻吐出一个字："妈。"

虽然声音很轻，但大家都听到了。

许小院说完就后悔了！只见顾兰露出控制欲般的微笑，而杜子藤则脸黑到天边。

第二十四章

啊！又来！

马上到圣诞节了，十二月的北方又下了一场雪，气温降至零摄氏度以下，冰天雪地，异常寒冷。

许小满家壁炉里的火焰千变万化，温暖的客厅异常舒适。许小满像一只打过架后的猫，蜷缩在沙发上，盖着毯子，频繁换着电视台，内心无比焦躁。

因为今天，再过五分钟，她的新戏就要播出了。舞蹈演出前，她都不会这么紧张。因为她知道自己不会失败，台下的观众至少都是慕名而来。而演戏就不一样了，她之前的综艺和网剧经常遭到黑粉攻击，而这次复出，她并不该有过多期待。

她看着自己朋友圈的宣传照，自己不再是"一番"的位置。而预告片中，自己原本就不多的镜头，为了衬托女一号薛雪儿，再次被删减，最后所剩无几。于是，她干脆关上了电视，眼不见为净。

荆京拎着外卖回来了，都是许小满喜欢的 Omakase，许小满心不在焉地夹着菜,食不知味,突然冲荆京说:"我还挺想吃烤冷面的。"

荆京愣了三秒,询问:"就是咱们在剧组吃的那个?"

许小满说:"对,订两份吧!"

荆京说:"好。"

叮咚——门铃响了,荆京起身去拿外卖。

然而,站在门外的,却是楷江川。他面颊微红,黑色的毛呢大衣敞开着,手里还拎着一瓶香槟,显然是仓促过来的。

楷江川说:"小满呢?"

荆京还在犹豫,屋内的许小满说:"让他进来吧!"

楷江川见到许小满就立刻抱住了她。这让许小满措手不及,她后退两步,楷江川却跟了上去,然后继续抱住她。

一旁的荆京瞪大了双眼,一副坐等吃瓜的表情。

许小满给了荆京一个眼神,示意他把楷江川拉走。

楷江川认真地看着许小满说:"恭喜你!你做到了!"

在楷江川的提示下,许小满拿出手机。果然,播出的新戏中,大家对许小满演技的好评溢出了屏幕——

"我Cindy姐演技进步好快!"

"许小满这次角色塑造得不错!奥斯卡指日可待!哈哈哈!"

"演技比女一号好多了,看来万箭穿心,习惯就好!"

荆京兴高采烈地看着滚动着的好评,然后自己也开始发弹幕:"我Cindy姐最牛!"

荆京随即奔到书房,打开电脑,紧锣密鼓地通话开会,开启工作模式,他要利用这一波好评,让宣发部门配合增加流量,扭转许小满的口碑。

餐桌旁,只剩下楷江川和许小满两人。灯光有些昏暗和暧昧,楷江川摸了摸许小满的头说道:"这一仗打得漂亮,是你自己做到的,真心为你高兴。"

许小满第一次有些热泪盈眶,这些年她在演技上做了很多努力。公司给她报名的表演课程不胜枚举,自己也参加过很多演员选秀的综艺,可每次上去都是招黑体质,这一次她终于在演技上爆发,获得了粉丝和观众的好评。这对于她是意外之喜,自己怎么也没想到!

刚刚还在担心自己的剧会不会再次被吐槽,可是现在看来,自己被大众认可了。楷江川打开香槟,两只水晶高脚杯中瞬间充满了淡黄色带气的液体。二人碰杯,一饮而尽。

楷江川深情地望着许小满说:"其实这段时间,有的时候我觉得你变了,变得不那么像你,或者说是我之前没注意到。这段时间,让我看到了你内心更多的层次,所幸你的成长并不让我惊讶,我相信你今后会越走越远!"

当然"多元化"了,因为之前那段时间,身体里的根本就不是自己,可惜她也没法儿告诉楷江川这个事实。

楷江川说:"一起许个愿吧。"

许小满默默闭眼,将双手在胸前虔诚地合十。此刻,她感到兴奋与开心,因为大家肯定了她的演技,无疑对她是一种认可。然而,就连她自己都没想到,此刻,她脑海中出现了一个她并不喜欢的人,是许小院。

黑暗中,她感觉许小院飞快地向她奔来,以她肥胖的身躯,给了她一个大大的熊抱,宛如一只白胖的北极熊,飞也似的将她扑倒,然后还伸出舌头把她浑身舔了个遍。许小满吓得立刻睁开眼睛,耳畔却传来许小院的声音,她揉揉耳朵和眼睛,以示清醒。

尽管她不想承认,但她之所以能够提升演技,还是要感谢这次互换身体的机会，要不是这次互换让她体会到了人间疾苦，体会到了那些"许小院们"的另一种生活方式，可能她一辈子都无法提升演技。看来，生活真的是最好的老师。

楷江川温柔的声音传来："是不是累了？"

许小满努力保持着清醒说："没事儿，耳朵貌似有点幻听了。"

楷江川顿了一下，整了整衬衣领子说："那我长话短说。"

许小满说："不用多说，能为你和公司挽回些口碑，我在剧组吃的苦就算没白吃。"

楷江川询问："在剧组怎么了？"

许小满自己干了一杯说："天空飘来五个字儿——那都不是事。"

楷江川说："我喜欢看到你做自己的样子，这也是这些年我……"楷江川改口，"公司，一直为你遮风挡雨的原因。"

许小满把酒杯放得落地有声，说："你知道，这次我才意识到'苦尽甘来'四个字是什么意思。"许小满叹了一口气，"在这个世界上，很多人吃了很多苦，还没有等到自己的'甘'，我无疑算是很幸运的了。"

楷江川说："小满，我感觉你更加成熟了，以前的你，是绝对不会管其他人的感受的。"

许小满说："或许吧，谁让我是幸运的那个，所以，我想更加惜福，也会更加努力。"香槟水晶杯发出清脆碰撞的声音，二人对饮。

有喜事降临时，喝下去的酒会有种放大兴奋感的作用，让人欲罢不能，酣畅淋漓。

一瓶香槟很快就喝完了，二人也渐入佳境。

楷江川刚要起身，许小满喝令："别动，我让荆京去酒柜再找一瓶好酒！咱们今天不醉不归！"

许小满喊了几声荆京，他却早已不知身在何处。许小满一抬头，发现落地时钟的指针,已经指向凌晨两点了。

许小满摇摇晃晃地站了起来,耳畔再次传来许小院的声音,许小满摇摇脑袋,竟然摇出了画面——此时,许小院正在与一名看不清脸的男子在床上,暧昧地坐在一起……

许小满不敢相信,自言自语道:"我靠,什么鬼叫声!"

楷江川用结实的臂膀揽住许小满,关心道:"不舒服?"

许小满按住太阳穴说:"肯定是我今天喝太多了,总听到奇怪的声音。"

楷江川说:"喝点水吧。"

许小满说:"今天有点晚了,我们散了吧,改日再喝,不醉不归那种!"

楷江川怔住,面容严肃,他一脸真诚地轻唤:"许小满。"

许小满说:"嗯?"

楷江川说:"我还有些话想和你说。"

许小满说:"说。"

楷江川说:"我想退休,我厌倦现在这样的生活了。"

许小满说:"啥?"

楷江川拿出衬衣兜里的蓝丝绒小盒子:"我想后面和你一起生活,你可以继续做自己想做的一切,不受任何约束。只是从概念上讲,可以理解成我们换了一种关系相处。"楷江川就连微醺后的表白都是如此的理智和清醒。

夜凉如水,残月挂天窗。许小满接过蓝丝绒盒子,她知道里面是什么,她轻叹一口气,倔强地望着窗外,犹豫着没有勇气打开。

许小满斩钉截铁地盯着楷江川说:"楷江川,我知道我们认识很久了,但是感情这种事儿,我不会勉强自己,我……"

话说一半，许小满一阵头疼再次袭来。

三个小时前，顾兰的家里。

在她一双鹰眼的监视下，就这样许小院和杜子藤完成了第一顿"约会晚餐"。

与其叫作约会，不如说更像是大型真人秀现场，杜子藤对许小院无疑是没有那种怦然心动的感觉的，但他也没那么讨厌她，还对她精湛的医术有些欣赏和崇拜。因为爱玛和小飞猪都非常喜欢许小院，好似她有一种温暖的魅力，能让宠物乖乖听话，这种"超能力"让杜子藤欣羡。

许小院虽然胖，却完全不是那种油腻和蠢笨。她足够敏感，拥有自己的感受和想法，只不过不愿意外露表达。她的形象是毫无攻击性的，如果用一个词来形容，大概就是"治愈"。因为，她足够单纯，并不世俗。

受母亲的影响，杜子藤的择偶标准一直是平凡，富有爱心，善良。而许小院的性格恰恰完全相符，并且很懂得照顾小动物，在生活上，两人具有共同话题。

在杜子藤身边围绕着的，大部分是像许小满一样，外在靓丽，时尚，会打扮的女孩子。他从没想过今后另一半会是如此身宽体胖，呆萌，自卑，扔到人群中完全找不到的小透明的那种人。

他根本不了解这样的女孩儿心里在想什么，因为，她跟他身边的大多数女孩儿都不一样，也正是因为这一点点的不一样，让他对她有些好奇。

饭后，顾兰开始给家里的爬行动物喂食，换水。许小院穿好外套正打算离开，她推了推大门，却发现门早已上锁。

许小院说："顾阿姨，大门怎么打开……"

顾兰带着花镜，把蜕掉的蛇皮捡出来说："家里空房间多，今天很晚了,你就住在这里吧,床铺我都给你铺好了。"

杜子藤站在旁边,她刚要拒绝,却发现爱玛和小飞猪玩得不亦乐乎。没错,许小院把小飞猪带来了,因为许小院说过:"要想治好爱玛的茶饭不思,小飞猪的陪伴才是最重要的。"

是啊,哪有母亲不惦念着自己孩子的呢!陪伴,才是最好的良药。

许小院观察着杜子藤,他的态度此时很重要。杜子藤不希望小飞猪离开爱玛,他摸了摸小飞猪的头,不带一丝感情地对许小院说:"留下吧。"顾兰满意地微笑,误以为杜子藤对许小院心生好感。

顾兰带许小院来到一间空客房,她打开房门,扑面而来的是绿植和精油混合的气息,自然而清新。气味很神奇,瞬间可以让人扫除一天的疲惫感,心旷神怡。

许小院一推开门,便不想再离开。顾兰竟给她换了一床小狗图案的儿童床被,白色的羊绒地毯厚实而紧密,地上还有很多小狗、小猫、小猴子的毛绒玩具,就连灯具都是圆墩墩的卡通造型。这是一个充满童趣且梦幻的房间。

顾兰说:"这是杜子藤大学时我给他买的,但他嫌弃被褥的图案太过卡通,一次没用过。"

许小院坐在卡通床褥上,这些图案和许小院的气质倒是相得益彰。

顾兰看了看说:"这床被褥倒像是为你准备的。"许小院憨憨地笑了笑。顾兰拉住许小院的手说:"生完杜子藤后,我其实还想要个女儿,但是因为我年龄大了,最终还是没要成。我第一次见你,就觉得和你有种似曾相识的感觉。因为,我年轻时也像你这么胖!"

许小院不禁睁大了眼睛:"啊!那您是怎么做到现在这样的?"

顾兰说:"我们年轻的时候也流行过减肥,你知道,像我们这种白手起家的,就需要比别人更加努力,而好的形象也会让我的生意有更多机会和可能性，因为形象问题，我没少在工作上吃亏。所以，我那段时间拼了命地到国外减脂，瘦身，费了不少劲，可惜都没啥明显效果。"

许小院忽闪着大眼睛，弱弱地问："那您当时也会嫌弃自己吗？"

顾兰说："当然嫌弃，我巴不得像我几个姐们儿那么苗条靓丽。可杜子藤他爸说过，他说他喜欢眼前胖乎乎的我，这就是他认识我的时候的样子，让我不要跟风，不要执着于体重这件事儿。后来，我工作忙起来了，再也没做减肥的事儿。再后来，随着年纪增长，生意越做越大，自由的时间越来越少，经常昼伏夜出，酒局多，吃饭没规律，不久心脏就查出毛病，生了一场大病。在这之后，我自己就神奇般地瘦下来了，再也没胖过。"

许小院关切地问："那您现在身体状况好些了吗？"

顾兰说："我心脏做过搭桥手术，医生说让我平时保持好的生活状态，所以我才开始养绿植，养宠物，开始变得佛系起来。心态一好，身体也就好多了，甭担心。"

许小院点点头："那就好。"

顾兰说："所以，当我看到你现在的样子，就想到我年轻时微胖'富态'的样子，那时候'无知者无畏'，日子都特别有活力。现在虽然瘦下来了，却没有以前那种激情和憧憬了。所以，我看到你，就好像看到以前我那个年代，怀念也向往。"

顾兰一边说话，一边从衣柜里拿出一套新睡衣。

"这个号你能穿，是我年轻时候的衣服，换上好好睡一觉。"许小院接过睡衣，表示感谢。

顾兰说："需要什么再叫我吧，早点休息。"

门被关上，四周安静下来。她按下开关，满屋的星空穹顶，给人梦幻的感觉。香薰加湿器氤氲着白色雾气，让人感觉舒适愉悦。

许小院站在镜子前凝视自己，此时，她正穿着顾兰年轻时候的睡衣。

镜子前的她，突然没有那么厌恶自己了，毕竟像顾兰这样成功的女商人也胖过。她第一次有点欣赏顾兰这样的女人，敢拼、独立、要强。而这些年，她一直是妈妈身边的乖宝宝。

许小院躺在床上，看着穹顶的星光，她童年幻想过的最幸福的小窝，大概也不过如此。

许小院锁上房门，今晚她决定享受一下，弥补自己缺憾的童年。毕竟自己的童年是在黑黢黢的水泥房里伴随父母的争吵，防守着许小满的"长枪短炮"中度过的。

她想，再最后奢侈地扮演一次"幸福的小孩"，然后，就要自己长大了。

杜子藤的房间，爱玛正在和小飞猪亲昵地玩耍，很久没看到爱玛这么开心了，之前的精神萎靡，在看到自己的宝宝后，一切都治愈了。杜子藤也和它们愉快地玩耍着。

爱玛和小飞猪亲昵了一阵后，小飞猪开始左右勘察，这里嗅嗅，那里看看，仿佛在找什么。最终，它对着屋门，用奶里奶气的声音叫着，杜子藤知道它要出门找许小院。不知何时，小飞猪已经对许小院产生了依赖和感情。

杜子藤把小飞猪揣进怀里，蹑手蹑脚地开门，敲了敲许小院的房门，随后溜了进去。

顾兰在自己卧室听到了隔壁儿子的脚步声和关门声，她起身，偷偷看到杜子藤溜进了许小院的房间。于是，她露出了慈祥的微笑，踮着脚尖走到许小院的房门前，变身八卦的老母亲，开始侧耳倾听。

许小院房里。

杜子藤抱歉地说："对不起，这么晚打扰你。"小飞猪看到许小满就跳到她的床上，要她抱抱。

杜子藤说："它想你了，刚才满屋子找你。"

杜子藤也坐到了床边和小飞猪一起玩。许小院一阵小鹿乱撞，因为还没有男人和她同坐过一张床。杜子藤意识到不对，立刻起身。

这时，门外突然传来一阵窸窣响动，杜子藤和许小院同时望向门的方向。杜子藤把食指放在嘴前，示意许小院噤声。一脸坏笑，指了指门外。

杜子藤说："咱们逗逗兰姐，如何？"

不等许小院回答，杜子藤突然晃动床板，吓得许小院"嗷嗷"喊了起来。

木床因为比较老旧的缘故，发出"咯吱咯吱"的声音，坐在床上的许小院还没做好准备，吓得"嗷嗷"直叫。虽然她努力让自己不发出声音，但她越努力克制，她的音色就和亲热时产生的某种声音更加类似……

瞬间，他捂住了许小院的嘴巴，两人的距离只有十厘米。在环境的配合下，情绪瞬间发生了化学变化，从之前的医患关系，萌生出暧昧的情愫。

许小院惊讶之外，疯狂捂嘴摇头。杜子藤嘴角上扬，调皮地笑。

许小院挣扎后，突然喊停："等等，等等，杜子藤！别用力了……"

杜子藤停下问："咋的了？"

门外的老母亲，听到这样的对话，显然误会了对话的含义，只见顾兰脸上堆满窃喜，终于回房睡下。

许小院低沉地说："我的头突然很晕……好像还听到了某些人的声音……"

许小院揉了揉太阳穴,她闭眼的刹那突然看到了许小满的幻影。

杜子藤不明所以,摸了摸许小院脑门说:"没有发烧,可能你今天太累了吧!"

话音刚落,许小满和许小院彼此的声音越来越清晰。她们在不同时空,却突然同时感到一阵强烈的白光刺痛眼睑,眩晕至极,没错,她们又互换了!

第二十五章 又见庐山真面目

当荆京开完最后一个工作会后,打了一个哈欠,打算催促许小满早点休息。因为从明天开始《这就是舞蹈》的比赛要继续开始复赛了。

可是当他来到许小满面前准备汇报时,眼前的一切,让他感觉身体瞬间通电成了一个球形发光体,映入眼帘的正是许小满和楷江川的拥吻。

下一秒,楷江川冷静地对荆京说:"后面许小满的工作先停停吧,我们打算去度个假。"

荆京说:"老板,可是Cindy姐的复赛马上就要开始了。"

楷江川义正词严地说:"是不是退赛,得看小满的决定。"

荆京看了看许小满,她竟然沉默不语。

楷江川感觉到许小满的默认,于是"变本加厉"。

楷江川咳嗽了一下:"回来之后,我们准备婚礼,后面的工作行程,明天你和小满商量。"

荆京晴天霹雳，楷江川关上房门。爆炸般的消息在荆京头顶炸裂，使他来不及思考。

在关上房门的一刹那，他发现了破绽。许小满面对楷江川原本斩钉截铁的眼神，换成了此刻温柔且崇拜的目光，以及她看向自己时仓皇失措的眼神及惊恐的神情。

这让他断定，眼前的并不是真实的许小满。

五分钟前……

许小院再次来到许小满的世界，映入眼帘的便是她的初恋"男神"楷江川对她的求婚。

许小院手捧蓝色丝绒礼盒，楷江川不由自主地将熠熠生辉的蓝宝石戒指戴到了她的中指上。

许小院顺着许小满的话说："楷江川，我知道我们认识很久了，但是感情这种事儿，我不会勉强自己，我……"

许小院看了一眼楷江川眼里闪烁的繁星，宛如蓝宝石般澄澈深邃。

没想到有一天，心仪的"男神"会向自己求婚啊！这难能可贵的机会，就像中了彩票，谁不想体验一把甜宠剧大女主的感觉。

许小院不假思索地继续回答："我同意！"这三个字，宛如一记重磅炸弹，将之前许小满做的所有努力统统摧毁。

窗外白雪满天，天寒地冻，屋内温暖如春，壁炉升起的火焰让身体暖融融的。巨大的温差，让人有种窃喜的幸福感。

楷江川拥吻着许小院。

许小院躲在楷江川的怀里，她心想：对不起了许小满，对不起了全世界，就让我任性一次吧！

荆京突然闯入，捏碎了许小院心里的粉红泡泡。

许小院清了清嗓子，假装镇定，学着许小满的口气对荆京说："有什么明天再说吧！"

荆京："……"

语毕，许小院顺便露出一副可怜拜托的眼神示意——"拜托，让我享受一下恋爱的感觉这么难吗？"

荆京料到，这一定不是许小满，许小满每次的眼神都是笃定且自信的，并且她一定不会任由自己和楷江川"胡作非为"。

荆京抓耳挠腮，一个头两个大，舞蹈演出复赛在即，可偏偏此时，她们又变身了！

凌晨三点，许小满从床上醒来，准备下床如厕。她走在地板上，却意外被地上一个黑乎乎的"尸体"绊倒，然而当她抬起头来时，只见眼前的爱玛离她只有五厘米的距离，此刻正流着口水，伸出舌头，舔舐着她的脸颊。

许小满发出一声惊呼，随后便晕了过去……

窗外白茫茫一片，大雪将城市涂成了白色，少了都市的喧哗，变得静谧且浪漫，可屋里的三个人却并不浪漫。

清晨，许小满、杜子藤、顾兰三个人坐在餐桌前吃着粤式早餐，显然，三人都是一副没睡好的慵懒状态。

杜子藤旁边蹲着乖巧的爱玛和小飞猪，爱玛不时冲许小满发出不满的低鸣。而小飞猪仿佛认出这就是抛弃过自己的许小满，不断往她大腿上扑，用小奶牙撕扯她的裤脚。许小满皱着眉头，偷偷踢了一下小飞猪，示意它离自己远点儿。

顾兰给许小满夹了一颗晶莹剔透的虾饺，舀了一勺皮蛋瘦肉粥。

她看了看许小满和儿子的状态，疲惫且无力，正符合昨晚她水到渠成的想象。她优雅地喝着咖啡，读着《财经日报》，开口道："昨天你俩没睡好也是正常的，慢慢磨合就习惯了……"

昨天夜里，许小满人生第一次体会到和两只狗狗同床的状态，让她简直生不如死，她宁愿选择在剧组跑龙套，也不希望"与狗同床"，忍受折磨。

而此时，更令她气愤的是顾兰对自己的态度。要知道，顾兰曾经是非常反对儿子杜子藤和许小满交往的，她无疑是许小满和杜子藤之间最大的阻碍。顾兰觉得许小满年轻气盛，黑料缠身，给人攻击性很强的感觉，根本不符合她找儿媳妇的标准。

女人之间的气场非常微妙，似乎一个眼神，就能确定彼此的远近亲疏。而如今，要啥啥不行的窝囊废许小院却能够稳坐泰山，获得准婆婆顾兰的认可，这让原本心骄气傲的许小满感到非常不公平。

而杜子藤的言语间也表现出他对许小院的感激和尊敬。许小满这才知道，原来爱玛的孩子小飞猪是许小院用自己的零花钱买回来的，这不是明显啪啪打了自己的脸吗！她不是不愿意看到杜子藤高兴，而是不希望这一切都是许小院做的。

而顾兰对于许小院的喜爱也明显溢于言表，许小满不知道许小院有什么样的魔力，能赢得眼光挑剔的顾兰的欣赏。在许小满看来，许小院一无是处。许小满宛如一只即将沸腾的水壶，既然她做不到，那么她就要亲手毁掉许小院，毁掉她所拥有的这一切。

沐浴着晨光，做完瑜伽的顾兰来到浴室冲澡，手机滚动播放着财经新闻提要。银色的花洒宛如向日葵的花盘，水流极其有力地穿过她的发丝。她顺手拿起护发膜涂抹在头上，戴上了浴帽。

只听浴室一声惨叫，杜子藤急忙跑了过去。

杜子藤敲门问："妈，出啥事了？"

浴室门打开，随着白色热浪般的水蒸气的散开，顾兰"闪亮登场"。只见她的头发从原来的黑色，变成了黄一块白一块的斑驳。靠近头顶的部位还秃了不少,像一只被拔了毛的鹌鹑。

顾兰压低声音,忍住怒火:"是谁把我的洗发水换成了染发膏的?"

许小满正拿着抹布假装打扫房间,她背冲顾兰露出得意的坏笑,随后楚楚可怜地跑到顾兰面前说道:"阿姨,是我的错,刚刚我打扫浴室,不小心调换了,对不起……"

顾兰刚要开口,看到许小满的眼里竟然闪出星星般的泪花,一副弱小、无助、可怜的样子,泪眼婆娑。

许小满继续:"阿姨,您要有火儿就往我身上撒吧!我的错,我认!"许小满把演技全部用出来了,脸上委屈巴巴,内心却笑开了花。

顾兰凌乱的头发一缕一缕湿哒哒地贴在脸上,斑驳不堪,宛如一个疯婆娘。她用尽了全身力气,努力地嘴角上扬,随后拍了拍许小满的肩膀,欲言又止。最后吐出三个字:"好、孩、子……"

说不出是反讽,还是无奈。顾兰这一笑,大概用尽了半辈子积攒下来的修养。随后,浴室门关上了,她需要时间接受自己。

舞蹈训练室中,四面八方的镜子把许小院照得无处可躲。跟随着音乐节拍,许小院笨手笨脚地挥动四肢,仿佛身上的每一块肌肉都在诉说着苦难。荆京面露愁容。

荆京接着电话,在原地转圈,像一只陀螺。他努力控制着音量,尽量不要打扰到许小院。

荆京压低嗓音:"老大,你仔细想想当初是怎么换过来的?"

许小满电话里的嗓门十里外就能听见:"还用你说?如果我知道,我干吗不换回来!你以为我愿意当这头'猪'吗?"

荆京说:"后天就要比赛了,咱们好不容易有了观众缘,口碑也上升了不少,我真的不想再被毁了!"

许小满大叫:"我想?"

正在训练的许小院焦头烂额,想不听到电话都难。她面露难色,满头大汗。许小满在电话里下了最后通牒:"不管怎样,这场复赛必须拿下!"

荆京说:"老大,她之前的肌肉记忆全都没了,复赛的动作复杂又困难,我觉得可能性不大……"

许小满气急败坏:"无论你用什么方法,务必进入决赛,否则,你就等着被炒吧!"

荆京说:"不仅如此,昨天她还答应楷江川……"

荆京还没汇报完,一堆记者便势如破竹般涌进了舞蹈训练室,大家对着许小院疯狂拍照,许小院像一只被拔光羽毛的小鸟,无处闪躲。

荆京挂断电话立刻冲上去,挡在许小院面前,将她藏在自己身后。荆京下意识地拿出手机对准他们。

荆京说:"是谁让你们进来的?给我出去!"

荆京一边给保安打电话,一边将许小院拉走。这时,一个男人从人群中走出来,是楷江川。

楷江川拿走荆京的手机低沉地说:"不必了,是我让他们进来的。"荆京一脸诧异。

楷江川平静地说:"有什么问题吗?"

荆京情急之下也顾不得上下级关系了,他说:"您应该提前和我商量一下!"

楷江川丝毫没有生气,反而笑容可掬:"你是老板,还是我是老板?"虽然是反问,但显然大家都知道答案。

楷江川拍了拍荆京的肩膀以示感谢:"这些年,你一直照顾小满,做得已经很好了。"

楷江川绕过荆京,来到落地窗前。记者们蠢蠢欲动,不放过每一个细节。楷江川揽过许小满的肩，对着镜头微笑，而许小满却不知是笑还是哭，表情极度紧张和尴尬，她一直想躲在楷江川身后。

楷江川揽住她的腰，对着镜头自信地说道："我和小满决定在一起了，我相信我们的决定，彼此都不会后悔！"

众多记者按下闪光灯，记录下了这一刻。

荆京被闪光灯照得头晕目眩。许小院纵然紧张，也努力进行着表情管理。

真是一波未平，一波又起。突如其来的情况排山倒海般袭来，让人措手不及。荆京的手机再次来电，是许小满。他犹豫再三，还是挂断了，因为他不知道除了"以死谢罪"，还能有什么脸面对许小满。

晚上十点，原本是王花朵已经入睡的时间，可此时她却翻箱倒柜在寻找什么，最终以失败告终。

她魂不守舍地坐在床上，愁容密布。

许小满的卧室，她坐在床上压低声音和荆京通话。许小满刷着各种短视频，视频里是今天楷江川和"自己"官宣恋情的记者问答——

记者："众所周知，您是星川舞蹈演艺公司的老板，这次您是出于什么考虑，选择了官宣恋情？"

楷江川一脸淡定地回答："只是一个男人应该做的而已。"

记者："您后面会有什么样的规划？"

楷江川回答："后面公司会交给其他人打理，我会逐渐退居幕后。至于小满的计划，我不便替她回答，你们可以亲自问她。"楷江川露出了官方式的微笑。

记者："大家都知道Cindy小姐是您公司的'一姐'，那么，现在您官宣以后，是否会对她的事业有所影响？她是否今后会以老板娘的身份出现在公众视野中？薛雪儿是否会取代Cindy'一姐'的位置？"

楷江川面不改色地回答:"一姐的头衔是之前观众给予许小满的认可,并不是公司自封的。我相信是金子永远会发光,无论她今后想继续当一名舞者,还是退居幕后做管理,道理都是一样的。"

记者:"您会不会担心官宣恋情后,让 Cindy 刚刚好转的口碑再次直线下滑?这个决定您是否是经过深思熟虑呢?"

楷江川一脸轻松,用开玩笑地口吻回答:"不深思熟虑怎么敢接受你们的采访呢?"楷江川笑了笑,"如果口碑下滑了,那不正给我们参加恋综的机会了吗?撒糖和狗粮,保准让你们管饱。"

记者:"《这就是舞蹈》马上就要进入复赛阶段了,您觉得 Cindy 能否夺冠?来自韩国的舞后 Jessie 说,如果 Cindy 夺冠,她则会脱掉 Bra,身穿丁字裤给观众大秀热舞,您对此有何看法?"

楷江川回答:"现在的韩国舞者也太会营销了吧!为了让 Jessie 不感冒,我可能会告诉许小满,让她跳得难度系数小一些!"

记者们发出阵阵笑声。

许小满越看越气,她恨不得冲电话里的荆京吼起来,但碍于王花朵在,她只能低声怒吼。

正在此时,王花朵门也不敲,直接推门而入。只穿着睡衣的许小满下意识地直接用棉被裹住了身体。

许小满不满地问:"敲敲门会死吗?"

王花朵径自走到许小满面前,垂头丧气:"你有没有动我抽屉里的东西?"

许小满穷横地说:"不知道!"

王花朵再次重复,声调明显高了八度:"你有没有动我抽屉里的东西?"就连许小满都感觉到王花朵的愤怒跃然纸上,她从没见过她这样。

于是，她一字不差地偷偷发微信给许小院——"你有没有动过王花朵的抽屉？"

许小院秒回："我把太姥姥的玉佩卖了，换狗。"

许小满回复："……"

此刻，许小满怒火万丈，她不明白自己怎么会摊上这么一个倒霉鬼，她做的坏事却要自己直接来承担。

千言万语的脏话汇聚成六个黑点，发了出去。

许小院立刻回复："请帮我编个理由瞒住她，拜托！"

许小满戏谑地看着许小院的回复，一不做二不休，她心中早已有了决定。

没错，她希望看到王花朵像疯了一样的发疯，她还要继续败坏许小院的名声。她望着王花朵那张像火山即将喷发一样的脸，云淡风轻地说道："我把玉佩卖了，换狗了。"

"什么狗？"

"一只我很喜欢的贵族小狗。"

"它现在在哪儿？"

"我放在宠物医院了，过几天我还要拿回家养！"

"你……"

王花朵欲言又止，"疯了"二字没说出口，但她的神情，已经说明一切。她阴着脸，佝偻着背，走进自己的卧室，锁上房门。仿佛瞬间老了十岁。

出乎意料的结果，反而容易让人心神不宁。

楷江川的官宣，自己生死未卜的前途以及王花朵莫名其妙的反应，这漫长的一天，没有一件事儿是省心的。

她突然想起网络上一些"年过七旬老人在家开煤气自杀"的可怕

消息，于是她起身踮起脚尖走到王花朵门前偷听。

屋里，鸦雀无声，许小满放心地走回卧室。

她回想起王花朵在自己童年时的日常，断定她是那种不会轻易自杀的女人。因为，她一辈子是在吃苦中长大的，吃苦长大的人，内心都不会太脆弱。许小满决定晾着她，毕竟她们根本不亲。

然而，当她回到被子里，闭上眼的刹那，却发现很难入睡。墙壁不隔音，她在房间能听到隔壁王花朵支支吾吾和其他人说话的声音，不时还有抽泣声，在这深夜里，极其瘆人。

许小满踮起脚来到王花朵门前，透过门缝，她看到王花朵在对着相框讲话。相框里是一张二十年前的合照，照片上，王花朵和许军的状态像在热恋期，亲密无间，幸福满溢。照片是他们夫妻俩一手牵着许小院，一手牵着许小满的全家福。许小满一度以为王花朵和许军这些年一直是"老死不相往来"的状态，但是没想到，王花朵还一直挂念着曾经。

或许，王花朵想念的并不是许军那个人，而是他们曾经拥有的那个幸福和甜蜜的阶段以及那时完整的"家"的感觉。

许小满感觉好像有一只蚂蚁在自己身上缓慢爬行，却找不到蚂蚁的存在，抓耳挠腮，酥痒难耐。

她只好戴上耳机，再次点亮手机屏幕，一条深夜直播提醒的消息映入眼帘。既然许小院可以每天用唱歌直播的方式来排解郁闷，那么她现在就是许小院，为什么不可以？

于是，她打开了直播，学着许小院的样子亲切地和粉丝们打招呼："嗨，深夜灵魂唱将又来了，粉丝们好，我们又见面了！"

熟悉的开场白，却是不熟悉的面孔。

瞬间，粉丝在下面炸开了锅，留言飞速滚动，甚至导致许小满没能仔细看清大家在说什么。

床头挂着一排整整齐齐的动物面具,十二生肖的样式,从鼠到猪,一共十二款。许小满看了一下直播屏幕,才发现,自己忘记戴面具了。

一张带着痘痘、纯素颜、肥嘟嘟的大饼脸近乎溢出屏幕,和甜美的声线完全不搭。

粉丝们原本猜想,甜美声线下,是一副美若天仙的天使面孔。

谁承想,这张脸,却是魔鬼一般的存在。几百万粉丝的美梦,瞬间破碎得稀烂。许小满成功地把许小院的形象展示给了众人,也成功毁掉了这个账号的人设。尽管这次,她确实是无意的。

第二十六章 新年快乐（上）

许小院手机屏幕循环播放着一段短视频，那是"自己"在直播间"坦诚相见"后，被粉丝录屏后的录像——

屏幕里，是许小院惊慌失措的表情，以及后续颤抖着的双手，在发现没戴面具后下意识用被子蒙住了脸。

这滑稽且讽刺的一幕被无数网友录制下来，被做成了视频和表情包，像病毒一样传播开来。还有无数草根博主恶搞模仿许小院的动作制成表情包，网友趋之若鹜地前来点赞。

许小院蜷缩在沙发上，睡着了，楷江川何时走的她都不清楚。许小满悄悄走近熟睡的许小院，只见她眼角挂着泪痕。

许小院突然睁开双眼，拿起桌子上的水果刀，以迅雷不及掩耳之势刺向许小满。瞬间，许小满倒地，满地鲜红⋯⋯

许小院在沙发上慵懒地翻了个身，已经是次日中午了。

屋外，雾霾笼罩着整个天空，煤灰渣的味道从窗户缝中渗透进来。

太阳毛茸茸的,像一只留着油的鸭蛋黄,有些腻人。

许小院睁开双眼,眼前是"自己"的一张大脸,她这才反应过来,自己在许小满的身体里。她刚刚被自己的噩梦吓了一跳,看到许小满的一张大脸在眼前,怀疑自己在梦里。

许小满跨过地上所有的酒瓶子,将一杯咖啡递到许小院面前:"喝点吧,醒醒酒!"

许小院闻到香气扑鼻的咖啡,瞬间清醒了,于是傲娇地扭过头去。她知道许小满在表示抱歉和示好,否则她不会殷勤地递过来一杯咖啡。

许小满也知道,她还在因为自己毁掉了她的直播形象而生气。于是,为了避免尴尬,许小满自己喝了一口,却被烫到,又狼狈地忍着烫,硬生生咽了下去,嗓子好似着火般滚烫生疼。

许小院懒得多看许小满一眼,她干脆用毛毯蒙住自己,翻了个身,想继续睡下去。

她真的希望,自己可以一睡不醒。那样,就不用再想起直播的事故,不用面对接下来不知所措的一切。

许小满一把拽起许小院:"这样逃避有用吗?"许小院蒙住头,不说话。

许小满说:"现在是我在扮演你,我比你更紧张。所以,我这不是主动来找你了……"许小满越说越没底气,显然她也知道自己很可能不会被原谅。

许小满见许小院没有回应,于是便拿起手机点餐。"要不要吃个栗子蛋糕,都说吃甜食会开心很多,我允许你用我的身体大吃大喝一天,怎么样?"

……

最怕的就是沉默,空气中弥漫着的静谧,仿佛下一秒就会火山爆发。

这时，窗外汽车的鸣笛声打破了这尴尬的气氛。

今天是今年的最后一天，明天就是元旦了，新的一年，新的一天。但在这一年的最后一天里，却出奇平静。仿佛在平静之下，暗潮涌动着未知的恐惧。

屋内鸦雀无声。

就当许小满打算离开时，许小院突然掀开被子，满脸泪痕地质问："你不是大风大浪都见过吗？这点儿事故对你来说不足挂齿！现在的局面不就是你一直希望的吗？"

许小满想反驳她，因为自己真的不是故意的，可有些真话就是这样，越是无心之过，解释起来越吃力，仿佛说出来就变得一文不值，显得虚假。

于是，她决定放弃解释。

许小满脑海里涌现出千言万语，最后却汇聚成一句："Sorry…"

越真心的歉疚，表现出来的形式就会越敷衍。看似漫不经心，将语言模式调整到最轻浮的频率，是害怕对方看破自己的愧疚和心虚。极其要面子的人，害怕在亲近的人面前被看穿后溃不成军。

或者，她只是想要暴风雨来得更猛烈一些，这样她才能让许小院这个闷葫芦一气呵成地发泄出来，让自己心里更加舒服些。

果然，许小院低声重复了一遍："Sorry…就这？"

许小满梗着脖子说："对，我没想到会造成这样的结果，是我玩过火了……"许小满选择隐瞒自己是无心之过的愚蠢行为，仿佛承认自己是故意为之，才更能代表她的内心，也更符合她在许小院心里的预期和人设。

许小院开始狂吃蛋糕，似乎这样糟践她的身体，才是对她最大的报复。除此之外，她无法做到其他伤害她的行为，她的怯弱和人格都不允许她"胡作非为"。而只有"吃"这样幼稚而愚蠢的行为,才能让她有一点点快感。

许小院满嘴的奶油和残渣,她努力将食物塞进嘴里,才能让自己的泪腺不那么敏感和发达。

"我知道,我在你面前什么也不是,你毁掉我轻而易举。但你知道,直播间是我最珍惜的一个乐园,我宁愿你在现实世界中和我作对,也不希望你干扰在网络中的那个我!"

"我看到了,没想到你的粉丝那么多……"许小满故意避开跟"伤害"二字有关的话题。

"那你为什么还要去祸害另一个世界的我?那是我唯一觉得清净的世界,是你破坏了它,现在我又要拖着丑陋的嘴脸去面对全世界的人了!这些年我被审视够了,被嘲笑了太多次,可惜你永远不会明白!暴露在众目睽睽之下的感觉有多糟糕!它会让你所有的努力变得一文不值,你懂这种感受吗?"

"我理解,因为在这个世界上总会有人戴着有色眼镜去审视你,指责你的缺点,试图击溃你,但你不可能让这些人消失。"

"你不会懂,因为你有一张漂亮的脸蛋,你可以居高临下去面对这个世界,享受你独有的特权……"

"不完全是你想的这样,相貌也是双刃剑,但我现在不想和你探讨这些,也许你应该学会面对真实的自己!"

"所以,这就是你可以任意破坏我的隐私和我的形象的借口?"

许小满顿了顿说:"其实……我真不是故意的……"

许小院露出不屑的神情:"从小你就爱捉弄我,我早分不清你说的话是真是假。"

许小满淡定地说:"随你便吧,但其实我知道,你只是懦弱地不敢面对你的粉丝而已!"

许小院说:"我真搞不懂,为什么你只看到别人的缺陷,并且轻而易举就可以拿来攻击?许小满,是你摧毁了属于我的唯一的个人空间!从小到大,你什么时候跟我承认过你自己的错误呢?"她顿了顿,"是发自真心的那种道歉!"

许小满愣在原地。

其实,她不是没有真心承认过错误,而是当她真心承认错误的时候,她也会故意装作漫不经心,这样才能让她那张不肯低头服输的面子不至于被束之高阁。

许小院起身离开,许小满拉住她,转移话题:"后面的复赛,你打算怎么办?"

许小院冷笑两声:"担心我胡来,影响你的事业?"

许小满不知如何回答,许小院甩开了许小满。

于是,许小满换了一种问法:"楷江川的求婚,你会不会答应?"

许小院幽幽地说:"我打算退赛了。"

许小满大惊,这是她万万不能接受的,只见她一个箭步冲上去,拦住了许小院。

"不可以!许小院,你再好好想想!"

"你有什么权力命令我?"

"我只是希望你能冷静处理,要知道,赢得比赛冠军,是我前半生梦寐以求的目标!你不能因为自己的状态而轻易退赛,起码你应该努力搏一搏,也许'单车变摩托'呢!"

许小院停住脚步,她本来不想争执了,但愤怒溢于言表:"你总是站在你的角度思考问题,你的担心全都是你自己,可你有没有想过我?我现在的状态怎么去应付比赛?我去了难道不会更给你丢脸吗?"

许小满立刻反驳："你不可以这样想！如果你肯去尝试，肯做改变，结果一定不会差的！你可以的，许小院！"许小满的语气近乎哀求，毕竟这涉及自己的人生规划。

许小院不屑一顾："你知道吗，从出生到现在，你从来没有鼓励过我。唯独今天，是我人生中第一次听到你许小满对我的鼓励，只是因为我成了你。说到底，你还是为了你自己！"

许小满不肯罢休："是，我自私，我承认！你骂我什么我都承认，但能不能请你再三思一下你的决定！因为这是我前半生为之奋斗的东西，它对我真的很重要。你试一试，哪怕失败了，我也不会怪你的，真的！"

许小院甩开她，冷静地说："绝不可能！"

许小满抱住许小院的双腿："拜托了，帮帮我。"

许小满半跪在许小院面前，紧紧抱住许小院，许小满不敢抬头去看许小院的眼睛，而许小院也不愿意低头去看自私的许小满。

谁也没想到，姐妹俩为数不多的亲密拥抱，竟然是在这种情况下，真是令人啼笑皆非，唏嘘不已。

许小院苦笑了一下，不由感叹："许小满，你还真是现实，什么都做得出来。"许小院抽出腿，绝情而去。许小满跪在了地上，眼里只有绝望和不甘，她竟然眼圈红了。

是的，这些年，许小满就是在一次次复杂的泥淖中挣扎出来的。要想在复杂的社会中生存，不现实是绝不可能的。

一年的最后一天，下午四点，街道就已经开始进入晚高峰。太阳有气无力地藏在雾霾中，缓慢向西移动。

许小院拉着收拾好的行李，来到楷江川的公寓，已经是晚上十一点了。按照楷江川的计划，明天他们即将远渡海外，开始长达半个月的休假旅行。

楷江川随意在衣橱里抓了几件白色 T 恤和牛仔裤,叠得整整齐齐,将它们按照颜色顺序搭配好成套的装束,放进行李箱。

他的衣橱,基本只有黑白两个色系,没有过渡,也没有跳色,和他做事一样一板一眼,规规矩矩。

楷江川贴心准备好了必备药品,将感冒药、蚊虫叮咬药、胃药、薄荷膏等放进自己的行李袋里。一个大男人是不会这么娇弱的,这些必备药品,都是为"许小满"准备的。

收拾好行李的楷江川,发现"许小满"安静地在沙发上睡着了。他一个公主抱,将"许小满"抱到床上。许小院睁开双眼的刹那,楷江川轻吻了她的额头。然而她的脸上却没有泛起开心,取而代之的是一丝疲惫。

楷江川坐在床头,为她盖好被子:"吵醒你了?"许小院坐起身来,喝了一口水。

她微笑着摇了摇头:"都收拾好了?"

楷江川说:"我把你旅行必备的衣物和洗漱化妆用品都已经让助理准备好,提前寄过去了。一些贴身的常备药,放在我行李里,随时可以用。"

许小院上扬了一下嘴角说道:"谢了,原来你是那么周到……"

楷江川说:"咋了,突然这么见外,虽然我们现在换了一种关系相处,但是你只要做自己就好。"许小院点了点头。

楷江川感叹:"这些年来,你太辛苦了,我不希望看到你那么疲惫,所有的事都自己扛,你生活上的事我来帮你打理,放心吧,一切都交给我!"

许小院无意间看到床头柜抽屉里的老照片,那是一张楷江川毕业时和许小满的合照。相片上，是一对郎才女貌的师哥与师妹，楷江川露出难得一见的笑容，而许小满则是稍稍偏向楷江川那侧，露出矜持又不失礼貌的微笑。

照片的一角有些折损，相片色彩的饱和度也变低了，有些褪色，显然已经放在抽屉里很久了。

许小院拿着相片，楷江川反而有些害羞。毕竟青涩的记忆太过久远，让人回忆起来五味杂陈。

许小院摩挲着照片上微笑的两人，说道："毕业那天的你，应该很快乐吧？"

楷江川回答："不完全是，因为毕业之后，我不确定什么时候我们能再次见到，好在后来你主动联系了我咨询关于就业的事情。"

楷江川不知道的是，就在照片后面舞蹈教室的讲台桌子底下，有一个远焦距虚化的小小黑影，那是许小院的半个脑袋。

青葱校园，老旧的校区。

那是一个炙热的午后，高年级的同学穿着校服，自行三三两两拍着毕业照，仿佛为自己的青春做最后的纪念。

许小院拿着一张 VCD，那是楷江川最喜欢的日本女歌星安室奈美惠的唱碟，是许小院费尽九牛二虎之力才搞到的。她正打算将这个作为毕业礼物送给楷江川，她看到楷江川在舞蹈室独自练习舞蹈，打算偷偷溜进去。

正当她蹑手蹑脚进门的时候，一大堆男同学突然涌入教室，吓得许小院只好藏到讲台桌下面，没有人注意到她。

男同学都是楷江川的哥们儿，他们簇拥着像公主一样的许小满走进教室。此时的许小满换上了紧身的红色舞蹈服，纱织白色短裙系在腰间，像一只随时准备飞向空中的彩蝶，让男生眼前一亮。

一个男生突然坏笑着大喊一声:"楷江川,来和学妹拍照啦!"

另外一个男生接荏儿:"哪里是学妹,是我们的老师!"

又有一个男生打趣儿道:"你们都不对,许小满可是我们的师母!"

男生集体哄笑,楷江川面颊微红:"都给我一边儿去!"

许小满面不改色,拿着舞蹈老师的教鞭,试图轰走这帮高年级男生。然而,她越动怒,男生就越兴奋。

楷江川的可们儿把许小满和楷江川硬生生围成了一个圈,将他俩困在中央。一位同学拿着相机倒数:"三、二、一、茄子!"

众人默契地散开,只剩下楷江川和许小满。而桌子下的许小院,刚好探出头,好巧不巧地误入镜头,不过没被人发现。

她把 VCD 塞到楷江川的包里,从后门偷偷溜走了。

……

许小院看着照片,问道:"如果有一天我变胖了,变丑了,你还会爱我吗?"

楷江川怔了一下:"就凭你对自己身材管理的严格程度,我觉得这种情况根本不会发生。"

语毕,他轻轻摸了摸许小院的头,表示宠爱。

许小院继续发问:"如果我长得和现在不一样,比如我很胖,很臃肿,脾气也不好,还很丑,你还会不会再爱上我?"

楷江川奇怪道:"小满,你是不是刚刚做梦了,总说一些奇奇怪怪的话。"楷江川的表情告诉她,他并不想回答这个问题。

许小院不依不饶:"你回答。"

没有语气的祈使句,让人有种想吵架的不尊重感。许小院直勾勾的眼神仿佛今天就要知道真相。

楷江川也毫不避讳地说道:"如果以后的你不像以前那样,我也会喜欢你，因为你是你。"

这个答案在许小院的心里回想过很多次，她只不过需要通过楷江川之口来证实而已。

"可是，如果我不是我呢？"

"……我知道这段时间你压力很大，别瞎想了，睡觉吧。"

"我问你，如果我长成现在的样子，但是内心和性格却和之前不同，你还会喜欢我吗？"

"傻瓜，我喜欢你，是因为你是独一无二的许小满，你的好，你的缺陷，我都会照单全收。但前提是，你——得是你。"

许小院的眼神突然没有了光，现在的她不过是因为有了妹妹许小满的皮囊，才收获了楷江川的爱情。因为，楷江川终究爱的只是许小满而已，她什么也不是，哪怕她有有趣的灵魂。他始终爱的都是许小满，她只是许小满的"替身"，或者连"替身"都算不上，只是她身体里的过客，这就像一种沉浸式体验人生的游戏。

楷江川又走了回来，他突然想明白了什么，问道："你是不是想起她来了？"许小院太阳穴"突突"跳了起来，她意识到这个"她"指的是自己。

许小院问："谁？"

她期待从心爱的人嘴中听到肯定的答案，这会让她更有安全感。

楷江川平静地说："许小院。"

这三个字宛如一道温暖的阳光，瞬间滋润了她的心房。于是，她提起一丝兴奋地说道："你竟然还记得她？"

楷江川点点头，似回忆状："当然。"

许小院眼中有了光，她期待楷江川说些对她的评价，哪怕一点点就够。

楷江川回答道："我怎么会不记得，你说过，她是你永远不想再见到的人，而我也会和你一样，永远和你统一战线，与她划清界限。"

他蹲下身子，目光炽热地看着许小院说："小满，你是你，她是她，你们根本就是两路人。"楷江川殷勤地拿起水杯，喂许小院喝水，"不要瞎想了，要不是你和她的关系，我绝对不会认识她那样的女孩儿，也不会和她说半句话。"

……

建立情感关系需要很多个不同的时刻，而摧毁一段长久的关系只需一瞬间，一句话，一秒钟，便会使其土崩瓦解，万劫不复。原来属于自己美好的初恋记忆，也是因为许小满的原因，别人才勉强施舍给她的。

世界那么大，其他人都在努力找到同伴，然后结伴同行。孤岛上，只有她一个人而已。"万箭穿心，习惯就好。"

许小院目光呆滞，喃喃自语："原来如此……"

楷江川抱紧许小院说："你说过不让我对外公开你们姐妹的关系，这些年我一直守口如瓶，你放心吧，我不会让她再来打扰你，和我们！"

原来，自己在心爱的人心中，竟是如此的不堪和令人厌恶。

窗外漆黑的天空中，突然燃起烟花。不知不觉间，还有一分钟，就要零点了，街上的人们开始倒数庆祝。

楷江川邀请许小院来到院子里，他从身后环抱住许小院，低头细语道："一起倒数吧，把这些不快乐都忘在今年里。"

许小院僵硬着身体，望着天空中的烟火，仿佛每一朵都在嘲讽地看她的笑话。许小院回过头说道："明天的旅行，我不去了，我想去参加比赛。"

可惜，屋外的噪声太大，楷江川没有听见。许小院又大声地重复了一遍,几乎是喊了出来。

时钟上的秒针,眼看就要到十二点方向,与时针分针相遇。"五、四、三、二、一!"

瞬间,别墅周围的跨年烟火秀和喷泉,随着音乐节拍开始尽情地在空中飞舞。

许小院默默地走回屋里,窗外的一切都已与她无关,这个世界也与她无关。一个人的孤岛分外清净,还有那么多悲伤。人在极度悲伤的时刻,会忘记掉眼泪。

许小院给荆京发信息:"明天六点,练舞室见。"

她决定参加比赛,这次,不是为了别人,她只想挑战自己,她亟须证明自己——我可以!哪怕,借用别人的身体。

此刻,许小院的身影被屋外的灯火拉得颀长无比,忽明忽暗,顶天立地。

新年到了。

第二十七章 新年快乐（下）

距离元旦十四个小时前……

玻璃橱窗前一层乳白色厚厚的哈气，隆冬腊月的小面馆，充斥着市井的烟火气。

这家局促狭窄的小面馆是附近员工午休时最好的觅食处。整个屋子也就十张桌子，从人流密集度和翻台的频率来看，价格低廉，味道不凡。许小满和林豆子并排而坐，等待着数码叫号器响起。

两碗冒着热气的面条端了上来，其中一碗的菜码摆得像金字塔一样，堆满了整个面碗，大概是把菜单上的辅料都加了一遍，而另一碗却只有基础的面条和面汤，寡淡至极。

林豆子从包里拿出准备好的塑料饭盒，里面有榨菜、炒豆芽、凉拌芹菜、卤牛肉，林豆子把一半倒进没有菜码的面碗里，剩下一半，给许小满。

林豆子说："喏，你的。"

许小满推回去:"我点的够了,碗都放不下了。"

林豆子有些扫兴地说道:"以前吃面,你从来都不点他们的菜码,你说我从家带的最好吃。"

许小满不希望林豆子唧唧歪歪,破坏她大快朵颐的气氛。于是,她吸溜着面条,把饭盒夺回来:"行,我一会儿都吃掉就是了。"说罢,她把饭盒里的菜码全部倒在了面碗里。

林豆子笑逐颜开。

许小满把菜和面塞满了嘴,自言自语地感叹:"原来这面吃起来这么爽!这感觉也太赞了!"

林豆子:"你说啥?"

许小满敷衍地回复:"没事儿。好久没吃面条了,真香!"许小满夹起碗里的卤牛肉,配了一口林豆子带的菜码。

"确实香啊,怪不得她胖呢!"许小满碎碎念。

"这种小铺经常这么多人吗?"

"是啊,尤其饭点,很多时候都要排号才吃得上。"

"那我们明天还来吧!你再多带点菜码,你手艺真不错!"

"行!没问题!"林豆子连连答应,不时地看向许小满。

许小满从比她脸都大的面碗里抬起头:"看什么你?"

"没……没啥子。"林豆子的脸"唰"地红了。

许小满看到羞涩朴实的男孩儿,就很想逗逗他。许小满夺过他的筷子:"快说,不然不给你吃!"

林豆子喝了一口自带的水,带着明显的紧张说:"我没想到你竟然是'一只会飞的猪'!"许小满愣了一下才明白,他说的是许小院直播的网名。

许小满的眼神闪过三秒钟的不屑,说:"哦,那个啊,不足挂齿!"

当然，对于许小满来讲，三百万粉丝算啥，要知道，她可是见过专业歌星的，就凭她许小满三个字，现在微博的粉丝也有几千万，像她这种专业跳舞出身的，天生对这种草根小网红就有一种敌意，更别说是许小院了，她最瞧不上这类人。可现在，就是这些所谓的"民间艺术家"，也要在市场上分一杯羹。

许小满反问："你也喜欢看她……哦，不对，你也喜欢看我的直播吗？"

林豆子有些委屈："前几天我和你说过的，你忘记了？"

许小满心想：前几天你肯定是对许小院说过，不是对我啊，我怎么知道！面子上，许小满敷衍道："哦，我忘记了。"她继续，"你说，你为什么喜欢看我的直播？"

林豆子侃侃而谈："因为我觉得你的声线特别有感觉，而且不知道为什么，你写的那些歌就会给我很多力量，最重要的是让我在深夜找到了共鸣！可能也有很多大歌星唱得比你好听，但是，你就像一个邻家妹妹一样，总让我感觉会陪伴在我身边，给我力量！"

许小满总结："亲近感？"林豆子点头。

许小满心想：对啊，自己这些年来，其实最欠缺的就是"亲近感"，或者叫作"接地气儿"。在鱼龙混杂的社会，她早已习惯了自我打拼，习惯了自我武装，给人凌驾于别人之上的感觉，这其实一直是自己的自我保护。

如果自己能够多一些"亲近感"，多多示弱，也许会被更多的人接受，被粉丝认可。

不一会儿，许小满碗里的面就被吃光了。胃里的饱腹感，会让人不知不觉产生困意。

许小满又咕嘟咕嘟喝了一瓶北冰洋，气泡在她嘴里炸裂开来。像这种含糖碳酸饮料，她也很久没喝过了，这一口下去，瞬间感觉大地回春，草长莺飞。

许小满咂吧咂吧嘴："那我问你，你每次看直播的时候，有没有幻想过我的样子？"

"当然，我一直把你当作我的'女神'！"

"可你现在看到我真实的面孔了，你会不会脱粉呢？毕竟，我相信你想象中的女神应该不是我这砢碜的样子吧！"

"不瞒你说，我无数次幻想过她的容貌，甜美少女感的、清纯学姐型的、性感御姐范儿的，但那些都是想象，一个幻象罢了，我猜到了她的样子也许她自己并不满意。"

"为什么？"

"很简单啊，如果她自认为相貌出众，早就不戴面具直播了。当然，也不排除其他因素，只不过这种可能性最大。"

许小满事不关己地陷入思考：嗯，有道理……

林豆子一腔热情地说："但不管她长啥样，我都会一直支持她的！"

许小满反问："真的？男人不都是看脸的？"

林豆子说："我不知道别人，可我就会因为一个人的歌声喜欢上一个人啊，不管她长啥样。我当初甚至想到她的脸上可能有一道很深的伤疤，可这依旧不影响我对她的崇拜！"林豆子突然意识到自己说多了，于是清了清嗓子往回找补，"我指的喜欢是粉丝对歌手的喜欢，你别误会……"

许小满看着林豆子质朴的脸颊，感觉十分亲切。此刻，她是羡慕许小院的，羡慕她有这样的"铁粉"能够欣赏她的内在。

她知道自己的粉丝是黑红参半的，粉丝和大众看到的也不是真实的她，那些人设包装都是经过设计想方设法迎合大众的，只有这样才能获得更多所谓的"喜爱"。而自己面对记者的每一个行为和动作，或是一场采访说出的每一个字句，又都需要各种谨慎和小心，因为稍有不慎就可能脱粉，更有不幸者，还可能从拥趸变为黑粉，最终成为大家诟病的靶子。

她真希望有一个人，能了解她的本性和内在后，依旧爱她。看清了一个人的缺陷但依然去爱，那才是真爱！

世上没有完美情人，林豆子仿佛看出许小满有些出神，便打断她的思路说："不早了，我上个洗手间，然后回单位吧。"

林豆子来到洗手间，他打开直播号，私信给了"一只会飞的猪"——

"希望你早日回到直播间，做你的榜一大哥一万年！"原来，"榜一大哥"竟然是林豆子。

元旦前的最后一天，很多企业提前下班，但作为民生服务业的宠物医院，是要求有人值班的。而这一天，许小满为了躲着家里的"母老虎"王花朵，主动请缨与今日值班的员工进行调换。

王花朵这种"母老虎"，并不是生吞活剥血淋淋吃人的那种，她的"虎性"是体现在她会用尽一切方式折磨你，从而达到自己的目的，软硬兼施。无论是哭闹还是上吊，哪怕是一场漫长且持久的谈话沟通，都是为了让对方服软，以达到她的目的，当年许军就是被她这股劲头折磨走的。

上次因为许小院私自典当玉佩的事，王花朵还耿耿于怀。在一顿爆发后，她开始茶饭不思，一副要死不活的模样，足足坚持了五天。说是折磨她自己，其实是用软刀子折磨许小满。许小满想起年轻时候的王花朵，和许军一言不合，就经常要自杀。有一次，当她回到家，看到了父母吵架后狼藉的家里，王花朵蹲在厨房角落，开着燃气灶，瑟瑟发抖的样子……

许小满不知道这些年许小院是怎么忍辱负重坚持和这样一个女人生活在一起的，她感觉她随时可能做出轻生的行为，这样的担惊受怕日夜折磨着她，令她非常不安。

不知道是不是手机听到了这几天频繁出现的关键词"玉佩"的缘故，直到第六天，"大数据"给她推送了一款玉佩产品，让她茅塞顿开。

她在网上开始搜索玉佩的款式，在确认形状、造型、材质与之前的玉佩一模一样后，她立刻付款拍了下来。

那天傍晚，她把它原封不动放在了王花朵的床头柜上，谎称："妈，玉佩我又赎回来了，喏，给你！"

王花朵仔细端详着玉佩，视若珍宝，目光像雷达一样将其仔仔细细扫射了一遍，随后对着光照处观察透明度，然后用手敲击表面，掂其重量，最后放到耳朵旁听其回响。

许小满站在旁边观察，在这一套"望、闻、问、切"的检查流程完毕后，王花朵目光询问似地看了看许小满。

如果此时有人低头，就会发现许小满穿着拖鞋的两个大脚趾紧紧抠着地面。无疑，她此刻是紧张的。但是，从撒谎这方面讲，她是有经验的，更何况这是善意的谎言。

她用自信的神态望着王花朵，随后变换成了娇嗔的无奈："这下行了吧？宝贝还给你了！"

当然，这些都是许小满提前设计好的动作和台词。许小满哄着王花朵，期待着她的回应。

王花朵听到这句话，仿佛孩子找到了妈，激动得无以言表。她用尽浑身解数抱住许小满，手里紧紧攥着玉佩："回来了！回来了就好！没想到它还能回来！真好呐！"

小时候，许小满闹脾气离家出走后再次回家，都没有过玉佩这样的待遇。自己在亲妈眼里，活得还不如一块玉佩，这就是许小满切实的感受。王花朵仔仔细细用麂皮绒布将玉佩擦拭干净，放进了空置的红色丝绒首饰盒里。

王花朵释然了，她双手一拍围裙："走，孩子，吃饭。"这下，许小满的心算放到肚子里了。她感觉自己就像一个拆弹专家，看到顺利拆弹后，竟然有一种解脱感和成就感。

那天母女二人的晚餐，是许小满在家吃得最轻松和最愉快的一顿。因为王花朵不再抱怨对生活的不满，全程都非常兴奋开心。

夜深了，王花朵换上睡衣准备入睡。她拉开抽屉，拿出玉佩。

从红色丝绒首饰盒的盒底抽出一张照片，是许小满外婆的黑白照片。"妈，成色不如你的那块儿好，你在下面凑合着戴吧！"

"对了，记得，少和别人显摆！这块充其量也就是块高级绿石头。但是啊，这是孩子的心意，是她怕我太难过了！"

"小院这孩子有主意了，一夜之间就好像长大了。"

"长大好啊，不然总傻呵呵地跟着我也不是个事儿！"

"唉，这些年，是我把她保护得太好啦。也是，该放手了！"

黑白照片上的外婆，笑容可掬，和蔼慈祥。这样的碎碎念早已不止一次，外婆一副认真聆听的模样，好似什么都懂。

傍晚将至，冬日的斜阳挂在树梢，懒散且惜力，四点半就要休息了。街道上人烟稀少，行人寥寥无几。

宠物医院的大部分员工已下班回家，就诊部只留下了许小满和林豆子。

林豆子戳了戳许小满，递给她一包零食，一脸兴奋："专业歌手，元旦假期是不是该直播唱歌了？"

许小满看着各种舞蹈视频，敷衍道："哦，回头再说吧！"

林豆子暗示："记得看看私信啥的,说不定'榜一大哥'还会要你微信啥的呢!"

许小满不屑地笑了笑,丝毫没当真。许小满打开直播软件,确实发现很多粉丝给她留言,毕竟自打上次事故之后,已经很多天没有"营业"过了,直播最怕时间拖延和不准时。

她看到私信里,确实有很多粉丝催她尽快更新,而她账号上的粉丝数量,已经直线下滑了。

林豆子看出许小满的心事,他安慰道:"别管其他粉丝,至少我一定会支持你的歌唱事业的!"

"那你下次给我刷个火箭呗!"许小满打趣儿道。

林豆子并没有承认自己是"榜一大哥",他傻乎乎地笑了笑,没有回应。许小满解围:"逗你的!别当真!"

她不知道,林豆子每次直播都是送礼物最多的那个"大哥",网络上的他和现实中的完全不同,似乎他和许小院这种性格的人,更适合在虚拟世界中生活,才能真实且轻松。

林豆子看到许小满心事重重的眉头,憨憨地凑了过来:"最近打算唱哪首歌呀?提前给我剧透一下呗!或者唱两句?"

都说唱跳不分家,可许小满最大的缺陷就是唱歌。她的声线比较沙哑,节奏很好,但音准很差。飙起高音的时候,自己都会把自己吓一跳。楷江川曾经评价:"我只能说,你的肺活量还蛮大的……"如果她能遗传到一副好嗓子,大概如今的事业会更上一层楼吧!当然,基因这东西也是公平的,不可能把好的都留给自己,那她姐姐也太可怜了。

戳中弱点,许小满立刻拒绝:"别做梦了,我不会现在唱的。"

"之前咱们公司年会,你也不是没唱过,来一首吧!就唱之前你

KTV 最喜欢的《痒》!"

啥?许小院还能唱这种让人春心荡漾、曲水流觞的流行歌?可真是让她没想到啊!说罢,林豆子拿手机搜到了伴奏版,开始哼唱起来。

空无一人的宠物医院,他努力拉着许小满制造快乐气氛。许小满不自觉地唱了一句,却根本不在调上。

她尴尬地清了清嗓子解释道:"最近嗓子不太好,我还是跳舞吧!"说罢,她开始随着韵律舞动起来,这让林豆子拍手叫好。

正当他俩旁若无人地嬉戏之时,门铃响了,王花朵穿得像一只北极熊,拎着保温饭桶来到了宠物医院。

"你怎么来了……妈。"末了,她还是加了一个尴尬且短促的"妈"字作为后缀。

要知道,王花朵是非常不喜欢宠物的,她能来宠物医院探望,一定是做足了心理准备,因为,她害怕带毛儿的动物。

"阿姨,您坐,我去给您接水!"林豆子热情地招待,仿佛把自己当成了主人,把医院当成了自己家。要不是叫了阿姨,还真以为林豆子才是她亲儿子。

王花朵拿出家伙什儿,保温桶瞬间变成五只小碗,分别放了三杯鸡、什锦炒饭、翡翠虾仁西蓝花,还有广式花胶鸡汤……

"今儿这儿的宠物不多哈?"王花朵眼观六路、耳听八方,生怕有宠物突然向她袭来。

"是的,因为是假期,很多主人领走自己的宠物了。"林豆子回答。

这才让王花朵放下了半颗心:"哦,我给小院儿做了点儿吃的,怕你们加班没得吃。"

"哇塞,太香了!阿姨,您厨艺真好!"林豆子秒变捧哏大王。许小满虽然内心已经垂涎三尺,脸上却如同冰冷的大理石。

"没事献殷勤,非奸即盗……"许小满嘟囔。

林豆子看出许小满内心的饥饿感,于是给她台阶:"小院,你要不要尝尝,不然全都被我吃了可不好!"

说罢,林豆子冲王花朵眨眨眼,王花朵暗中竖了个大拇指。这样,许小满才肯坐下来。不知不觉已经晚上八点了,又到每天的直播时间了。

许小满的手机开始不断跳出各种催更的提示,有些粉丝干脆出言不逊骂起了脏话,因为要想直播,她需要许小院在她左右护法,否则,凭她一人之力的破锣嗓子,无法完成直播工作。

此时,许小院发来微信:"再不直播粉丝都要掉光了!"

这让许小满心烦意乱,因为她知道,她又务必要去见许小院了。她看了眼手机,便无心再吃。

正在此时,大概是狗狗从大老远闻到了肉菜的扑鼻香气,一只大型的长毛拉布拉多从看护病房蹿出,直接冲着起身收拾碗筷的王花朵扑了过去。

瞬间,王花朵瞳孔放大了十倍,手里的碗筷由于惊吓抛向空中。她来不及躲闪,干脆闭紧了双眼,双手紧紧抓住衣襟,准备迎接这从天而降的热烈"拥抱"。

这时,一位身穿白衣的男子飞速现身,从身后用结实的手臂,温柔地一把揽住王花朵的腰身,完美旋转了一百八十度。

斗转星移,冬去春来,繁花似锦,如梦如幻。浪漫不过一秒,抛在空中的剩饭菜汤完美落在了这位白衣男子的脸和身上。白大褂瞬间被污渍晕染开来,仿佛一朵花一样,在棉布上尽情绽放。

而王花朵却"完好无损"地躺在他的怀里,如她名字一样,绽放开来一朵浪漫的情花。

王花朵站定,这个男子却脱身跑开,将调皮的拉布拉多给拖了回来。

拉布拉多撒娇地舔了舔男子的手，"呼哧呼哧"喘着粗气，仿佛一个做错事儿撒娇的小孩儿。男子摸了摸它的头，宠溺地笑着。一双苍老的手，指节嶙峋，修长整洁。

"我叫陈松青，是院长的朋友，这几天给他代班儿的，叫我陈大夫就好。"

"您好，我是王……"

王花朵伸出手，停在空中，握到的只有空气，陈大夫早已和狗狗站在了一起。相隔五米，王花朵才看清此人的"庐山真面目"。

他大概五十岁的年纪，灰白的头发，瘦骨嶙峋，戴着一副无框透明眼镜，眼眶深陷，胡茬也是灰白两色，唇齿一张一翕间，有种老学究的气质。

王花朵走过去，指了指陈大夫衣服上的污渍："陈大夫，你衣服脏了，我……"还没说完，陈大夫将食指放在嘴前，做了一个嘘声的手势。他从怀中掏出听诊器，只见他搓热手掌，然后手心握住听诊器的扁形听头，用手掌的余温来捂热听头，然后才将它小心翼翼地放在狗狗心脏的位置。

这个细节，被在场所有人尽收眼底。要知道，很少有医生会细致到这种程度的，能完全站在宠物的角度关心它们的冷暖。

纵然是这听诊器接触皮肤的一秒钟，他也担心宠物会因此打个寒颤，引起不适和应激。由此不难推断，这个陈大夫是个非常细心、专业的医生。

陈大夫停了几秒，点点头，才安心地收回听诊器。他牵着拉布拉多路过王花朵身旁，如果此时听诊器放在王花朵的胸口，她心跳的声音大概能把陈大夫的耳朵震聋。

王花朵吞了下口水说道："谢谢你啊，陈大夫，刚才……"

陈大夫客气地回答道："没关系,我只是怕你摔倒惊扰到拉布而已,它心脏最近很不好……"陈大夫温柔地摸了摸拉布的头。

"……"

拉布得意地看向王花朵,俏皮地吐着舌头,甩了甩头,貌似在说:"少和我争宠。"

走路生风的陈大夫仙风道骨,如祥云般从王花朵身旁飘走了。王花朵的世界也跟着黯淡下来,从小鹿乱撞到心如止水不过一秒钟而已。

俗话说,"老房子着火,烧起来没救"。而在王花朵看来,是这老房子刚烧起来,还没热乎就被一盆冰水浇灭,而且浇得彻底,使她狼狈不堪,让人无地自容。

许小满嘴角动了动,一副看戏的表情:"精彩!总算轮到她遇到劲敌了!"

许小满来到自己的别墅,已经是晚上九点了。几天没见,她的房间已经认不出来了。

床的周围摆满了很多小动物的毛绒玩具,就连床单被罩也换成了卡通图案的。她来到化妆间,将一抽屉的化妆品倒进自己的包里。又来到衣帽间,挑了几件偏成熟的衣服和外套,将它们一起塞进包里。

许小满看到自己的屋里多了很多小玩意儿,嫌弃地拎起一只躺在地板上的毛绒熊反问:"许小院,你以为自己是在动物园吗?"

许小院俨然有了当家作主的感觉,她一边儿咬着流油的汉堡,一边喝着可乐说:"偶尔给许小满换一下风格也不是不行,毕竟现在你的人气不如从前了。"

许小满用指尖指着她鼻尖:"你……!"她眼珠一转,话锋一转,"你的网络人气也一样呀!还有脸说我!"

许小院直指要害地说道:"不会唱歌就早说嘛,我把我唱的歌已经录在这个 U 盘里了，回头你对着镜子练几遍，必须要直播的时候记得声画对位，目前也只好这样了。"

许小满说："实在不行，我跳舞就是了，以前粉丝都没见过你在直播的时候跳舞，这么一来，你的粉丝肯定会重新暴涨！"

"那可不行！万一我们变身回去，我不会跳舞了可怎么办？"

"那就不关我的事儿了，反正我让你涨粉了。"许小满耸耸肩。

"为什么你做的每一个决定都完全不考虑别人的感受呢？你的这种自私是刻在骨子里的，真让人无语！"

"难道你退赛的决定，不是自私的表现？"

"你要我现在去参加复赛，最终是在羞辱你自己，因为我现在的状态是不可能有好成绩的！"

"距离比赛没多久了，是你不可能做到，还是你根本不想去做到？不想去为之努力？"

"我不是你！"

"你知道吗？在此之前，我的每一次成功，都是在我预设失败的情况下发生的，但即使这样，我也会为每一次的不可能尽全力去拼搏，做到最好！这就是我与你这个 loser 的区别！"

许小院把 U 盘塞到了许小满的包里，然后下了逐客令。

"你走吧，我一会儿也要打包行李去楷江川那里，明天一早我们的飞机。"

许小满一脸嫌弃地看着满地的垃圾食品说："堕落！"

许小院把许小满送到门口，许小满突然想起什么似的："对了，你妈那儿……老房子着火了！"

"我妈受伤了吗？"

"不是，不是，我的意思是——你妈恋爱了！"

"啊?"

"你放心,这事儿我见得多了,黄昏恋嘛,现在老人家都喜欢搞这一套。"

"等等,对方是谁?"

"是个兽医。"

"我妈生平最怕动物,最怵医院,怎么可能喜欢上一个兽医?"

"那就要问你自己了,不过那个老头感觉很难搞的,必须得让王花朵好好下下功夫。不过这种女追男生的事儿,我比你在行,交给我,保证让你妈一夜回春,重返十八!"

"许小满,你不许乱来。这些年,她好不容易从许军的离婚阴影中走出来了,她不能再受伤了!"许小院厉色道。

"受伤了就再爬起来,有什么大不了的!你就是被你妈'毒害'的一代,做温室的花朵做惯了!结果变成了一个废物。"许小满不放过每一个毒舌的机会。

"许小满,你搞我就够了,坚决不可以再搞我妈!否则,我一定……"许小院气得不行,五脏六腑都搅在了一起,可就是说不出后半句话来。

许小满戏谑地嘲笑:"你说呀,你说一定怎么样我呢?就凭你?哈哈哈哈!"

许小满大摇大摆地走出别墅大门,还不忘嘲讽地冲她挥挥手。

"元旦快乐!猪头院!"

许小院捶胸顿足,抓耳挠腮,最后一跺脚,只说了一句:"气死我了!"

夜里十一点,许小满回到家。按照平时王花朵的习惯,此时饭桌上一定会出现一顿夜宵:云吞、饺子、小米粥,而今天却光秃秃的啥也没有。

平时这点儿，王花朵早已进入了梦乡，而今天她的卧室竟然传来阵阵欢笑。

许小满从门缝观望，王花朵的卧室此刻恍如白昼，洗完澡的她正试着新衣服，对着镜子摆弄着自己的发型。

旁边CCTV6电影频道播放着一部和她年龄一样大的好莱坞爱情喜剧。王花朵一边"对镜贴花黄"，一边跟着电影窃笑。深夜之中，也是有些瘆人的。

"我回来了。"

王花朵也不见外，直接把她拉进卧室问："我这收拾衣柜，发现几件没穿过的新衣服，你快来帮我看看哪个好看啊？"

许小满从书包里掏出化妆品和新衣服说道："我同事今天也给我带了些她淘汰的衣服和化妆品，都是比较成熟的款，你没事儿的时候试试呗！"

王花朵拿起一件针织衫："哟，这摸着像羊绒呢，可贵了吧？"

许小满假装不知道："我哪知道这牌子，反正听她说都是过季的。"

王花朵在镜子前比画，脸上不自觉地溢出了笑容，仿佛瞬间年轻了二十岁。令人心动的爱情，才是女人最好的化妆品。

许小满扫了一眼衣柜，用最快的速度拎起一条老式针织裙，然后拿起带来的皮夹克，两件叠搭在一起，对着镜子比划。

王花朵立刻抢过许小满手里的两件套，像发现新大陆似的，眼冒星星："哟！这么搭配好看啊！平时没看出来你有时尚这方面的天赋，可以啊，小院儿！"

许小满内心呐喊："拜托，我能和那头土得掉渣的'猪'比吗？"

"那你先试着，我去睡觉了。"

王花朵突然叫住许小满："对了，妈还有个事儿……"

许小满回眸："咋？"

王花朵快步来到许小满旁边，不自觉地拉了拉她的胳膊，有些吞吞吐吐道："就是……大概半个月前，你说有个朋友养了一条狗狗，你当时特别想买，特别名贵的品种，叫啥来着？"

许小满猜到她指的应该是杜子藤的狗："魏玛犬？"

"对对对！没事儿，妈就是问问，那小狗现在怎么样了呀？"

王花朵一生不爱宠物，她这回主动提起，一定是"别有用心"。

"哦，前几天那朋友还说，让我带他狗狗去做个体检呢！"

许小满把丘比特之箭递给王花朵，不过，射不射得中就要看她自己了。

"好啊，好啊！到时候咱们一起，我一会儿先官网预约一下陈大夫，就明天吧！"

"行！"

此时，正好零点。新的一年开始了。

第二十八章

神啊，救救我吧！

新年伊始，是各路神明最累的时候。每个人都在此时心怀憧憬，渴望得到福旺运气的加持。新的一年就在一声声的祈福中，随着推杯换盏的碰撞声开始了。

一觉醒来，楷江川发来微信——

"要不要去老地方拜一下？"

许小院回复："不了。"

别墅的房间透过清晨第一缕阳光，亲吻着许小院的脸颊，她把手机扔到一边，滚到床的另一侧，仰头大睡。

杜子藤和许小满驱车来到寺庙。它是坐落在北京郊外的长城脚下一座不起眼的寺庙。

下半年是全市流感高发期，餐厅受到大面积影响。杜子藤作为一名餐饮创业者希望迎来新的春天，于是他询问许小满是否知道哪里许愿最灵。

许小满脱口而出——远光寺。

可以说，这里是许小满的秘密基地，就连助理荆京都不知道。

每逢她心生困顿之时，便会来到这里，和佛像交流沟通，获取力量。要不是对事业有信仰，恐怕这些年，她也很难摸爬滚打坚持下来。

正直晌午，阳光普照，岁月静好。院落没有鸟语花香的精致，而是残垣断壁的清幽。

据寺庙师父说，该寺庙是因明朝戚继光将军在修筑长城期间日夜前往这里诵读《金刚经》而得名，正因如此，才助万里长城修建后能够抵御外敌，屹立不倒。

二人登过三十三级福禄寿喜台阶后，来到主殿，四尊永乐年间的佛像抬头可见。许小满原地凝视，住持熟悉的声音从身后传来："小姑娘，看久了是不是感觉他们在冲你微笑？"

师父将香火奉上，许小满、杜子藤双手接过，将香火举过头顶，在住持的诵经中，与神明交换心意，杜子藤跟着许小满的动作，一一照做。

住持仔细端详着许小满说道："举手投足间，好似在哪儿见过你！"

许小满笑了笑，是啊，以前她是这里的常客，只不过现在用了许小院的身体而已。

大概是住持"慧眼识珠"，能感受到某种似曾相识的气息。住持将福牌递给许小满，可在上面写上姓名和心愿，挂在院子里的许愿树上。

许小满在福牌上写好许小院的名字，然后写下——所得皆所愿。她双手合十，虔诚信奉，不知是为另一个她，还是为自己。

最终，将它挂在树梢之上。

阳光照耀下，透明的空气里，香灰飘浮空中，透彻且清晰。半亩花田，世俗人间。

师父看着香火，对许小满说："你的香火很旺，愿望终会达成。"

太阳升起，阳光洒在院落中，冬日的风在这禅院之间似乎也不敢锋利，变得悠然自得。佛香上的金粉吹拂在庙堂之上，石匾上"真心明澈"四个字通透警醒。

春祺夏安，秋绥冬禧。

杜子藤走出大殿，问道："小院，你许了什么愿？"

许小满笑而不答，反问："你呢？"

杜子藤说："我希望今年店里生意兴隆，我妈长寿健康。"

许小满说道："没了？"

杜子藤回复："没了。"

许小满问道："没有关于我们俩的吗？"

杜子藤一时间不知道该说些什么，两人的手不经意碰在一起，杜子藤只说了一句："对不起。"

这句对不起是因为碰撞而道歉，还是因为感情？许小满捉摸不透。

但杜子藤的迟疑让她确信了一件事儿，杜子藤并不喜欢许小院，至少不是天雷碰地火的爱情。

二人正要离开，碰巧遇到从侧厢走出来的薛雪儿——还真是冤家路窄呀！

许小满下意识地绕道而行，下一秒又想，自己现在是许小院呀！反正她也认不出来！

薛雪儿看到杜子藤，仔细辨认后，招招手，走了过来："太巧了吧，子藤，没想到在这儿遇见你！"薛雪儿大方地打着招呼。

杜子藤热情中带着兴奋："雪儿，好久不见！"

两人来了个西式拥抱，与这里的环境格格不入。许小满下意识地挽住杜子藤的胳膊，宣示主权，这大概就是女人的天性吧。

薛雪儿上下打量着许小满,只见她身材臃肿,体态浑圆,穿着棉衣、棉靴、戴着棉帽子的她,更像一个大雪球。

薛雪儿忽闪着大眼睛:"子藤,还没介绍你旁边这位呢?"

杜子藤顿了顿:"是我……朋友,小院儿。"果然,没有"女"字。

薛雪儿妩媚的眼睛眯成了缝儿,打趣儿道:"是很亲密的朋友吧?"

杜子藤开玩笑地说:"一般一般,世界第三,也是刚认识而已。"杜子藤下意识地甩了甩许小满的手,但许小满并没有放开。

薛雪儿意识到眼前的胖妹并无主权,于是开始主动进攻:"之前还经常在公司楼下看到你来接Cindy,可自从Cindy出事儿之后,你好像再也没来过!"

许小满知道,薛雪儿这是在套近乎了。

"是啊,也没什么机会去了。"

"和她还联系吗?我也很久没见过她了,她这几天很少来公司。"

许小满直勾勾盯着薛雪儿,内心呐喊:"老娘就在你眼跟前儿呢!"

"我和小满联系也不多。"

薛雪儿继续:"那过几天我们有演出,你要没事儿一起来玩儿啊!"

"行!"

"我们是不是还没有微信呢?到时候有了节目单我通知你。"

"好。"

杜子藤立刻拿出手机。

许小满的头摇得像个拨浪鼓,一会儿看向杜子藤,一会儿看向薛雪儿,可他们直勾勾只盯着彼此,没有人注意到许小满。

回到车里,杜子藤还在和薛雪儿热络地发着表情包聊微信。这一切都被许小满看在眼里,她突然想起互换身体的那一天,杜子藤和许小院的亲昵瞬间,忍不住要替姐姐发问。

日上三竿，阳光爬上车顶，车内的光线暗了下来。

许小满突然看向杜子藤，直接了断："你觉得我怎么样啊？"

杜子藤倒也自如："相处起来不费劲，尤其我妈，她很喜欢你。"

许小满直指要害："那你呢？你喜欢我吗？"

杜子藤摸了一下鼻子："这些年我接触过很多女孩子，有自己认识的，也有我妈介绍的，可我现在并不想结婚，也没想好今后会和什么样的女孩儿结婚。"

许小满心想，之前他也和自己说过类似的话。

杜子藤两只眼睛突然闪着光泽说："小院儿，你是个很好的女孩儿，我不想伤害你，所以我要提前告诉你我的想法。这些天我和你接触，你善良、温柔、单纯，但是这种关系更像朋友之间、兄妹之间的感觉，缺少了一种悸动和激情。我认为，爱情是需要火花的，我不知道今后我们之间会不会有！"

杜子藤筒子倒豆子，一股脑说了出来。

许小满打断："好了，别再往下说了。"

许小满不是不忍心再听，而是她早已完全理解了杜子藤的感觉。

杜子藤说："可能小时候我妈太专横了，让我缺少了主见。所以，现在的我很多时候会很迷茫，让我不知道自己适合什么样的爱情，以及未来想要什么样的生活。"

杜子藤打开一瓶可乐，喝了一口："不过，我觉得我早晚会整明白的。"

许小满点点头："嗯，既然如此，那我们还是自由的。"

杜子藤说："一直如此。"

许小满说："我其实挺高兴，你至少坦白地告诉了我。"

杜子藤说："小院儿，你是个好女孩儿。"

"那顾兰阿姨那边……"许小满问。

杜子藤说:"早晚要和她摊牌,她做这种牵红线的事儿也不是一次两次了。"杜子藤透露着作为儿子的无奈,继续道:"说出来轻松多了,我们还是朋友,今后我家爱玛还需要你的帮助呢!"

许小满一拍胸脯:"没问题。"杜子藤启动车子,打道回府。

许小满突然明白了,曾经杜子藤在面对自己的时候,很多时候都是在逞强,大概是遇强则强,男孩子都不希望在优秀的女孩面前掉面子。而在许小院面前,才展示出杜子藤真实的另一面——更加生动、真挚、少年感的一面,而这才是完整的他。

许小满突然释然了,因为她喜欢的杜子藤恰恰就是另一面的。

许小满戴上墨镜,慵懒地看向窗外。顺颂时宜,百事从欢。

太阳东升西落,冬至之后,白天变长了。

许小满回到家里,果然今天的饭桌上又没有热腾腾的饭菜,取而代之的,是一束新鲜的向日葵和尤加利。

她走进屋,做梦一样,发现王花朵正给狗狗洗澡呢!手机里,是她和陈大夫"叽哩咕噜"的视频。

陈大夫的声音宛如一股清泉,中和了王花朵一惊一乍的语气。就连和他说话,王花朵的声音都变得轻柔了起来。

王花朵看到许小满回来,立刻挂断电话:"不说了,拜拜了,陈大夫,我们改日见。"她给小飞猪擦干身体,满脸笑意,掩饰不住的喜悦。

当她抬起头,看到回家的小满,又瞬间装作严肃且忙碌的样子,只可惜演技太差。许小满直勾勾盯着王花朵。

王花朵不解:"看啥啊?"

许小满指了指饭桌:"饭呢?"

她两手一拍围裙:"哎呀,忘了忘了,"她抬头看表,已经六点半了,

"来不及了,你叫外卖吧!"

"……"

许小满叫了一桌子外卖:披萨、沙拉、意面、浓汤、提拉米苏……总之是很多王花朵没吃过的西餐。许小满大快朵颐,很久没吃过这些了。

王花朵虽然厨艺精湛,做的饭菜喷香扑鼻,美味可口,但大多以中餐为主。她看着这一桌子既熟悉又陌生的食物,感叹:"上次吃这些外国佬的吃食,貌似还是二十年前和你爸过的那次情人节。那时候,我们想尝试一次洋范儿,但谁也没想到那是最后一次过洋节……"

小飞猪脖子上拴了个铃铛,它凑到王花朵脚下,打断王花朵的思绪。她拿起一块牛肉,放到狗狗嘴里。

许小满看到,低声道:"我的牛排……"

王花朵用叉子敲了敲饭盒,看向许小满:"急啥,盘里还有……"

王花朵拍了拍小飞猪的头,抛出一个球形玩具说:"去那边儿玩吧!"小飞猪听话地蹿到屋内另一头。

许小满观察着这一切,似乎闻所未闻,见所未见,她真想录下来给许小院看看王花朵这样的变化。

一夜之间,她好像变得年轻了,更有活力了,接受小动物了,也有了新生活的感觉。

因为家里少了王花朵的各种唠叨,反而增进了二人的感情。而这一切,都要归功于王花朵吃了陈医生这颗良药之后。

在许小满的心里,陈医生不仅是宠物们的好医生,而且对于王花朵这类病人,似乎还治好了她更年期的精神内耗。

王花朵坐立不安,许小满从柜子里拿出一壶鹿茸酒,拿出两个酒盅,给王花朵和自己斟上。

许小满察言观色,率先打开了话匣子:"这鹿茸酒自从许军离开,就没人再碰过吧！你看，上面一层灰。"

"从许军带走许小满这孩子，二十年了，没人动过。"

"咱母女俩这么多年也没喝过酒，来，整点儿！"

王花朵感觉眼前的许小院跟换了一个人似的，一夜之间变成了大姐大。王花朵呷摸了一口，辣得直皱眉。

"妈，我觉得你最近状态挺好的。"

王花朵拿起手机点亮屏幕，看没有微信，于是用息屏模式当镜子照了照自己："嗯，我自己也觉得更有活力了。"

"陈大夫估计现在也有同样的感觉吧！"

搭配上许小满不可置否的一脸坏笑，王花朵干脆怒饮一杯。

"哎哟，你说啥呀！陈大夫的确是个好医生！他今天还视频教我给狗狗洗澡呢！"

许小满说："是不是个好男人就要你自己品喽。"她夺过王花朵手里的披萨，一脸八卦相，"话说，你们进展到啥程度了？"

王花朵心花怒放，早已食不知味，手里的食物被抢走，也全然不知。"哎哟，我都五十多了，还想那么多干嘛，就是感觉见到他啊，就跟小时候过年了一样！俩字儿：快活！"

王花朵说完，自己又干了一杯。

许小满一拍桌子："这感觉就对了呀！说明你俩有戏！"

王花朵给小满斟酒，她面色一沉，顿了顿："这次，你不会不同意吧？我不想和你多说，是怕你生我气。"

许小满瞪大眼睛："我为什么会不同意？我恨不得你们立刻在一起，给我找一个后爸！"

王花朵说："你忘了？三年前我开面馆那时候，隔壁邻居王叔经常给我送饭，晚上接我回家，后来还经常请我看京剧，我本来以为他是喜欢我的，但谁知道是盯着我这小面馆的生意呢！他想一起加盟，从这儿骗钱！那次之后，我痛不欲生，你说过不让我再找老伴儿了。"

许小满明白，这是许小院干的事儿。她一拍脑门说道："哎呀，忘记了，之前的事儿就过去吧，我现在非常支持你勇敢去爱！"

王花朵不敢相信："真的？"

许小满和她碰杯："真的，这次我不会再限制你去恋爱，我会非常支持你大胆去爱！陈大夫不仅是个好医生，而且还会是个好男人。从他对待小动物就能看得出来。即使不是，我也希望你去大胆体验，拥有一次难能可贵的恋爱经历，还有什么比五十岁遇到真爱更浪漫的事儿呢！"

母女二人干杯。

"小院，我没想到你会支持我……我其实知道你之前为啥不同意我再婚，是因为你害怕我再次受伤，像当年和许军离婚一样，好长一段时间走不出来，你也担心我会对你减少关注……"

"每个人都有选择自己人生的权利，人生就应该自己做主，做自己想做的任何决定，然后微笑着接受每一种结果，不论好坏，都会成为我们不可磨灭的人生经验。"

王花朵不胜酒力，几杯下肚，面色绯红。

她看着许小满："你说的对，其实这些年我根本没恨过许军。很多次他来找我要钱，只要有，我都会给他。我知道他生性爱赌，是改不了的，这有什么办法呢！有时候不能改变别人，就慢慢改变自己。这些年，妈经常唠叨你，希望你按照我的想法去做，但当我遇到陈大夫，我才明白，很多时候，我们都需要放手一搏！"

许小满点点头，抱紧了王花朵。这个拥抱，如此热烈！

王花朵说："突然想起你妹妹了，不知道她怎么样，好久没见她了，还挺想她。那丫头跟倔驴一样,从来不给家里打一个电话。"

"妈,你放心,她伶牙俐齿的,饿不死,过得一定不比咱差。"许小满说这句的时候,眼眶湿润了。

"她那个行业哪有那么容易,竞争多激烈!当年怪我,钱啊、能力啊啥啥都没有,所以才让你妹妹小满跟着许军,不然,我怎么能便宜了那个糟老头。现在你们都长大了,也用不上我养活了,我这一辈子,想起来也够窝囊!"

"啥窝囊不窝囊的,你付出的够多了。今后的日子,你只要开开心心,做你想做的,少为我操心,就好。"

许小满想起什么似的,掏出包里两张入场券说:"这是明天《这就是舞蹈》的观众入场券,你和陈大夫约会就一起去这里吧!有音乐,有舞蹈,一起乐呵乐呵!"

"这是小满参加的那个节目吗?"

"对!"许小满没想到王花朵竟然知道这是她参赛的节目。

"你怎么会有VIP票啊?"

"她给我的。"许小满假装不经意地说。

"你们见面了?"

"是,上个月我去采访她了,这次如果她成功闯关,就进入决赛了,到时候你去观战,为她助威,小满一定会非常高兴的!"

许小满心想:如果王花朵能到现场,台上的许小院一定会备受鼓舞。而王花朵看到多年未见的自己,也会开心幸福吧!

王花朵看着门票,摩挲着票面上许小满的头像,激动地眼含热泪。在许小满眼中,王花朵仿佛绽放了,突然变得像她的名字那般美丽。她突然想起今天寺庙里的师父和她说过的八个字——山止川行,风禾尽起。

第二十九章 乱上加乱

演出还没开始,舞台前已是人山人海。

场控在舞台前使出浑身解数给大家讲着段子,目的是采录现场观众自然大笑场面的特写,但笑了三次后,观众明显疲惫了。场控干脆直接诱导观众摆拍出鼓掌、欢呼的场面,观众一遍一遍机械重复着这些动作,活像一群被操控的智能机器人。

后台备采厅,更是一番热闹景象。

许小院已经换好了演出装备,坐在洗手间的马桶上,她看着镜子前的自己,又开始紧张地踱步。荆京礼貌性地敲了敲门,然后直接走了进来。

荆京说:"我就知道,你在这里。"

他拿出兜里的棒棒糖,许小院熟练地拆开包装,塞进嘴里。

荆京说:"现在你吃糖的样子,和Cindy姐第一次演出时的那劲儿一模一样。"许小院听到这个更加紧张,一口咬碎了棒棒糖,纤维仿佛细碎的玻璃碴，融化在嘴里，咬起来有些粘牙。

许小院吐出来，问道："今天看比赛的人多吗？"

荆京说："比初赛人多，但你不必紧张，把这次演出当作这几天的日常训练，只要按照你训练的成果正常发挥就好，结果嘛……"荆京停顿了一下，"不重要。"

虽然只有两秒钟的语顿，但内心敏感的许小院更加确信，这场比赛对于妹妹许小满的重要性。而荆京对于她的理解，更让她想要加倍努力。此刻，她只能进，不能退。

随着激情的音乐缓缓响起，台上主持人："有请我们下一位受人瞩目的头号选手，Cindy 小姐登台亮相！"

舞台瞬间暗了下来，和刚刚喧闹的张灯结彩不同，此刻，穹顶像夜空一样，星罗密布，忽明忽暗，把观众的情绪瞬间调动了起来，大家屏气凝神，期待着主角的出场。

此时，吊着威亚的许小院从天空缓缓飘了下来，简单的纱质白色短裙，更加衬托出她纯洁的气质。

美妙简单的旋律，伴随许小院稚嫩简单的舞姿，甚至有些跌跌撞撞，像一只嗷嗷待哺的小天鹅，在泥淖沼泽中，努力学习着飞翔。她用简单的舞步演绎出一名刚刚入行的舞者的情绪，虽然心怀梦想，却步履踌躇。

演出进行到第二幕，乐声变得亢奋，旋律加快，简单的纱质短裙变成了长裙，多出的裙摆让此刻的主角显得更加成熟。舞台上，日升月落，在蓝粉色的光色中，一轮朝阳正在升起，黎明静悄悄地来到。许小院姿态轻盈优美，悠闲地舞动，比之前更加成熟，高雅，仿佛一只即将高飞的天鹅。狭窄的池塘已无法满足她的栖息要求，她需要一片更加宽阔的湖泊。

随着乐曲越发高昂,最具挑战的一段舞曲开始了,浓烈且刚劲,炽热而魅惑。白色的裙摆逐渐长出了黑色的羽毛,她幻化成了一只黑色的天鹅,困在了自己的世界,踌躇且痛苦。

许小院努力用舞步刻画着许小满的形象,在台上尽情舞动的许小院似乎在舞蹈中更加理解了妹妹许小满这些年来的进步、委屈、成长、辉煌。在她的演绎中,她进一步走进了妹妹小满的内心,两个人的心,不知不觉更加靠近了。

这出舞蹈,正是出自荆京之手,他用了"起、承、转、合"四幕式的手法,合理缩减了许小院因舞技不够成熟而无法支撑的演出时长,并且设计了充满意境的舞美效果,来为她的舞蹈加持助兴。整个舞蹈的意义,不仅是一场个人舞蹈秀,还赋予了这段高雅的舞蹈通俗的意义——从稚嫩到成熟,就像一朵荆棘中的花,最终必然会绽放。它不仅可以让每一位舞者有所共鸣,并且当黑色的羽翼逐渐丰满之时,更是像极了许小满的样子。一只黑天鹅即将出世,她是那么与众不同,她渴望自由,不受世俗的影响,一路横冲直撞,时而昂首挺胸,时而曲颈低头,纵然头破血流,也在所不惜。至少,她一直保持着对这个行业的初心,在这个云谲波诡的行业中,努力寻找着方向,真诚且勇敢!

台下,王花朵和陈医生并排而坐,王花朵是个俗人,但她仿佛突然理解了这些年许小满的事业和选择。纵然这些年没有她的陪伴,她却通过这十分钟的舞蹈,仿佛理解了女儿这些年的挣扎和不易。

她的眼眶湿润了,因为今天是她和陈医生的第一次约会,她化了个大浓妆,显得十分用力,反而没有之前自然生动,但当她问陈医生今天自己是否好看的时候,陈医生愣了几秒,还是淡淡笑了笑,肯定地说出了"好看"二字。

暧昧的灯光下,陈医生从兜里掏出一条蓝色格纹手帕,大概是老医生的职业病，兜里总爱揣着一条手帕。陈医生是个体面人儿，手帕特别干净，并且有着多年水洗后的褶皱感。一种时间的质感在手帕中留了下来，他用它给王花朵擦了擦眼泪，王花朵接过手帕，攥在了手里，不肯松开手，仿佛要在上面留下自己的痕迹——和陈医生共度一生的期许。

王花朵攥紧手帕，不肯放手。陈医生干脆直接用骨感的大手掌包裹住王花朵粗糙的小手，王花朵一激动，干脆随着音乐的情绪，大哭起来。陈医生往王花朵的方向靠了靠，给了她坚实的臂膀，王花朵情不自禁地靠在上面，鼻涕眼泪都蹭在了陈医生整洁的衣服上。

舞台上，许小院渐入佳境，化身为一只黑天鹅翩翩起舞。她突然看到台下王花朵和陈医生的身影，二人正在你侬我侬，顿时大脑一片空白，导致动作漏了一拍。

原本投入演绎的她，瞬间被打回许小院的原型，她观察着台下黑压压的观众，眼神中透出恐惧。

而正在此时，同样在 VIP 备采室，楷江川、薛雪儿两人也正在大屏幕前，紧张地盯着屏幕上许小院的一呼一吸。在许小院的舞蹈动作漏掉一拍之际，楷江川不自觉地喝了一口二十年的香槟。

薛雪儿立刻起身道："我去去就来！"

薛雪儿在演播室拿起一块写有"Cindy 小满"的粉丝灯牌，随后冲了出去。她来到她的粉丝区，带头举起了带有"Cindy 小满"的灯牌。

粉头明白了薛雪儿的意图，于是在她的号召下，大家纷纷举起"加油"的灯牌，与薛雪儿一同"摇旗呐喊"，瞬间在粉丝区亮起一片灯海。

台上，许小院看到大家的支持和鼓励，她知道此刻她没有理由放弃。当她再次看到王花朵的时候，她竟然发现王花朵和陈大夫正在接吻！电光石火间，她脑海里飘过母亲这些年和她在一起度过的每一寸时光。

貌似从小到大的各种重要日子里，都少不了母亲王花朵的陪伴。比如高中时期的成人礼，大学时期的毕业典礼，这些年工作以后王花朵每天晚上在她下班后，出入最多的地方就是厨房。生活中，王花朵既是她的妈妈，又像是一个面面俱到又比她成熟的好闺密，默默照料着她的一切。

如今，台上的许小院知道，今后的王花朵要有自己的生活了。这些年，每当王花朵要找对象的时候，许小院就会不断挑刺儿，她生怕对方再次伤害了妈妈，更怕自己失去她唯一的好朋友王花朵。

说是王花朵习惯了包办代替，也许更是许小院一直不愿意走出舒适圈，害怕外面的世界。

而此时，她正在以另一种新的身份面对王花朵，在她适应许小满身体的这段时间里，也让许小院自己走出了曾经一成不变的生活，此时的她正在体验新的挑战，而这种迎接新生活的感觉，使她有了新的感受，这种感受是复杂且美妙的，所以，她有什么理由不让王花朵尝试一下呢？

她知道，她该学会放手了，或者说该学会主动离开了，就像蒲公英离开母体，飘落到某个不知名的土壤上，风吹雨淋，生根发芽。

台前，许小院和王花朵的眼神电流相交，那一刻的两人却同时有了默契和勇气。

等风来，不如追风去。那一刻，她们用眼神告诉彼此，她们都要继续向生活前行，但彼此还是对方的唯一。

许小院长出了黑色的天鹅羽翼，重新跟上了音乐的节奏，一鼓作气完成了演出，在大家的掌声中，许小院完美谢幕。

观众席的角落，许小满戴着口罩看着台上的"自己"，为她鼓掌。这次，她不是为了自己进入决赛开心，而是为了许小院！

薛雪儿从观众席偷偷溜走，她来到 VIP 厅，看到楷江川正在屋里激动得手舞足蹈，可当她进门时，楷江川又恢复平静，好像什么都没有发生过。

楷江川给薛雪儿和自己倒了一杯香槟说："刚刚谢谢你。"

薛雪儿与他对视，而正在此时，屋里的灯突然闪了一下，忽明忽暗。

正当二人把酒言欢时，楷江川和薛雪儿同时感到一阵眩晕，两人的酒量怎么是一杯香槟就倒的？

两人倒在沙发上，酒杯落地。

当楷江川醒来时，发现是在杜子藤的车上。

杜子藤贴心地说："你醒啦？"楷江川吓了一个激灵。

杜子藤把车停在薛雪儿家的楼下，为她殷勤地解开安全带。

"刚刚是我把你从公司接出来的，看你一路都在睡觉，现在到家了，快上去吧！"

杜子藤近乎和楷江川贴面，吓得楷江川立刻解开安全带，跳出车门。他一路小跑，找到一扇玻璃门一照才发现——自己变成了薛雪儿的样子！

而另一边，薛雪儿在公司男厕醒来，她转过头，发现几个爷们儿正在如厕。随后，她以为自己在做梦，朦胧中又吐在男士小便池里。几个爷们儿看到，嫌弃地摇了摇头，然后指了指旁边的坐便马桶。

薛雪儿找到马桶，立刻又吐了出来。

一包湿巾递过来，她抬起头，发现是助理荆京。荆京说："楷总，我扶您回办公室。"

薛雪儿不可置信地来到镜子前——她发现自己变成了楷江川！楷江川和薛雪儿也互换了。

第三十章 拭目以待的决赛

许小院的舞蹈曲目以主题立意获得最高分，受到评委的一致好评，最终进入了决赛环节。

楷江川的办公室。

楷江川变成薛雪儿坐在FENDI皮质座椅的C位，抽着雪茄，郁闷至极。而薛雪儿却钻进楷江川的身体里，原本楷江川作为一名帅气的直男此刻却扭捏地坐在另一个角落，双腿斜靠在一起，极为女性化，对着化妆镜，看着自己粗糙的皮肤，显得极为滑稽。

荆京在办公室里步履急促地来回踱步。"怎么会变成这样？"荆京自言自语。

薛雪儿变成楷江川后，粗着嗓音说道："我们只是庆祝许小满入围决赛，喝了一口香槟，就变成这样了……"

楷江川突然一皱眉，拽着薛雪儿来到卫生间。

楷江川很不自然地问道："我想问你，流血了怎么办？"他努力掩饰着尴尬，指了指腹部往下的位置。

薛雪儿看了一下手机日历，果然是她日子到了。她从包里拿出卫生巾，递给楷江川。

"你……能搞定吗？"

楷江川点了点头，耸耸肩："反正刚刚我该看的也都看过了，你放心，我没兴趣。"

"……"

薛雪儿咽了一口口水，转身离开了卫生间。

排练室，许小院、楷江川、薛雪儿三个人在屋里的角落。

许小院在许小满的身体里，她低着头，不自信地抠手；楷江川在薛雪儿的身体里，他坐在唯一一把椅子上，翘着二郎腿，一副老板的姿态；薛雪儿在楷江川的身体里，她看着镜子里的自己，整理仪容，怎么看自己都不得劲……

荆京咳嗽了一下，拍了拍手："决赛定于后天举行，时间很紧张，这次的比赛要求是双人舞，所以我设计的决赛环节，是由之前具有一定粉丝基础的许小满和薛雪儿共舞一曲，夯实二人双生花CP的概念来完成此次演出。毕竟，这样两位舞后的合作，目前还是绝无仅有的。"

荆京说："在开始之前，我有必要重新介绍一下彼此，毕竟你们几个现在的身份比较复杂……"

许小院一脸蒙："发生什么了？"

荆京不由自主地点了点头说道："薛雪儿和楷江川也互换了……"

薛雪儿八卦地来到许小院面前，上上下下仔细端详着眼前的"许小满"说道："荆京，你的意思是难道她也不是真正的许小满？那她是谁？"

屋门突然被打开，许小满堂而皇之地走了进来："我才是真正的许小满,她是……"许小满顿了顿,"让她自己说吧。"

许小满给了一个白眼。

没有对比就没有伤害。

许小院小声地说出自己的名字:"一直以来,我是许小院……"

楷江川走到许小院面前,他看着眼前许小满模样的许小院,突然瞳孔地震,瞬间懂了之前许小满一系列的变化,变成扶额状。

薛雪儿也恍然大悟:"怪不得之前我总感觉你怪怪的……"

荆京说:"这次比赛时间紧,任务重,所以,'楷江川'和'许小院'你们两位一定要尽全力完成。"荆京走到"楷江川"面前说道:"楷老板,小满的未来就靠你了。"

由于换身,原本是薛雪儿和许小满的联袂重任,就赤裸裸地落到了楷江川和许小院的身上。

两人此时就是"薛雪儿"和"许小满"的替身。

她俩看了看对方,谁都尴尬到不肯主动。许小院的脑海里浮现出当年在学校同学嘲笑她胆敢暗恋楷江川的画面。

许小满看出许小院眼里的恐惧,她走到她身边,主动拉起许小院和楷江川的手,将她俩的手握在了一起。

瞬间,许小院的脑海里,幻想出她和楷江川在舞台前谱写出一支华丽双人舞的画面——

楷江川的瞳仁里浮现出许小院本人的身影,两人已经在舞蹈教室旁若无人地跳起了浪漫舞曲,周遭的环境,和当年在学校的舞蹈教室一模一样。当年,许小院经常在这里偷窥楷江川和许小满练习舞蹈,而此刻,她终于成了楷江川身边的那个舞伴,成了她一直羡慕的那一位。

楷江川因为之前学过舞蹈,所以他在薛雪儿的身体里收放自如,控制得恰到好处,反而让观众有一种男舞女跳的感觉。也就是说,在观众和评委看来,此刻台上的"薛雪儿"有了一种很 Man 的力量感,这样的反差感,给了大家出乎意料的感觉。

而许小院经过这段时间的锻炼,舞技已经大有进步,虽然算不上登峰造极,但是俨然对许小满身体的控制已经非常熟悉。

从在学校开始,她就无数次趴在窗棂上,偷窥许小满和楷江川的舞蹈训练,她已经在脑海里把许小满的舞步背诵得滚瓜烂熟,无数次将许小满幻想成自己。如今,她终于实现了自己的想象,和楷江川站在了同一个舞台上,谱写出属于她自己的一支舞曲。

熟悉的旋律,熟悉的舞步,熟悉的舞伴,在无数次梦境中,她早已把这支舞跳了千万次。

画面一转,学校的练舞室,变成了此刻五光十色的决赛舞台。

黑压压的观众围绕着闪亮的圆形舞台,此刻,只有许小院和楷江川在舞台中央忘我地舞蹈,她们忘记了其他人的存在,用肢体和眼神诉说着这个说也说不完的故事。

台下,许小满、薛雪儿、荆京三个人全神贯注地看着台上的两人,为她们捏着一把汗。

舞蹈动作完成四分之三,高潮刚刚落幕,一名在黑暗处的裁判突然转过转椅,打亮了红灯,传来"滴——"的声音。

裁判突然叫停,他转过身,这个人正是之前被楷江川开除的合作者——迈克。他变身为舞蹈比赛的评委,不合时宜地出现在了现场。

"Cindy, stop, please!暂停你的演出。许小满,请你们组下去吧!"

迈克操着一口上海腔的英文,嘴角挂着轻蔑的笑,轻描淡写地一句话,就让台上原本热烈欢快的气氛瞬间变得死一般的平静。

许小院的幻想瞬间破灭了,在幻想中才能享受片刻自信的她,此刻又被抽回了残酷的现实。

原本酣畅淋漓的表演状态被打破，站在台上的许小院紧张得无地自容，此刻的她冷在原地，视线逐渐模糊，环境声也变成了真空状态。

台下黑压压的群众仿佛一群无脸怪，正在暗中嘲笑她的失误，发出一阵阵刺耳戏谑的笑声。

许小院用微弱的声音喃喃："对不起，对不起，我不是故意的……"

她不知道在和谁说，只是不断重复着抱歉，从紧张变成了焦灼。

楷江川一时也摸不着头脑，镇定地走到舞台旁边，面对着曾经作为他下属，此刻却可以轻易主宰他"生死大权"的迈克。

早知今日，何必当初。

他没想到迈克会在此刻报复他，更没想到会在舞台上"狭路相逢"。当然，此刻楷江川是薛雪儿，迈克不会认出他。

楷江川镇定自若地走到评委面前，冷静地问："请问可以再给我们一次机会吗？"

楷江川虽然藏在薛雪儿的身体里，可是他的眼神冷酷起来，依旧让人无法闪躲，绝情而笃定，仿佛一把利剑，刺向迈克的眼球。要不是披着"薛雪儿"的外貌，楷江川恨不得把迈克 KO 掉。

迈克抬起头，看了看她，张了张口，最后什么也没说。只见他拿着手中的笔，轻描淡写地冲门口的位置指了指，示意她们这对组合可以下台了。

楷江川重新走回台上，牵住许小院的手，向台下所有观众做出谢幕的动作，保持着最后的优雅和微笑，之后双双走下台。

鞠躬的刹那，许小院的眼眶已经红了，她虽然不确定自己是否失误了，但她知道，一切都结束了。即使她认为自己表演得激情四射，非常出色，但灯光熄灭后，她依旧是个失败者。

坐在红色转椅上的其余三个评委，凑到迈克身前。只见迈克指着许小院的舞蹈简历，和其他三位评委说着什么，面容严肃。

观众席上，许小满亲眼看见了事件的经过，这对于她舞蹈演绎生涯来讲，不仅是一次"侮辱"，更是一场"事故"。她认为，这次迈克突如其来的"勒令"，着实是他一直以来对自己心存敌意的报复。她的气不打一处来，不顾任何人的劝阻，冲出演出录制现场。

坐在一旁的林豆子，也跟着她冲了出去……

演播室后台，空无一人的VIP休息间，许小院终于在关上门的刹那哭了出来。她下意识地锁上房门，蹲坐在角落，回想着自己刚刚在台上入情的表演，在脑海里，她把自己的舞曲已经表演完毕，她终于哭了出来。因为她知道，现实中那一声刺耳的"滴——"，让一切戛然而止。

屋外，敲门声。许小院擦了擦眼泪，打开门，是楷江川。许小院努力挤出一个微笑说："我没事儿。"

强忍悲伤，令人心疼。楷江川犹豫了一下，一把揽过许小院，将她拥入怀中，一只手轻抚着她如丝般的秀发，另一只手轻拍她的后背，路过的演出和工作人员，不时看向屋内的她俩。

楷江川下意识地闪躲了一下，转念一想，现在自己是薛雪儿，两个女生抱头痛哭的画面，并不会引发歧义。他放下心，于是狠狠地抱紧了许小院，这让许小院终于像一只沸腾的水壶，在触碰到开关的刹那，"哇"地哭了出来。

"对不起。"楷江川轻语。许小院抬起头，她并不知道为什么楷江川会向自己道歉。

楷江川说："这段时间，才让我认识真正的你，许小院。"

许小院一脸蒙，不过她内心倒真是很想知道，楷江川对曾经的自己的真实印象。

楷江川说:"你比我想象的要坚韧很多,这几天,和你一起训练、备采,让我对你刮目相看,你早就不再是以前那个胆小、傻乎乎的胖丫头了!"

许小院的心跳到了嗓子眼,她咽了一口口水,想出了很多话,可面对心驰神往已久的"男神"却一句也说不出来。

楷江川拿起旁边的香槟摇了摇,气泡在墨绿色的酒瓶中起舞飞扬,跃跃欲试地等待着开瓶刹那的绽放。

楷江川说:"结果不重要,你在我心里已经是冠军了。所以,不必难过,因为你已经超越了你自己!"

瞬间,许小院的世界春风吹拂,鲜绿艳红,草长莺飞,生机盎然!"之前如果有伤害到你的地方,我很抱歉。现在的你,是个优秀的女孩儿。"

楷江川和她碰杯,香槟入喉,一饮而尽。

许小院这一生贴满了"胆怯""不自信""卑微"的性格标签,能从"初恋男神"这里听到这样的肯定,是她做梦也不敢想的。

她一鼓作气,喝完了杯中的香槟,然后缓缓抬起双臂,轻轻揽住了楷江川散发着古龙水味道的修长的脖颈。

这是她第一次尝试拥抱,第一次学会勇敢,也是第一次感受到了自信的力量。

许小满气急败坏地走出演播室,目光扫描到刚刚离开演播室,走到停车场的迈克,只见迈克发动车子,正准备离开。

许小满立刻钻进自己的越野车,一脚油门,横插到迈克的车前。

迈克没想到这个从天而降的大车突然横在面前,还好他眼疾手快,立刻踩了刹车,不然一定车对车"吻"了上去。

迈克下车,刚要骂街,许小满一脸蛮横,手持"武器"走下车。迈克没想到是位女壮士,魁梧的身材,他也不得不退后了几步,顿时失去了士气。

迈克把破口大骂改成了小心的指责:"你不长眼睛吗?怎么开车的呀?"

许小满这才意识到,自己现在在许小院的身体里,他不认识自己。许小满用肩撞了一下迈克,迈克立刻退后了几步,她没想到魁梧的身材对女生来讲这么有用!

迈克颤抖着问:"你、你、你是谁?"

许小满一拍胸脯:"我是你奶奶!"

迈克说:"你、你、你要干嘛?"

许小满说:"你这个公报私仇的王八蛋,我弄死你!"

许小满打开罐装喷漆,雪白的喷漆宛如两条铁锁,瞬间在他的车上炸裂开来。许小满用喷漆喷了两个字母——"SB"。

当林豆子赶来的时候,已经于事无补。只见迈克躲在远处报警,冲着电话骂着这个疯狂的陌生胖女人。

而许小满却趾高气昂地在车外喊叫,恨不得把他当场凌迟——"迈克,你就是一个虚伪的评委!有本事冲着我来!当初在公司你就看我不顺眼,现在你做了评委公报私仇,打击报复演出,你知道这场演出她准备了多久吗?她花了多少心思!凭什么你想喊停就停了!我倒要让大家看看,你是个什么德行!"

迈克不太明白这个疯女人的意思,按他的理解,他认为这个胖女人应该是许小满的粉丝。他看着她当街乱叫乱骂手舞足蹈的样子,颇有滑稽之感。

不一会儿,演播室的保安也赶了过来。屋里,许小院和楷江川听到出事儿了,也赶到了停车场。

迈克看到许小院和楷江川赶来,仿佛看到了救命稻草,立刻冲了上去。"Cindy,你能不能管好你的粉丝!你们自己看看我的车!"

迈克指了指自己被喷花了的车,已经惨不忍睹。

楷江川给了薛雪儿一个眼神。薛雪儿走过去,迈克一把拉住她,迈克自然把她当作了楷江川。

迈克:"老楷,我一直把你当兄弟,我做得仁至义尽,可你看看现在你培养出的艺人,都养了一群什么样的粉丝!"

薛雪儿下意识地瞟了楷江川一眼,然后义正词严,假模假式地走到许小满面前,故作镇定:"咳咳,怎么回事?"

许小满炮语连珠,拽住迈克衣领:"公报私仇的人就活该被整!你凭什么让许小满下台?你知道她为了这场演出三天没睡过觉吗?你知道她有多拼命吗?你知道她能站在台上参加决赛有多不容易吗?重要的是她根本没失误,你承不承认?"

迈克点点头:"是的,我没说她有失误啊,她的演出很精彩。"

许小满更气了,这简直就是知错犯错,知法犯法!"那你还开出红牌,让她下台!你这个人渣!"

许小满攥紧拳头,抡起铁拳,众人来不及劝阻,迈克直接倒在了地上。

许小院劝道:"算了,是我表演失误,对不起,你别生气了。"

许小满甩开许小院:"你别管,你不知道,这个人渣以前在公司就看不惯我,他是冲着我来的。"

保安一声惊呼,立刻按住了这个疯狂的"粉丝"。

迈克坐在地上,流着鼻血,说:"我让她和薛雪儿下台,是因为我认为她们完美的演出已经顺利闯关成功,入围前三甲了!而、不、是、被、淘、汰、了！"

许小院和许小满同时愣在了原地。

许小院走到迈克面前："你的意思是，我入围前三甲了？"

迈克点了点头："我从没说过你被淘汰，你演出得很好！因为比赛时间的问题，导演希望缩短录制时长，所以你早就入围了！"

许小满再三确认："她，入围了？"

迈克肯定地说道："没错，她演出的剧情、动作、选曲、情绪几个方面都很优秀，综合评分是最高的。"

许小院激动地抱住旁边的楷江川，欢呼雀跃。

薛雪儿立刻搀扶起迈克，竟然激动地向他频频道谢，抱住他表示感谢。许小满紧握的拳头松开了，她甚至不敢相信这样令人激动的好消息！

许小院走到许小满面前说："刚刚的话我听到了，谢谢你，我的粉丝。"姐妹俩抱在了一起。

听到"后院起火"，刚刚准备散场的媒体记者们，纷纷举着相机、手机来到这里围观，不肯放过任何一个能做文章的新闻消息。

"Cindy姐，听说这里刚刚有一名你的粉丝打架斗殴，请问是这样吗？"

几名记者将许小院围住，逼她说出她们想听到的答案，许小院用求救的眼神，看着旁边的楷江川。

这时，许小满用庞大的身躯推开人群，挡在瘦弱的许小院面前。

她说："我不是她的粉丝，我是她的亲姐姐许小院，她是我的亲妹妹许小满。"此话一出，众人都愣了三秒，随后再次举起设备，冲着许小满和许小院狂闪。许小满牵住许小院的手。

许小满说："用一下你的手机。"许小院早已没有了思考的大脑，立刻照做。许小满贴着许小院，俩人脸碰脸，对着手机拍了一张姐妹照。

许小满说："一会儿我妹妹会把这张姐妹自拍发给你们，用于宣传，可以吧，小满？"

许小院立刻点头。

许小满继续："对了，我有点胖，你们记得P美一些哟！"气氛开始变得融洽，记者们也纷纷笑着回应。

许小满显然对镜头更有掌控力，她一边摆着Pose露出官方得体的微笑应付媒体，一边用耳语说："傻愣着干啥，还不赶快看着镜头摆Pose，然后叫我'姐'。"

许小院眼睛都红了，嘴里吐出了很久没有说过的这个字——"姐"。姐妹二人淹没在闪光灯下，众人和媒体纷纷记录下了这"历史的一刻"。

这天晚上，新闻报道、社交媒体各种热搜标题花式炸裂——

"有种'基因突变'叫许氏姐妹"

"落魄女星许小满被曝有亲姐姐，被雪藏十年"

"许氏姐妹差距大，上演现实版《破产姐妹》"各种标题尽情放纵，想办法引人耳目……

今晚，在许小满的别墅里，没有人理会这些，此刻，正在展开一场别开生面的欢庆Party！

门厅的展示柜上，六台手机整齐地躺在桌面上，他们"扔掉"手机，在这里享受属于他们自己的时刻。

在许小院、许小满、杜子藤、楷江川、薛雪儿、林豆子等为这次演出的胜利开心雀跃的同时，许小院和许小满也开始冰释前嫌……

深夜，许小院躺在床上，她回想着今天妹妹许小满为自己打抱不平的画面，那是第一次，让她有了被妹妹认可和保护的感觉，温暖而绵密，让她感觉幸福和安心。她想，大概这就是亲情吧！

楷江川洗完澡，轻轻地睡在了她的身旁。楷江川只留了一盏灯，躺在床上，仿佛意味着什么。

"你睡了吗？"楷江川问。

许小院睁着眼睛，嘴里却说："嗯……睡了。"她的手紧紧抓着床单，身体缩成了一团。楷江川听出她并未有睡意，把她身体扭过来，冲着自己。两人面对面，许小院却有些害羞。

楷江川说："许小院，自信的你，最美。"

许小院笑了笑，躲进了楷江川的臂弯里。楷江川吻了许小院的嘴唇，冰凉如丝。

而此时的即视感，是"薛雪儿"吻了"许小满"，好不搞笑！

许小院说："如果此时，有人看到薛雪儿正在亲吻许小满，这大概会成为明天的头条吧！"

楷江川用被子蒙住二人，许小院发出了"咯咯"的笑声。灯熄灭了。

形成对比的，是别墅的厨房。

这些天杜子藤通过薛雪儿的朋友圈研究了她的生活好恶和饮食习惯，并将这些小细节记录在手机里。

和薛雪儿聊微信，是他这些天工作之余最享受的事情，而对她的嘘寒问暖也纳入了杜子藤每日工作清单之内。他感受到一种叫作"悸动"的情绪自然而然融入血液，流进心房，促使着他对薛雪儿迫在眉睫的告白。

狂欢过后，杜子藤做了自己最拿手的牛排面给薛雪儿吃。薛雪儿喝了不少，面色绯红，大口大口吸溜着面条。

杜子藤说："好吃不？"

薛雪儿点点头："好手艺！"

杜子藤一脸试探地问:"那今后我每天都煮给你吃,怎么样?"

薛雪儿看了看他回复道:"每天吃碳水会长胖。"

杜子藤说:"胖了咱就不跳了,我养你!"薛雪儿笑得很甜,她噘起嘴。

杜子藤深吸一口气,闭上了眼睛,最终还是冲着薛雪儿亲了过去。

林豆子把喝多了的许小满抬回房间,并且帮她盖好被子。

许小满突然拉住林豆子:"如果,我是说如果,你发现我不是许小院,你会怎么办?"

林豆子一脸莫名其妙,说道:"小院儿,你喝多了,好好睡一觉。"

许小满用食指勾了勾,林豆子低下头,许小满吻了他一下:"好了,你走吧。"

林豆子"哦"了一声,随后走出房间。许小满一脸幸福,笑得简单和开心。

月之恒,日之升。冬日渐暖,梦想回温。

这一夜,许小院和许小满做了同一个梦,她们纷纷梦到了自己站在台上演出的样子,是那样的振奋人心,那样的激情四射。

今朝尘尽光生,照破山河万朵。

就这样,她们的梦想得到了回应,努力得到了回报;而薛雪儿和楷江川,也分别梦到他们各自和另一半恋爱了……

落日归山海,烟火向新晨。

晨光微熹,大地苏醒。许小院一觉醒来,发现自己和妹妹互换回来了,而楷江川和薛雪儿也是如此。

荆京说:"大概是因为同样的心率和相同的梦境,才导致了这几次的互换……"

大家将信将疑,谁也不清楚到底是为什么。就好像做了一个冗长

的梦，

梦醒了，一切回归正常。

三个月后……

一家新的宠物医院诞生，喜提新名——"小圆满宠物医院"。

即"小院"和"小满"的谐音，组合起来就是"圆满"之意，该院设置了"小圆满宠物基金"，在郊区专门成立了照顾被抛弃的流浪动物的宠物协会。

这是许小满出资开办的一家全市最大的宠物医院，陈大夫是院长，王花朵自然就是老板娘！

开业这天，她穿了一袭红色旗袍，不知道的还以为是参加她的"夕阳恋"婚礼呢！

宠物医院四周的墙壁上，挂满了王花朵和小动物在一起的照片，这一切都出自陈大夫之手。

在和陈大夫生活的这段期间，王花朵发现，他不仅是个妙手仁心的医生，而且还是一位专业摄影师。

每一次，他都能捕捉到王花朵的某一瞬间，这让王花朵更加了解自己。她不再惧怕带毛的小动物，而是越活越年轻，越来越热爱生活。

前台正上方，分别挂着两张照片，那是许小院和许小满的照片。自从那一次登台之后，许小院逐渐对自己有了信心。

她不仅开始减肥，而且开始参加各种舞蹈比赛，并且成绩还名列前茅。

而她的直播事业也重新恢复起来，她开展了"三十天瘦身计划"，用自己的歌曲作为背景音乐，录制了各种类型的健身操，来供想减肥的女生参考。

她和网友交流了自己真实的学舞经历和生活阅历，逐渐成为当代年轻"普女"的追崇对象。

楷江川也不时出现在她的视频里，为她亲手做羹汤，并且两人经常以恋人身份出现在直播间。

谁也想不到，常在花丛的楷老板最终会和其貌不扬的许小院在一起，而正是这样的励志传奇经历，受到了大多数年轻女性网友的追捧。

丑小鸭变白天鹅，谁没经历过，正所谓"不耆微芒，造炬成阳"。许小院用实力做到了！

荆京成了她的经纪人，每天要跑的通告和之前许小满的一样多。

而宠物医院里，还多了两个人的身影，那就是许小满和林豆子。许小满不仅是这家宠物医院的老板，因为自己拥有的艺人资源，她还和荆京来负责这家宠物医院的对外宣传和推广。

林豆子是她最得力的干将，也成了这家医院的部门主管。

荆京说，这些年，从没看到许小满这么接地气儿过。

许小满却说："这些年，是自己一直不懂生活，而现在，她要开始学会生活了。"浮云吹作雪，世味煮成茶。

记者问她为什么选择退出圈子，她说："我想选择舞蹈，而不是奔跑！"